No matarás

Ana Sofía González

No matarás

ALFAGUARA

El papel utilizado para la impresión de este libro ha sido fabricado a partir de madera
procedente de bosques y plantaciones gestionadas con los más altos estándares ambientales,
garantizando una explotación de los recursos sostenible con el medio ambiente y beneficiosa para las personas.

No matarás

Primera edición: noviembre, 2023

D. R. © 2023, Ana Sofía González

D. R. © 2023, derechos de edición mundiales en lengua castellana:
Penguin Random House Grupo Editorial, S. A. de C. V.
Blvd. Miguel de Cervantes Saavedra núm. 301, 1er piso,
colonia Granada, alcaldía Miguel Hidalgo, C. P. 11520,
Ciudad de México

penguinlibros.com

ISBN: 978-607-383-798-9

Impreso en México – *Printed in Mexico*

¿Le aflige acaso el verse sumergido por mucho tiempo en la oscuridad? Pues de usted depende que esa oscuridad no sea eterna.

FIÓDOR DOSTOIEVSKI, *Crimen y castigo*

Y lo más terrible es que tengo la culpa de todo y sin embargo no soy culpable. En eso consiste mi tragedia.

LEV TOLSTÓI, *Anna Karénina*

A decir verdad, no los conocía siquiera de vista, puesto que con la distancia que nos separaba me era imposible distinguir sus facciones de un modo preciso. Y, sin embargo, hubiese podido establecer un horario exacto de sus idas y venidas, registrar sus actividades cotidianas y repetir cualquiera de sus hábitos. Me refiero a los inquilinos que veía en torno al patio.

CORNELL WOOLRICH, *La ventana indiscreta*

"Si un árbol cae en un bosque y nadie está cerca para oírlo, ¿hace algún sonido?"

Primera parte

Juan Pablo la sujeta con fuerza. Vicky dice que no. Él enrosca los dedos en su pelo enmarañado. La inmoviliza sin dificultad. Te gusta mi verga y lo sabes, dice y mete la lengua en su oreja. La tomó por sorpresa. Esperó detrás de los coches a que ella sacara la basura. Le succiona la boca. Ella aprieta los labios y cierra los ojos. La abofetea. No te hagas del rogar, pendeja, bien que quieres que te la meta.

La lleva a empujones al fondo del patio de tendido. El hedor a orina en el azulejo corroe sus fosas nasales. Los ladridos de un rottweiler retumban al otro lado de la puerta. La presencia del hombre perturba al animal. Ladra y se azota feroz contra la lámina.

Juan Pablo la tira al piso y le sube la falda. La mujer trata de evitarlo. No, déjame. Manotea, repite que no. No grites, dice y le tapa la boca. Le asesta otra cachetada.

Todo el día pensó en metérsela. Le exaspera que se resista tanto. No le queda mucho tiempo, el camión que debe tomar llegará a las siete en punto. Saca su navaja del bolsillo. Le rasga los calzones y la desnuda. Vicky, inmóvil, pega con fuerza una rodilla contra la otra. Juan Pablo le escupe y sonríe burlón. Suelta la navaja. Le abre las piernas y le introduce dos dedos en la vagina con brusquedad. Su erección se aviva. Se baja los pantalones y la penetra. Jadeos. Sábanas ondean en el tendedero. Ladridos incesantes detrás de una puerta de metal. Un bóiler. Herramientas oxidadas. El ardor de las paredes vaginales la abrasa. Él se mueve cada vez más rápido. Saca la lengua y pone los ojos en blanco. Vicky levanta la mirada. Una parvada de tordos surca el cielo. Juan Pablo está a punto de eyacular.

Con un rechinido se abre la puerta. El perro se abalanza feroz contra él. La primera mordida es en el muslo derecho. Sacude la cabeza y lo jalonea para arrancarle el pedazo. Mana sangre de una arteria perforada. Juan Pablo siente los colmillos despedazar el tejido. Se encorva para proteger pene y testículos. Grita. Lo golpea con el puño. Busca su navaja a tientas. No la encuentra. Alcanza una maceta y la estrella contra la cabeza del animal. Es inútil. Siente su carne desprenderse. La bestial mandíbula lo acribilla. Palpa el piso y al fin encuentra la navaja. Intenta encajársela repetidas veces en la cabeza. No logra lastimarlo. El perro no recula. La herida de Juan Pablo es lacerante. Vicky, encogida en el rincón, lo observa aterrada.

Juan Pablo apuñala a la fiera cerca de la oreja y consigue que afloje por un instante. Alcanza a ver su pierna destrozada. Piel y músculos desgarrados. Sangre a borbotones.

Una adolescente atraviesa la puerta, Alejandra, la dueña del perro. El animal arremete contra el hombre. La segunda mordida es en el brazo izquierdo. El rottweiler enloquecido sacude la extremidad. Con la fuerza que le queda, el hombre logra hendir su navaja en el ojo del perro. El cristalino explota, salpica una sustancia acuosa. El rottweiler, desorientado y adolorido, lo suelta.

¡Ven acá!, le grita furioso a Vicky. Ella se arrastra para alejarse. Juan Pablo la sujeta del tobillo y la jala hacia él. La mujer intenta gritar. El alarido se le atora en la garganta. Está acorralada. Juan Pablo alza la mano sujetando la navaja, parece que va a apuñalarla. Alejandra grita. Él, aturdido, gira y repta hacia ella. Blande el filo. Le roza la espinilla. Un fino hilo de sangre le escurre. Alejandra alcanza una pala y golpea al hombre. Seco. Metal contra cráneo. Él aún se esfuerza, quiere herirla. Otro choque firme y preciso. Metal contra nuca. Un crujido. Un último golpe.

Juan Pablo, inmóvil, aún la mira, pero ahora es incapaz de pensar. Millones de neuronas siguen funcionando, solo que han perdido conexión con el resto del cuerpo. Brota sangre del cuero cabelludo. Una sustancia rosada escurre por su cuello. Alejandra tira la pala. La sangre se extiende. El hombre tendido deja de moverse.

Juan Pablo no irá a la parada del camión.

No verá más a su esposa, ni a sus hijos.

Nadie lo volverá a ver.

Viento

Escucho los primeros truenos. Apago las luces y miro por la ventana. Me enrollo en el edredón de mi cama y veo las primeras gotas pegar contra el cristal. Siento las manos heladas, pero no voy a cerrar la ventila. Me gusta el olor a tierra mojada y me gustan las tormentas eléctricas. En clase de física, el profe nos dijo que cada segundo que pasa entre el rayo y el trueno equivale a trescientos cuarenta metros.

De caer unas cuantas gotas, de repente llueve tanto que no alcanzo a ver los árboles. La luz de un rayo ilumina mi recámara. Cuento, uno, dos, tres, llega el trueno. Los cristales se cimbran. Cayó muy cerca, a unos mil veinte metros de aquí. ¿Habrá caído en el campo de golf? Imagino un árbol incendiado.

Las tormentas me daban pánico por culpa de Vicky y sus historias de terror. Según ella en su pueblo cayó un rayo en una casa y chamuscó a una niña que dormía en su cama. Bien muerta, dijo, aunque no sé si creerle. Vicky dice cada cosa. Por ejemplo, asegura que en la casa de al lado vive un fantasma y afirma que a ella los espíritus le hablan al oído.

En las bocinas suena *Viento*, de Caifanes, me encanta esa canción. Subo el volumen y el sonido de la lluvia se atenúa. Un fino chorro de agua entra por la rendija de la ventana y empapa la duela. Mi papá se pondría histérico si lo viera. No me importa. No pienso cerrar la ventana. Equis, da igual, no importa lo que haga, todo le parece mal. No sé cuál de mis fallas lo pone de peor humor: si mis malas calificaciones o que soy niña. Yo creo que la segunda, porque en cuanto me ve pone cara de ¿qué haces aquí, escuincla? Estoy segura de que es por eso.

Sé que él quería un hijo con pene, testículos y semen, mucho semen para preservar su estirpe. Nosotros no somos una familia de

15

abolengo, para nada, solo que él se siente parido por Christian Dior. Además, mi papá teme que todo su dinero se lo va a quedar quién sabe quién cuando me case. En serio, yo nunca me voy a casar, qué horror.

Hace dos años mi mamá se embarazó. A mí me cayó como bomba el chistecito. No supero el oso que sentí cuando mis amigas se enteraron. Me dio asco nada más de imaginarme a mis papás encuerados haciendo esas cosas. Más de una vez me tocó oír los golpecitos de la cabecera contra la pared de mi cuarto. Una vez pegué la oreja para corroborar lo que estaban haciendo y escuché los gemidos de mi mamá. Quería arrancarme las orejas. Literal, es lo más perturbador que he escuchado en mi vida. Me daban ganas de vomitar, no es broma. Creían que no me daba cuenta cuando mi papá le decía a mi mamá que subieran "a ver una película". Yo a propósito preguntaba ¿qué película van a ver? ¿me invitan? Mi mamá seria negaba con la cabeza, mi papá no contestaba nada. Más obvio, imposible.

Mi papá le presumió a todo el mundo que al fin iba a llegar su machito, así le decía al bebé, como si se tratara de un perrito o de un chivito. No sé por qué estaba tan seguro de que era un varón, porque mi mamá me dijo que en el ultrasonido aún no podía distinguirse nada.

Estaba tan emocionado que consiguió una camiseta miniatura del Real Madrid, su equipo de futbol favorito. Ah, porque él y sus amigos le van al Real Madrid o le van al Barcelona. No al América, al Querétaro o a las Chivas, como la gente normal. No, señor, como mi bisabuelo era español, pues él se cree más español que el rey de España.

Llegó feliz a enseñarme la playerita. ¿A poco no está pocamadre?, me preguntó. Imaginé al tierno bebé regordete babeando en las piernas de mi papá con la camiseta puesta, viendo uno de sus aburridos partidos de futbol. Todavía no nacía y mi hermano ya me caía gordísimo. Pobre, a veces pienso que no nació por mi culpa, por haberlo rechazado sin siquiera conocerlo. Ahora que lo pienso, no estaría nada mal tener un hermano.

A mi mamá ya empezaba a crecerle la panza, no mucha, pero ya se le notaba. De pronto un día de la nada, tuvo un sangrado masivo y tuvieron que llevarla al hospital. El doctor dijo que mi hermano, o lo que fuera, se había encarnado a un fibroma en el endometrio o algo así. Lo que yo entendí es que mi mamá tenía un tumor que no permitió que el feto se desarrollara y lo terminó matando.

Durante mucho tiempo tuve una pesadilla recurrente en donde veía a un monstruo putrefacto con mil dientes tragándose al bebé. Espantoso. Yo estaba con mi papá cuando el doctor le entregó el fibroma en una bolsa de desechos peligrosos. Mi papá sostenía la bolsa con la punta de los dedos frente a la lamparita del buró para examinarlo a contraluz. Me recordó al corazón crudo de un pollo y me pregunté si esa cosa se habría comido a mi hermano con todo y piernitas.

Tuvo suerte, patología indica que es benigno, señaló el médico casi con una sonrisa. Después, el muy sádico le explicó a mi papá que, desafortunadamente, había tenido que aspirarlo todo, ya que los órganos del producto se habían licuado. Juro que usó esas palabras, le dijo "producto" y "licuado" a mi hermanito, no estoy inventando. Al final también tuvo que quitarle la matriz a mi mamá.

Cuando regresaron del hospital, papá se encerró en su estudio. No salió ni a trabajar durante cinco días seguidos. Apretaba contra su pecho la camiseta del Real Madrid. Me dio lástima, pero cuando me acerqué a abrazarlo me pidió que lo dejara solo. Hace poco vi que todavía guarda la camiseta en el cajón de sus relojes.

En cuanto a mi mamá, duró dos noches internada. Después de eso se la pasó dormida un mes entero. Literal, dormida. No importaba a qué hora entrara a su cuarto, siempre la veía acostada con los ojos y las cortinas cerradas, vivía como en una cueva. Ni siquiera la oí llorar como a mi papá, parecía como en estado vegetal. Apenas si hablaba. Yo le llevaba sopa y no se la comía. Su buró estaba repleto de medicinas. Solo se levantaba al baño. Me acurrucaba junto a ella y permanecíamos horas en silencio.

Un día regresé de la escuela y la fui a saludar como siempre. Me sorprendí al encontrar las cortinas abiertas y me emocioné cuando oí el sonido de la regadera. La esperé sentada en la cama. Abrió la puerta del baño y una nube de vapor salió con ella. Me pareció raro verla despierta y hasta me sonrió. Se acercó a mí y me abrazó, me dijo que a partir de ese momento íbamos a estar mejor. Yo no podía creer que estuviera contenta, me alegró verla así.

Cómo iba a saber que, para estar mejor, iba a tener que irse de la casa. Se fue a las dos semanas sin despedirse. No me dijo adiós, pero la última noche que durmió en mi casa, fue a mi cuarto y me dijo que debía desaparecer por un tiempo.

¿Cómo que desaparecer?, le pregunté.

Los cambios son buenos, ya verás.

¿Te vas a ir? No contestó.

Voy contigo. No quiso, dijo que no podía mantenerme y que yo todavía tenía que terminar la prepa e ir a la universidad.

Porque, escúchame bien, tú tienes que ir a la universidad sí o sí, no como yo, tú no vas a depender económicamente de un hombre, ¿me oíste?, exclamó con los ojos vidriosos.

¿Cuándo te vas? De nuevo no contestó. Apretó mis manos con fuerza y me dio un beso en la frente.

Algún día me entenderás, dijo.

Cuando Vicky me despertó para ir a la escuela, ya se había ido. Fui a buscarla a su cuarto, después a la cocina, luego a la cochera. Su camioneta seguía ahí, sentí alivio, aunque me duró muy poco. Corrí por toda la casa y ya no la encontré. No sabía que ese último apretón era la despedida. De saberlo, no la habría soltado.

Mi papá estaba todavía más sacado de onda que yo, porque a él no le dijo nada. Nada de nada. Solo le dejó un sobre con las llaves de la Suburban, las tarjetas de crédito, su celular y una carta que nunca me dejó leer.

Lo primero que hizo fue hablar por teléfono como enajenado. Abrió la agenda y le marcó a todas las amigas de mi mamá. Decía cosas como: Hola, ¿de casualidad vas a ver a Magui? O, no seas mala, si ves a Magui dile que me hable, es que se le olvidó su celular. Incluso habló con mis tías que viven en la Ciudad de México y eso que no las soporta. Pude adivinar que ellas tampoco sabían nada porque mi papá marcó y marcó hasta que llegó a la letra Z y ya no tuvo a nadie más a quién llamar.

18

Aunque ya era tarde, me obligó a ir a la escuela. Durante las clases me la pasé con el estómago revuelto. ¿De verdad mi mamá se había ido de la casa?, quizá habría ido al club o a visitar a una amiga o al doctor. No sabía que ahora sí iba en serio. No era la primera vez que amenazaba con irse. Cada vez que mi papá le pegaba, ella hacía su maleta y todo el numerito. Mi papá siempre la convencía de quedarse, le pedía perdón y le prometía que no volvería a suceder.

Cuando volví del colegio todo seguía igual, la única diferencia era que mi papá ya no estaba preocupado, ahora parecía un energúmeno diabólico. Me trató horrible. Me gritó como si yo tuviera la culpa. Me decía que yo la había ayudado, que yo era una ingrata. Sus regaños me hicieron llorar, pero me entristeció más comprender que mi mamá se había ido.

Vicky trató de consolarme con té de manzanilla y uno de tila que sabía a rayos. Al paso de los días a mi papá se le bajó el genio y yo dejé de llorar. Todo estuvo callado, como si nosotros también nos hubiéramos ido.

Mamá se fue el 11 de marzo de 1994, hace casi dos años que no la veo. Ni en Navidad ni en mi cumpleaños y apenas he hablado con ella. Me envía cartas sin remitente de vez en cuando. Vicky las separa del resto de la correspondencia para que mi papá no las vea. Me cuesta trabajo leer su letra manuscrita. En todas dice que me extraña, que está bien, que no me preocupe por ella, bla, bla, bla. En la última que recibí me dijo que pronto nos íbamos a ver. No sé a qué se refería con "pronto", han pasado semanas y nada. No entiendo por qué tarda tanto.

Los primeros meses sin mi mamá la pasé muy mal, sobre todo a la hora de acostarme. Solía quedarse sentada en el sillón de mi cuarto hasta que me quedaba dormida. Empezó a hacerlo cuando yo tenía siete años y me daba miedo la oscuridad. Luego crecí y le dije que si quería podía dejarme dormir sola. A mi mamá no le importó que yo ya no tuviera miedo y continuó acompañándome todas las noches. No hablábamos, pero su compañía me reconfortaba.

Una noche le pregunté por qué se había casado con mi papá. Fue la única ocasión en la que realmente se abrió conmigo. Me contó de la primera vez que salió con él. Llevaron chaperón porque mi abuelita era mega estricta y no la dejaba salir sola con ningún chavo. Al principio, mi papá le abría la puerta del coche, le regalaba flores y le prestaba su saco cuando hacía frío.

Mami, ¿en qué momento cambió?, le pregunté. Se quedó callada. A lo mejor está enojado porque no te salen bien las cuentas, sugerí.

No, no es por eso, dijo.

En mi cuarto hay dos camas: la mía y la de visitas. Cuando mis papás peleaban, mi mamá dormía en mi cuarto. Primero lo hacía una o dos veces al mes, al final dormía conmigo casi diario. La escuchaba llorar debajo de las cobijas. Me rompía el corazón verla así. No sabía qué decirle y no me quedaba más que acariciar su pelo. Aunque no sé si el verbo "pelear" se pueda aplicar en este caso. Según el diccionario, *pelear* significa luchar, combatir, contender. Ella no hacía nada de eso, más bien mi papá le gritoneaba horrible por cualquier cosa y ella apenas se defendía. Él le decía groserías, la empujaba y a veces hasta le pegaba con el puño en el brazo o en la espalda. Cuando mi mamá lloraba se le iba la voz, así que rara vez le respondía.

¡Contesta, Margarita!, le gritaba y entonces mi mamá se esforzaba por decir algo que no empeorara las cosas.

Mami, ¿y por qué no te divorcias? Los papás de Liz Quintana se divorciaron y ella dice que su mamá está tranquila desde entonces. Mamá respondía que eso no era posible, que mi papá prefería matarla antes que darle el divorcio.

Yo no sé por qué papá quería seguir casado con mi mamá, si se veía a leguas que no la quería. Desde que tengo memoria fue malísima onda con ella. Por ejemplo, cuando cumplieron diez años de casados, fuimos a Madrid de vacaciones. Yo tenía nueve años. Mamá se encargó de todo, empacó las maletas, compró los boletos de avión y reservó el hotel en la agencia de viajes. Todo pagado por mi papá, obvio.

Él quería que nos hospedáramos en el hotel Reina Victoria, pero ya no había lugar y mamá reservó en un hotel que se llamaba Senador del Real. Nunca olvidaré el nombre. Cuando llegamos pensamos que nos habíamos equivocado de dirección. Era espantoso. Por fuera parecía abandonado.

La recepción era muy chica y oscura. Apenas si cabíamos los tres con todo y maletas. El encargado, un señor gordo y sudoroso, traía puesta una camiseta sin mangas agujerada. El cigarro se le quedaba pegado al labio inferior al hablar. Para las pulgas de mi papá, que no sale de mi casa si no es bañado, perfumado y con la camisa perfectamente planchada.

No había elevador, así que mi mamá tuvo que subir los dos pisos con cada maleta por las escaleras, yo le ayudé como pude. Mi papá no porque toda la vida ha sufrido de la espalda y no puede cargar cosas pesadas. Los corredores olían a una mezcla entre comida rancia y pies. La habitación, la verdad, estaba deprimente. Había manchones en la alfombra del año del caldo que alguna vez había sido beige. La colcha de la cama estaba deshilachada y el sofá donde me tocaba dormir tenía migajas, quién sabe de qué. Lo peor era el baño lleno de hongos en los azulejos. Era asqueroso, no digo que no. Solo que mi mamá y yo lo único que queríamos era salir a pasear, era mi primera vez en España. Además, los tres moríamos de hambre. Desde el avión veníamos saboreándonos el jabugo y el queso manchego. Mi mamá y yo abrimos nuestras maletas para cambiarnos.

Bueno, dijo mi mamá, al fin que el cuarto solo es para dormir.

Mi papá daba vueltas en el cuarto como si fuera un tiburón en un acuario. Se detuvo frente a la ventana que miraba al edificio de al lado, como a un metro de distancia. Mi mamá y yo cerramos las maletas casi al mismo tiempo al ver su expresión. Cuando algo le molesta a mi papá, aprieta la quijada y se le tensa el cuello.

Ricardo, ¿quieres que nos cambien de cuarto?, preguntó mamá con voz suave para no irritarlo. Él la miró con el ceño fruncido. De pronto dio un pisotón en el suelo. Pescó a mi mamá de la nuca y la obligó a agacharse hasta forzarla a tocar con la cara la cucaracha que acababa de pisar. Yo vi cuando su nariz rozó la gelatina amarillenta que salía del caparazón. Sentí cómo poco a poco toda la sangre se me fue a los pies.

¿Segura que quieres quedarte en este hotel?, preguntó papá con los dientes apretados. Mamá negó con la cabeza. Yo, calladita, porque si decía algo arremetería también contra mí.

Bajamos al *lobby*. Mamá temblaba y ya no pudo bajar las maletas. Mi papá las echó a patadas por las escaleras. Llegó a insultar al gordo de la camiseta que seguía fumando, le gritó que su hotel era una mierda. El tipo lo miró de arriba abajo y respondió que tenía que pagarle al menos la primera noche. Vaya usted a chingar a su madre, no le voy a pagar nada, gritó papá y dio un manotazo en el mostrador. El señor con la boca abierta apagó el cigarro y no volvió a decir ni pío.

Tomamos un taxi que nos llevó a otro hotel. Mi papá iba en el asiento delantero, platicaba con el taxista sobre el clima y el marcador del último partido del Real Madrid, mientras mi mamá miraba hacia afuera y se frotaba la nariz y el cachete con un pedazo de papel de baño. El nuevo hotel era elegante y estaba en un barrio muy bonito. Una vez registrados, dejamos las maletas en el cuarto y nos fuimos a comer al restaurante favorito de mi papá, el Asador Donostiarra.

En cuanto entramos al restaurante acompañé a mi mamá al baño. Rompió en llanto frente al espejo como si fuera una niña chiquita. Escupía en el lavabo y lloraba más. Cálmate, mami, que si papá se da cuenta se va a volver a enojar, le dije. Se echó agua y jabón y se talló la cara. Se restregó una toalla de papel y se volvió a lavar con fuerza. Tuve que ayudarla a limpiarse el rímel escurrido para que no se le notara que había llorado.

Cuando regresamos a la mesa, había un platón de jabugo y dos cervezas. Te pedí una cañita, Magui, dijo mi papá con una sonrisa.

Comí poco porque todo se me atoraba en el nudo que tenía en la garganta. Mamá masticaba con la vista en el florero. Papá estaba relajado y contento, y empezó a hablar con entusiasmo sobre los planes para los próximos días. Qué tal si mañana vamos al Museo del Prado y después caminamos hacia la Cibeles, propuso.

No se habló del incidente de la cucaracha nunca más.

Entiendo que mi mamá se haya ido, en su lugar me habría ido desde mucho antes. Lo que no comprendo es por qué no me llevó con ella.

8...

Si algo me emputaba en esta vida era que todos los días me entretuvieran en la caseta de vigilancia. Había trabajado en el Residencial Campestre El Palomar desde hacía más de tres años. Diario entraba a la misma hora, siempre iba a las mismas casas. Los guardias me conocían bien, uno de ellos hasta vivía en mi cuadra, pero les encantaba hacerme batallar, nomás por chingar. Nada les costaba apuntarme en friega y ya. ¡Ah no!, les tenía que dar mi identificación y, además, llamaban casa por casa pa' preguntar si habían solicitado el servicio de lavado de carros. Todos los días era la misma chingadera.

—Nombre, por favor.

—Juan Pablo Delgado.

—¿A qué domicilio va?

Puta madre, trataba de no desesperarme, me costaba un huevo y la mitad del otro no mentárselas.

—A la cinco, diez, doce, dieciséis, veintiuno, treinta y dos y cincuenta y ocho, carnal.

Ya hasta me había aprendido los números de memoria y eso que nunca fui bueno pa' las matemáticas. Me trataban como si fuera un pinche delincuente. Les pedí a varios de mis patrones que me tramitaran una credencial de empleado fijo, pero ninguno se rifó. Bola de culeros.

El pinche residencial estaba bien mamalón y grandote de a madres. Debía caminar un friego entre casa y casa, porque me quedaban muy retiradas una de otra. La neta, me latía un buen, porque todo estaba cabrón de verde, los camellones, el campo de golf y los jardines. No solo eso, las banquetas de concreto blanco eran lisitas como hojas de papel y ver los pinches caserones estaba con madre. Además, donde quiera había árboles y me daban sombra todo el camino.

Se me antojaba echarme en el mentado *grin* y tocarlo con la palma de la mano como si fuera una alfombra. Nomás que no dejaban. La primera vez que entré a chambear en el Palomar, me acosté ahí a echar una jeta y pa' pronto llegó un bato de vigilancia para pedirme que me alzara a la verga. Hasta me dolían los ojos de ver tanto pasto desaprovechado, nadie lo usaba, ni siquiera los morritos.

Fuera del Palomar, me cae que el pasto nunca era verde. En mi colonia quesque había una cancha de futbol, solo que en lugar de pasto había un terregal con unos pocos matojos de hierbas en las esquinas. Y la calle ni se diga, en temporada de lluvias todo se volvía un puto lodazal.

Por eso los domingos me gustaba llevar a mis chavos y a mi señora a la Alameda, allá de perdida podían treparse a los juegos y comerse una nieve. Lo malo era que entre los letreros de "Favor de no pisar el césped" y la reja pinchurrienta pa' que la gente no se pasara, tampoco daban chanza de echarse en las áreas verdes. De todos modos, ni quién quisiera, estaba lleno de cacas y meadas de perro, me cae que solo los teporochos iban a jetearse allí.

En el Palomar no había rejas, ni lodazales, ni mierda tirada. Nombre, todo estaba limpio como recién barrido. Se me figuraba que la tierra en los carros que lavaba todos los días venía flotando directo desde mi colonia. Esa pinche mugre se pegaba a todo, a los parabrisas, a los espejos, y hasta a las costuras de los asientos de piel. Tenía que aspirarlos un chingo de veces para que se les quitara.

En el residencial tampoco dejaban pasar chupe ni a los trabajadores fijos, ni a los subcontratistas como yo. Para evitarme pedos, le hice un arreglo a mi mochila pa' esconder mi pachita. Así en las revisiones no se daban color, y es que la neta, yo no podía circular sin mi gasolina. Me la chiquiteaba a traguitos y así el litro me rendía casi todo el día.

Conseguí mi mochila en el tianguis en 1993, hacía tres años ya, y era del mejor equipo del mundo: el Atlante. Fue el año en que ganamos el campeonato. Habíamos quedado en décimo lugar la temporada anterior y en la siguiente no solo llegamos a la final, se la dejamos caer a los putos del Monterrey. Tenía fe de que esta temporada íbamos a quedar campeones de vuelta, porque la mera verdad, el Atlante era el equipo más chingón de todos.

Mis patrones me decían que nadie detallaba los carros como yo, y sí, la neta era el más verga para esto. Lo malo es que, así como un día te hacían sentir el más salsa, al otro podían darte una patada en el culo. Como aquella vez en la casa veintisiete, la del ruco del peluquín. Todavía me acuerdo y se me quiere chorrear la bilis.

Llegué temprano, me tocaba lavar un carrito de golf, un Granmarquís y un Topaz. Me acuerdo clarito. Empecé con el Granmarquís, metí la mano debajo del asiento y me encontré un suéter de vieja color rojo. Lo puse encima del tablero, como todo lo que hallo. Porque era una mamada lo que la gente dejaba en sus carros, por esta, que vi de todo: fajos de billetes, relojes de oro y hasta fuscas. Un día el morrito de la dieciséis dejó una bolsita con mostaza en su 300ZX, y yo me dije, esas cosas mejor ni las toques. Por eso cosa que encontraba, cosa que dejaba a la vista porque no quería que anduvieran diciendo que les faltaba esto, que les faltaba aquello. Y la neta, sí era mucha tentación, ganas no me faltaban, pero no me la iba a jugar por una grifa o unos lentes, por muy chingones que estuvieran.

El caso es que dejé el suéter en el tablero y le seguí chambeando. En eso salió la patrona, que se iba ir a correr, y me dijo buenos días. Le respondí buen pedo como siempre y de paso le vi las nachas, porque traía unas licras que se le metían en la raja, por esta, que se le miraban como si no trajera nada.

Ya iba empezando con el carrito de golf cuando volvió toda colorada. Vi que abrió el Granmarquís y agarró el suéter rojo que había encontrado y se metió de vuelta a su casa, al rato toqué el timbre para que me pagaran y, en lugar de la empleada, salió el patrón con su peluquín emputadísimo con cara de chamuco.

—¡Eres un pendejo, pinche indio! —me dijo y me aventó dos billetes arrugados en la jeta—. No te quiero volver a ver aquí, imbécil —y azotó la puerta. Nomás me acuerdo y me hierve el buche, chingue a su reputa madre, yo qué chingados iba a saber que el dichoso suéter era de quién sabe quién. Y así nomás, con la mano en la cintura

25

me mandó a la verga y me quedé sin ciento cincuenta pesos semanales con los que yo contaba. Y ni cómo reclamar.

Yo por eso andaba buscándole, porque sí sacaba pal chivo con las lavadas, pero muy apenas. Con que me cancelaran dos o tres servicios en la semana me daban en la madre y ya no me alcanzaba p'al gasto, peor tantito en época de lluvias.

Pa' qué me acordé del culero ese del peluquín, que chingue a su madre cada vez que respire.

Verónica Castro

Vicky observa una mosca posada sobre su huevo revuelto. En las manos sostiene la toalla para secar los platos. Espera a que el insecto se pose en la ventana. Da un trapazo. Busca la mosca muerta en el piso y en la toalla. No está. La escucha zumbar cerca de su cabeza, sobrevuela en ochos la cocina y desaparece.

Vicky regresa a su banco y come su desayuno ya frío. Escucha la mosca en algún lugar entre la estufa y el refrigerador.

Qué inútil, ni una mosca puedes matar. Vicky niega con la cabeza, mientras mastica. *Tu comida ahora tiene huevos de mosca y se te van a ir derechito a las tripas.* Traga el bocado y tira el resto del alimento a la basura. *Desperdiciar es pecado, ese huevo estaba bueno, por qué lo tiras.* Mira la comida en el bote. Regresa a su plato la porción de huevo que no ha tocado otros desechos y se lo come con un dejo de repulsión.

Al principio, pensaba que esa voz era la de su ángel de la guarda, luego se percató de que no lo era, porque empezó a proferir palabras muy hirientes y, sobre todo, muy familiares. Le costó un tiempo inferir que se trataba de su madre. No sonaba igual a cuando estaba viva, no, era más bien como una imitación de su voz, pero sin duda era ella.

Tiene mucho quehacer y debe terminarlo para la hora de la comida a las 2:30 p.m., hora a la que Alejandra, la hija de su jefe, regresa de la escuela para comer. Hoy tiene pensado preparar sopa de fideo y picadillo para darle gusto a Ale, porque le encanta. Es muy melindrosa con la comida, no le gusta que le ponga zanahoria ni cebolla a nada, aunque la cebolla sí se la echa picadita para que no se dé cuenta. Saca a descongelar la carne molida. La mosca sigue revoloteándole cerca.

Son las 6:00 p.m. Aunque con los nubarrones que quedaron después de la tormenta, parece como si fuera más tarde. La cabeza le punza. Se oprime las sienes, allí es donde más le molesta. Desconecta la plancha y espera a enfriarse antes de salir al patio. Dios no lo quiera, se le vaya a hacer la boca chueca como a doña Licha, recuerda con recelo a su vecina de la infancia. La señora movía solo la mitad del rostro al hablar y no podía cerrar un ojo. A Vicky le impresionaba verla cuando se reía porque parecía que doña Licha tenía media cara derretida. Su madre le dijo que eso pasaba por salir al frío después de usar la plancha. Para no arriesgarse, optó por meter el burro de planchar a su cuarto. Abotona y acomoda los cuellos almidonados de las camisas de don Ricardo y las coloca en ganchos para más tarde colgarlas en su ropero, ordenadas por color, como a él le gusta.

Su Tata era muy trabajadora, no toleraba verla descansar. Si la sorprendía haciéndolo, la pellizcaba y le decía que no había tiempo de huevonadas. Le decía Tata a su madre. En realidad, se llamaba Catalina y la gente le decía Cata. Cuando Vicky empezó a hablar, un día la llamó Tata y a su madre le causó mucha gracia. Se acostumbró tanto al apodo, que después si le decía mamá no le respondía.

Recostada en su cama, el foco pelón la encandila, la luz agudiza el dolor de cabeza que la ha aguijoneado toda la tarde. Cubre sus ojos con el antebrazo.

Acaba primero, tienes mucho que planchar todavía.

Se incorpora. No, todavía no debe acostarse. Es hora de su pastilla. El frasco de su buró ya está vacío. Busca otro debajo de la cama, dentro de las cajas que sus patrones han ido desechando, allí atesora sus objetos más preciados. Hay cajas de zapatos, chocolates finos, licores de lujo. Abre la caja de metal que originalmente contenía galletas de mantequilla. Dentro hay madejas de hilo, seguritos y el cierre de una chamarra vieja. También las cuentas de un collar reventado que algún día piensa reparar, y lo más valioso de todo: los recuerdos de su Tata. Por un instante olvida la medicina y permanece sentada en el suelo examinando sus tesoros. Cada objeto trae una historia a su mente.

Uno de sus favoritos es el broche dorado que prensa entre sus dedos. Su Tata trabajaba en el restaurante de don Ricardo Castillo, su jefe, padre de Alejandra. El mejor lugar de Querétaro, le decía su Tata, ahí habían comido infinidad de personalidades de la política y la televisión. En esa época Verónica Castro estuvo en la ciudad como estelar en una obra de teatro, a la par que salía en la telenovela *Rosa salvaje*. Cuando su Tata le dio el broche dorado, le dijo que Verónica Castro se había soltado el pelo y lo había olvidado sobre la mesa en donde cenó. Vicky no se perdía ni un capítulo de la telenovela. Le emocionaba ser dueña de algo usado por una persona tan bonita y tan famosa. También conserva una pluma fuente que, según su madre, le perteneció al gobernador Sotomayor.

Por fin encuentra el otro frasco de pastillas, está casi vacío. Toma una y la traga sin agua. Alejandra llama a su puerta.

—Vicky, ¿se puede?

—Pásale, hija, nada más ten cuidado con la plancha que todavía está caliente.

Alejandra entra, la saluda y observa con curiosidad los tesoros de Vicky. A pesar de que ha estado en esa habitación infinidad de veces, nunca los había visto.

—¿Y esto? —pregunta encantada de curiosear.

—¿Ya quieres merendar? —le pregunta a la adolescente con el afán de desviar su atención. No responde y se acerca a la cama. Manosea los objetos de la caja de galletas. Toma el broche de Verónica Castro y lo mira de cerca, lo suelta con desdén; después toma la pluma del gobernador y la avienta de regreso. Revuelve las cosas y enreda los hilos. En cuanto Alejandra se distrae, Vicky empuja la caja con el pie debajo de la cama.

—Hay quesadillas o te puedo hacer huevito en salsa.

—Guácala, huevo, nadie cena huevo, mejor dos quesadillas.

Sale del cuarto y desde afuera le pide que le suba la cena a su recámara.

En la cocina, Vicky calienta el comal y deshebra el queso Oaxaca.

A su Tata no le gustaba llevarla al restaurante. Decía que la podían correr, que a esa cocina no podían entrar niños y menos si estaban enfermitos, como ella le decía. Vicky prometía no estorbarle, aun así nunca la llevó. Más adelante, comprendió que a su Tata le daba miedo, o quizá vergüenza, que a Vicky le fuera a dar uno de sus ataques delante de sus compañeros de trabajo.

El primero lo sufrió a los cinco años. No lo manifestó con temblores, como ahora, aquel fue más bien como una especie de trance. Vicky permaneció varios segundos babeando con los ojos en blanco.

Catalina supuso que a Vicky se le había alojado un espíritu maligno o un demonio. Su comadre le recomendó visitar a un sacerdote que era conocido por poseer cierta experiencia en exorcismos para que la bendijera. Por sugerencia del sacerdote, por años, Catalina vistió a Vicky con un hábito marrón de monje. Era su atuendo para asistir a misa los domingos como ofrecimiento a San Martín. Su Tata tenía fe de que vestirla así le ayudaría a mejorar su salud. Conforme su edad avanzó, las convulsiones y los agarrotamientos aumentaron en intensidad y frecuencia.

A raíz de un ataque que Vicky sufrió en plena calle, Catalina, desesperada, fue a desahogarse con la señora Margarita, la esposa del dueño del restaurante. Margarita trabajaba por las mañanas en la oficina de la administración. Solía escuchar a los empleados en desgracia, a veces les prestaba dinero o les conseguía algún tipo de ayuda a espaldas de don Ricardo. Él consideraba que mostrarse comprensivo con los empleados era un signo de debilidad y que, lejos de agradecerlo, la mayoría se volvían abusivos y ladinos. A ella la conmovían y no hacía caso del consejo de su esposo.

Después de escucharla con atención, Margarita le explicó a Catalina que dudaba de que el problema de su hija fuera culpa de un mal espíritu, sino de una enfermedad neurológica. Margarita las llevó a ver a un especialista para que revisara a la niña. No le realizó ningún estudio, pero según los síntomas descritos, el médico le diagnosticó epilepsia y le recetó un medicamento que tendría que tomar de por vida.

—Las crisis no van a desaparecer, pero las va a disminuir —dijo el neurólogo mientras tecleaba en una ruidosa máquina de escribir.

Durante su infancia, Vicky fue una niña solitaria. Mientras iba a trabajar, Catalina se la encargaba a Lulú, su vecina, quien hacía todo menos cuidarla. A Vicky le daba miedo la soledad porque a veces despertaba en el suelo con un chichón en la cabeza y no se acordaba de nada. Se sentía cansada y confundida. El día pasaba a cuentagotas por la incertidumbre de no saber cuándo podría desmayarse o algo peor. Buscaba cómo distraerse. Desde limpiar su vivienda hasta rezar. Su récord fueron treinta rosarios al hilo antes de que su madre regresara. Jugaba avioncito ella sola en el último patio de la vecindad. Las niñas de su edad iban a la escuela y dejaban dibujado el juego.

En ocasiones, subía a la azotea a escondidas y desde allí miraba el mundo que no se le permitía explorar. Se paraba justo en la orilla y sentía como si su piso pélvico fuera jalado hacia el vacío. El vértigo la invadía, pero no podía dejar de mirar hacia abajo. Hasta que un día se animó a escapar, aunque fuera por un rato. Aprovechó la hora del almuerzo de Lulú, que, aunque no la cuidaba, no le permitía poner un pie afuera de la vecindad. Se quedaba chismeando con la señora del puesto de los jugos por lo menos durante una hora. Sin perder de vista la puerta, Vicky fue contando los pasos que podía dar sin que le pasara nada malo. Primero avanzó diez y regresó con el pecho hundido. Al día siguiente se animó a caminar quince y regresó esta vez con emoción y no con angustia. Así cada día la distancia aumentó hasta que le perdió el miedo a la calle. Se volvió aficionada a mirar a la gente, a ver pasar los autos y a acariciar a los perros callejeros. Todo iba muy bien hasta que Catalina se enteró y le puso tal tunda que le quitó las ganas de volver a asomarse siquiera.

A la primaria vespertina empezó a ir ya entrados los diez años. Cuando pasó a sexto, rogó a su madre que le permitiera irse caminando sola, todas las niñas lo hacían y el plantel estaba a solo tres cuadras. Nunca la dejó.

Ese miedo se le enraizó hasta la médula. Todavía hoy a sus treinta y cinco años, se santigua y reza tres padrenuestros antes de salir a la calle. Sobre todo, después del oprobio aquel cuando Ana le tuvo que prestar su rebozo morado.

Suena el interfón de la cocina, Alejandra le dice que prefiere un sándwich, que ya no quiere las quesadillas. *Esa méndiga chamaca te hace como sus patas.* Vicky apaga la lumbre de la estufa. El queso fundido se pega al comal. Prepara una charola con una servilleta doblada en triángulo y el plato con el sándwich sin orillas, como a ella le gusta.

Vicky tenía dieciséis años aquel día que fue al jardín principal a ver el desfile del 20 de noviembre. Las calles se encontraban repletas de gente. Su Tata trabajó ese día, no descansaba ni los días feriados. El sol le pegaba en la coronilla. Antes de salir, su Tata le amarró un paliacate húmedo a la altura de la frente para que no fuera a dolerle la cabeza. Le dio permiso de ir porque iba acompañada por unas vecinas. Oía la marcha de los soldados que daban tamborazos. Tapó sus orejas porque el escándalo la aturdía. De pronto, una luz violeta apareció flotando ante sus ojos, ella le encontró forma de Virgen y después perdió el conocimiento.

Ana, una de las muchachas que iban con ella, le contó que había azotado en el suelo y que empezó a zarandearse. Ni ella ni las otras chicas supieron qué hacer. La gente que miraba la cabalgata formó un círculo a su alrededor para ver las convulsiones que duraron, según Ana, un minuto. Vicky recuerda haber despertado entre la multitud. Se acuerda de la vergüenza que sintió por haber perdido el control de esfínteres. Su falda terminó batida de excremento y orina.

Después de cada crisis, tarda al menos media hora en reaccionar y recuperar la fuerza. Le angustia pensar en que la gente la haya visto con las manos tiesas y toda zurrada. Las vecinas se fueron. La única que permaneció a su lado fue Ana, quien le hizo el favor de prestarle su rebozo morado para que pudiera limpiarse las piernas.

Ella le ayudó a regresar a su casa. Cuando Vicky le devolvió el rebozo limpio no se lo quiso recibir, le dijo que era un regalo. Todavía lo conserva con cariño y también como recuerdo de uno de los peores días de su vida.

Sube la charola plateada con la merienda de Alejandra. Lo hace pisando con cuidado porque sus sandalias de plástico resbalan en el mármol. En lugar de pensar en lo malo, prefiere recordar aquel día en que su Tata le regaló el broche dorado de Verónica Castro.

Knockin' on Heaven's Door

Después de la partida de mi mamá, papá no habló del tema durante meses, solo cuando se emborrachaba. Mi papá no suele tomar, pero en esa época le dio por hacerlo a cada rato y se ponía muy pesado conmigo.

¿Tú sabes por qué se fue?, me preguntaba. Y yo pensaba, cómo es que tú no lo sabes.

Ni idea, papi, le respondía. Él me apretaba los cachetes y me decía, tú sabes quién le ayudó a escapar, dime, escuincla, sé que tú lo sabes. Yo no lo sabía y le decía, papi, te juro que yo no sé y me hacía llorar. Se enojaba mucho conmigo. Cada vez que llegaba de trabajar me dolía la boca del estómago.

Cuando podía procuraba irme a casa de Laila, mi mejor amiga, para no verlo. Se fue con un cabrón, ¿verdad? No, papi, le contestaba, pero él no me creía. Era difícil convencerlo de algo que ni yo estaba segura.

Pasó el tiempo y mi papá por fin dejó de interrogarme y también paró de emborracharse. Creo que después de todo, comprendió que mi mamá también me había abandonado a mí. Papá le dijo a todo el mundo que mamá se había ido por una temporada indefinida a España dizque a cuidar a una tía muy querida que estaba enferma de cáncer. Obvio, aprovechaba para presumir que nuestra familia era de allá, típico de él.

Cumplí quince años el 6 de febrero de este año, 1996. Un mes antes, le mostré a mi papá los folletos del salón de fiestas del Palomar. Los mejores quince años de mi generación han sido allí. Cada fin de semana hay fiesta. Mis amigas no hablan de otra cosa: ¿Qué te vas a poner el sábado? ¿Te invitaron a los quince de fulanita? ¿Viste que el chambelán de Majo es el ex de Sofi? No lo vas a creer, Jessica vomitó en la entrada y salpicó el vestido de la quinceañera. Bla, bla,

bla. Una de ellas hasta contrató a Mijares para que cantara en su pachanga, la verdad eso sí es una exageración. Para mí, lo mejor de las fiestas de quince años son la música y los niños, bueno, un niño: Gustavo Santini.

Le entregué a mi papá las opciones de presupuesto para mi evento. Calculé que ciento cincuenta personas era un buen número, ni mucho ni poco. Yo no esperaba que contratara a Mijares ni mucho menos, con seis horas de luz y sonido sería más que suficiente. Allí venían las alternativas de menú y también el precio con o sin decoración. En los quince años de Paola Urquiza decoraron increíble, se me antojaba algo similar.

Papi, la decoración me late toda en negro y dorado, nada de rosa, se va a ver padrísimo, le dije.

Papá leyó los folletos y yo pensaba en dónde me convendría comprar mi *outfit* para que no fuera a haber otro igual. No quería usar uno de esos vestidos ampones y pastelosos. No, yo quería un vestido negro, largo y pegado. Ir a comprarlo a la Ciudad de México era buena idea, no quería arriesgarme a que alguna invitada trajera un vestido igual, qué oso. Papá colocó las hojas sobre la mesa, ahí estaba de nuevo, la quijada apretada y el cuello tenso. Me miró serio y me sorrajó una cachetada que me dejó los dedos pintados como cuatro horas. Después de dos días de hacerme la ley del hielo dijo, Alejandra, ¿eres tonta o te haces? Me quedé callada, sabía que cualquier respuesta iba a empeorar las cosas.

¿Cómo se te ocurre pensar en una fiesta en nuestra situación?

Llevábamos casi dos años en "nuestra situación" y él seguía diciendo que mi mamá continuaba en Madrid cuidando a su tía. Aun así no me atreví a alegar nada.

Laila ya me había preguntado si mis papás se habían separado, le contesté que no. No pude decir más porque, al igual que mi papá, no quería que nadie supiera que mi mamá se había ido como las *chachas*, eso decía él. Todo el mundo sabe que tu mamá ya no vive con ustedes, pero si no me quieres contar, allá tú, me dijo Laila.

Si hacemos una fiesta de quince años sin tu mamá, sería como anunciar a los cuatro vientos que se largó. Yo no voy a hacer el ridículo nada más por tu caprichito de niña consentida, me advirtió papá, así que lo más cercano a un festejo de quince años se lo debo a Vicky.

Mi cumpleaños cayó en martes. Me levanté como una hora más temprano para alaciarme el pelo y arreglarme. Estaba súper nerviosa porque era muy posible que Gustavo Santini me saludara, o mejor aún, que me felicitara. Aunque con él nunca se sabe, me saluda dos de cada diez veces que me lo encuentro en los pasillos del colegio. Estaba segura de que, si me veía guapa, él iba a notarlo. No quise emocionarme de más, equis, sobraba quién me felicitara.

Por más que busqué entre mi ropa, no encontré nada qué ponerme. Entré de puntitas a la recámara de mis papás, bueno, de mi papá, que roncaba como oso. Me asomé en el vestidor de mi mamá, se llevó muy poca ropa. Papá no ha querido deshacerse de nada.

Mami, ¿qué hago con tu ropa?, si quieres te la llevo a donde estás, le pregunté un día que me llamó.

Quédatela, yo ya no la necesito, respondió.

A veces, en las tardes que papá no está, voy a su clóset y juego a recordar para qué usó cada prenda. El vestido de flores amarillas es el que se puso para la misa de mi graduación de primaria. La blusa blanca Armani, fue la que usó en su cumpleaños treinta y seis, el último que celebró con nosotros. La falda de cuero negro que le encantaba y nunca usaba porque le quedaba muy entallada. Huelo sus mascadas, su perfume sigue impregnado en ellas, es como si todavía estuviera aquí. Sigo sin adivinar qué ropa se llevó.

Descolgué tres blusas, me las probé y al final escogí la de seda turquesa, era su favorita. Quisiera parecerme menos a mi mamá, tengo los mismos ojos aceituna y el mismo pelo negro. Puede que, si me pareciera menos a ella, mi papá me querría más.

Al final me veía bien guapa, la verdad es que me veo súper bien cuando le echo ganitas. Me hormigueaba el cuerpo de pensar en la cara que iba a poner Gustavo cuando me viera. Laila tocó el claxon y bajé corriendo. Ni por aquí me pasó desayunar nada porque para variar traía el estómago fruncido como siempre que estoy nerviosa.

Vicky me interceptó justo antes de abrir la puerta y me dio un abrazo tan apretado que apenas pude respirar. Yo tenía prisa por irme, pero no pude, cuando se pone sentimental no hay quien la pare.

Me tapó los ojos y me guio hasta la cocina. En la barra me esperaba un pastel decorado con mariposas de migajón rosa pálido. Las hizo a mano días antes. Conté solo once velitas recicladas de años anteriores y me cantó las mañanitas muy desafinada y sonriente. Me dio ternurita, debo reconocer que el pastel le quedó bonito, mega cursi, pero bonito. Repleto de betún mantecoso, no se me antojó nada probarlo y Laila volvió a tocar el claxon.

¡Mordida! ¡Mordida!, exclamó Vicky con aplausos, estaba emocionada, es linda conmigo. No le di mordida al pastel porque no quería embadurnarme de manteca. Le di las gracias con un abrazo y partí una rebanada que me llevé envuelta en una servilleta; obvio, la tiré en cuanto llegué a la escuela.

Ese día fui el *hit*. Todos me dijeron que me veía guapísima. Mis amigas me regalaron tarjetas de felicitación. Poncho me dio una rosa roja, me chocan, pero se me hizo un detallazo. En los *breaks* entre clase y clase, Gustavo Santini no dejó de observarme. Normalmente esquivo su mirada porque me muero de pena, pero ese día se la sostuve, no me chiveé ni una vez. No me felicitó ni tampoco me saludó, solo se dedicó a verme, y con eso me hizo el día.

Mis amigas me preguntaron cuándo iba a ser mi fiesta, les dije que de regalo mi papá me había dado a escoger entre una fiesta y un viaje a Europa y que había escogido el viaje. Mentira.

Mi mamá no llamó ese día. Una semana después recibí una carta de su parte que decía: Feliz cumpleaños, lamento no estar contigo este día tan especial. Espero que todos tus sueños se hagan realidad y su firma. La tarjeta no me alegró, todo lo contrario. "Que todos tus sueños se hagan realidad", qué estupidez.

Los quince años están sobrevalorados, son una cursilería, en serio, qué importa si son catorce, quince o dieciséis. Da igual. Es solo un cumpleaños cualquiera. No hice nada especial ese día. Cuando regresé del colegio vi la tele un rato, en las noticias anunciaron que un Boeing 757 se había estrellado en el océano Atlántico, murieron

189 personas. Ahora la fecha de mi cumpleaños iba a ser el aniversario luctuoso de 189 familias. Trágico.

A mi papá lo vi hasta que regresó de trabajar en la noche. Me estaba quedando dormida, escuchaba *Knockin' on Heaven's Door* a todo volumen en modo *repeat*. Tocó la puerta y yo ni en cuenta. Apagó la música de un manotazo.

¡Siempre con tu escándalo, te vas a quedar sorda, Alejandra! Ven, quiero que veas algo, gritó mientras bajaba las escaleras.

Yo pensé que se le había olvidado mi cumpleaños. Lo seguí hasta el *garage* y allí me entregó las llaves de mi primer coche.

¡Feliz cumpleaños!, dijo con una sonrisa forzada. Contemplaba el coche con orgullo.

Me quedé con la boca abierta. Le puso un moño rojo gigante en el parabrisas. Era un Jetta color vino con interiores negros. Aunque el color vino se me hace de señora, me encantó.

Gracias, papi, *¡wow!*, le dije. La verdad no sabía qué decirle. Me sorprendió. Me emocionó, me quedé sin palabras.

¿Qué esperas para estrenarlo?, dijo.

En cuanto me subí, respiré el delicioso aroma a coche nuevo. Así en piyama y descalza encendí el motor. Papá en el asiento del copiloto iba agarrado hasta con las uñas del descansabrazos.

No vayas tan rápido, Alejandra, que no es pista de carreras.

Le di una vuelta completa al Palomar, casi lo disfruté, solo que papá no dejó de darme instrucciones y de regañarme.

Frena, frena, ¡que frenes!

Tope.

Acelera.

¡No des las vueltas tan cerradas, Alejandra!

Así no, vas a dar banquetazo.

Frena, frena…

7...

Desde que vi el encuentro entre el Hijo del Santo y el Negro Casas, supe que quería dedicarme a la lucha libre. Cada martes y jueves iba a la Arena Querétaro y trabajaba como parte del personal de seguridad. Yo era el encargado de cuidar que nadie se pasara sin boleto, que nadie del público se trepara al cuadrilátero y de sacar borrachos enfadosos, pero mi tirada era ser luchador profesional y meterme una lanota.

No cualquier pendejo podía entrarle de luchador, tenían que irte conociendo poco a poco. No era así de enchílame otra. Nel. Aparte de entrenar un chingo, había que ganarse la confianza de los promotores y la de los compañeros que ya eran profesionales. Por mucho que uno entrenara, si no se tenían los conectes, ni yendo a bailar a Chalma. Solo los luchadores con callo te podían enseñar cómo rifártela en el cuadrilátero. No había de otra, por eso le entré de seguridad, para empezar a picar cebolla y así ver cómo era la movida.

Don Carlos era el mero mero, seguido lo veía. Yo lo saludaba así, todo buen pedo, pero él ni me fumaba, y es que la neta todo el mundo le lamía los huevos a ese güey. Porque si él te daba el visto bueno, la hacías, entrabas porque entrabas y la hacías en grande. Pero uta, pa' que eso pasara estaba bien cabrón. De entrada, se tenía que rentar la Arena para una pelea de exhibición, pagarle al réferi, darle un moche al promotor, convencer a uno de los profesionales que te hiciera el paro y sabe qué tanta mamada. La verdad, estaba muy cabrón, pero yo pensaba ahorrar para hacerla, porque de seguridad nomás me daban pa' los chescos.

De mientras, debía corretear la chuleta, porque de algún lado tenía que sacar para darle de tragar a mi familia, por eso trabajaba en el Palomar, además, lo de lavar carros tenía sus ventajas.

En la casa treinta y cuatro trabajaba la Kari. Esa nalguita era a todo dar. Además de acercarme la escalera para que alcanzara los techos de las naves, porque a su patrón le cagaba que me subiera en las llantas, siempre me ofrecía algo, una Coca, un taquito.

En esa casa había un Cutlas, un Lebarón y una Suburban. Mientras sacaba los tapetes y los sacudía contra la columna, una mañana la Kari se quedó parada, mirándome.

—Filipino, ¿quieres una agüita de jamaica?

—Simón, Kari.

Trajo una jarra y dos vasos rojos desechables. Me sirvió agua y se recargó en la pared mientras yo enjabonaba los faros del Lebarón. Cuando me llevaba de tomar, yo le echaba un chorrito de Tonayán, que sacaba de mi pachita, pa' que amarrara, así hasta gusto me daba chambear.

—¿Hace mucho que lavas carros? —me preguntó ese día y se sentó en el escalón.

La Kari y yo platicábamos un chingo y seguido acabábamos a beso y beso. Y luego de un rato, le di pa' sus tunas varias veces.

—Ya llevo un vergo de años en esto —le conté—. Desde morrito mi jefe, que en paz descanse, se quedaba sin chamba un día sí y el otro también y, cómo no, siempre andaba hasta las manitas.

Vivíamos con mi tío Pablo, que tenía una miscelánea y atrás estaban los cuartos, en uno dormía él solo, porque no tuvo familia, y en el otro, mis jefes y *yoni*. A mí me daba mucha pinche hueva ayudar en la tienda y mejor me volví franelero en un estacionamiento. Luego empecé a lavar en la Comercial Mexicana y de allí me vine p'acá, y de allí p'al real.

Kari se quedó dizque oyéndome y yo en chinga talle y talle las llantas con el cepillo. Me caía re bien la chava, flaca de a madre, pero bien caliente la cabrona.

—Al rato tráete otra agüita, ¿no? —le dije. Ella nomás risa y risa. De rato apareció con el varo de la lavada. Se sacó el billete de en medio de las tetas. La empujé detrás de la bodega y le di unos de lengüita. Me saqué la verga y la empiné para que me la mamara.

—Nomás cuidado con los dientes, Kari —le dije. Me la mamó bien pinche delicioso, le empujé la cabeza hasta el fondo pa' que se atragantara. Justo cuando iba a aventarle los mecánicos, que mete el colmillo la muy pendeja.

—Chingadamadre, Kari, ¡te dije que tuvieras cuidado con los putos dientes! —le dije y le di un zape.

—Perdóname, Filipino, fue sin querer —me dijo toda culeada y es que, chale, cómo me dolió, hasta un rayón me dejó.

Me guardé el pito con cuidado porque me ardía bien cabrón, hasta sangre me sacó, pinche Kari. Caminé como pollo espinado hacia el acceso porque no tardaba en dar la hora de salida. Porque ¡ah, cómo jodían! Nomás nos quedábamos pasadas las seis y los ojetes de vigilancia luego luego empezaban a chingar, que por qué tan tarde, que en qué casa estabas, que o respetas los horarios o ya no entras. Putos. Pero esa vez, con todo y todo, estuvo bien sabrosa la mamada de la Kari.

Mariposas

Vicky disfruta recordar la época en la que Alejandra se instalaba en su cuarto por horas. A menudo, la niña jugaba a entrevistarla. Sostenía un control remoto a manera de micrófono y le hacía preguntas como reportera.

¿Cuál es su animal favorito? Dígame el sabor de helado que más le gusta. Si pudiera escoger entre volar y ser invisible, ¿qué escogería?

Vicky se lo tomaba muy en serio, se detenía a meditar cada cuestionamiento, porque a veces no sabía qué responder.

Virginia, dígame, ¿cómo cree que es el infierno?

Vicky no pudo contestar de inmediato. Solo pensar en el Diablo le provocaba escalofríos. Imaginó el lugar que entendía por infierno. En su mente aparecieron cavernas, llamas, oscuridad y alaridos. El infierno le dio vueltas en la cabeza por días. De pronto visualizó las almas de los condenados siendo succionadas al centro de la tierra a través de las grietas en el pavimento de las calles. Dedujo entonces que, por las mismas grietas, los espíritus escapan de vez en cuando para amedrentar a los vivos.

Cuando Vicky le dio su respuesta, Alejandra la miró con el ceño fruncido y sin pestañear.

—Vicky, ven, acércate, te voy a decir un secreto: el infierno no existe, son los papás —le susurró al oído y se partió de risa.

A Vicky le preocupa que la niña no respete a Dios y peor aún al Demonio. Reza por ella todas las noches; de hecho, está en primer lugar de la lista de personas encomendadas a la Santísima Virgen de los Dolores de Soriano. Aunque Alejandra se burló de ella, desde ese día, cada vez que ve una grieta en el pavimento, reza pidiendo por las santísimas ánimas del purgatorio, por si acaso.

Alejandra dejó de entrevistarla hace tiempo, pero a Vicky le gusta recrear el juego. Se pregunta y se contesta como ella lo hacía mientras realiza sus quehaceres. Disfrutaba de su compañía y también ser escuchada, nadie más se había interesado por hacerlo. Alejandra vive en su mundo desde que su mamá se fue y ya no platican.

Hoy va a cocinar consomé. Echa a hervir el pollo y pica las verduras. Mientras ve de soslayo el programa matutino *Un nuevo día*. En realidad, no pone atención a lo que dicen los conductores, es el barullo lo que la hace sentir menos sola.

Cuando vivía con su madre, a Vicky también le tocaba hacer la limpieza y cocinar, entonces tampoco tenía con quién conversar. Una vez, su vecina le encargó a su perico Filemón, ese sí era una buena compañía. Se pasaba el día enseñándole palabras nuevas porque las únicas que se sabía eran groseras. Mientras cocía los frijoles, platicaba con el perico. Si rezaba en voz alta, el ave tarareaba al mismo tiempo que ella y la hacía reír. Luego la vecina se llevó a Filemón y regresó el silencio.

Ahora de vez en cuando platica con Eva, que es la encargada del *manicure* y *pedicure* del vestidor de señoras en el club. También lo hace con las empleadas domésticas en turno de la casa de al lado. Rara vez duran más de dos meses. En cuanto empieza a tratarlas y a llevarse bien con ellas renuncian y se van. Vicky piensa que es por culpa del niño que se aparece en esa casa. Ella les advierte de la presencia de Ramón, el muchacho que se mató, para que no las vaya a tomar por sorpresa. Les cuenta que a una amiga suya que trabajaba allí, Ramón le arañó las piernas en la noche, es su deber avisarles. Vicky reza por él para que nunca la vaya a espantar a ella.

Termina de cocinar y se dirige a lavar el patio en donde vive Tyson, el perro, a él también le platica.

Le da lástima porque nadie le hace caso. Alejandra dice que lo adora, solo que nunca la ve jugar con él. Le da tristeza que el pobre viva en un patio que, aunque es grande, no tiene ni una sombra ni un pastito para refrescarse, nada más su casa de asbesto que se calienta como horno con el sol.

Mantener el patio limpio es la parte de su trabajo que más le cuesta.

—Las moscas, el olor a meados y la caca no se soportan, pero si no lavo yo, ¿quién? —le dice al perro.

Por eso ella lo deja entrar a su cuarto y el perro se echa de panza en el piso helado. También le abre la puerta del jardín a escondidas, porque a don Ricardo no le gusta que el perro esté allí. Vicky no comprende qué daño puede hacerle el perro a un jardín tan grande.

En cuanto termina de lavar el patio, Vicky le abre la puerta para que el piso se seque y el perro no lo ensucie. Pareciera que el animal se vuelve loco de gusto, corre en círculos a toda velocidad y se revuelca en el pasto. Marca con orina cada árbol, olfatea todos los rincones de la terraza y saca la lengua cuando la mira, como si le sonriera en agradecimiento. Lo que más gracia le causa es verlo corretear las sombras de las mariposas.

—Eres un menso —le dice sonriente.

Aunque las vea revolotear en su nariz, él busca las sombras en el pasto y persigue las siluetas hasta que se cansa.

A pesar de que Vicky casi nunca está atenta a lo que se dice en la televisión, la impactó un documental acerca del santuario de las mariposas monarca en Michoacán. Se acercó a tocar la pantalla impresionada por los miles de mariposas concentradas en el lugar.

—La mariposa es mi animal favorito —responde en voz alta a la pregunta que alguna vez le hizo Alejandra y no supo contestar. Tyson pasa corriendo a su lado, casi la tira. Le sorprende cómo un perro tan bravo pueda ser a la vez tan bobo.

—¿Verdad que a mí no me gruñes? Si yo te doy de comer, cómo me vas a gruñir —le dice mientras le rasca la panza. Ha visto que el perro le pela los dientes a don Ricardo. Vicky piensa que es porque vio cómo maltrataba a la señora Margarita y por eso le agarró tirria.

Ella sí le hacía caso y lo llevaba a pasear con su correa, era a la única que obedecía. Vicky no se atreve a sacarlo a caminar, porque si se echa a correr no hay forma de controlarlo. Una vez atacó a los señores de la basura porque la reja quedó mal cerrada. Se echaron a correr y se brincaron adentro del camión, si no quién sabe qué habría pasado. También mordió al veterinario que lo vacunaba. Siempre que

Vicky saca la basura necesita encerrarlo en el jardín para que no se vuelva a escapar.

Abre la llave de la manguera y riega las plantas.

—¿Te conté cuando Ale me preguntó por mi primer beso? —le dice al perro y se sonroja al recordarlo. Por vergüenza mintió y respondió que nunca la habían besado.

Lo cierto es que le dieron su primer beso siendo muy niña. Fue su primo Javier, él tenía dieciséis años y ella siete. Él y su tía solían visitarlas. Javier siempre le llevaba un mazapán de la Rosa. La llamaba "mi chula" y le decía que le gustaban mucho sus ojos negros y sus pestañotas. La llevaba a dar la vuelta a la cuadra sentada sobre sus hombros, ella se sujetaba muy fuerte de sus manos y no paraba de reír.

Vicky suspira y palmea al perro en el lomo.

El día del beso, su primo la llevó al cuarto, cerró la cortina y le dijo que se bajara los calzones. La recostó en la cama y le pidió que abriera las piernas lo más que pudiera. Acercó mucho su cara. Ella se reía porque su respiración le daba cosquillas. No la tocó, solo la miró y después de un rato le dijo que se vistiera. Al final le dio un beso húmedo en los labios. Después de ese día dejó de visitarla. Al poco tiempo se fue "al otro lado" con su papá y no volvió a saber nada de él en años.

—Contigo no me da pena —le dice al perro. Cierra la manguera y saca un pedazo de salchicha de su mandil y lo usa como cebo para llevarlo de regreso al patio.

Desde que la señora Margarita se fue, Vicky debe salir a comprar lo necesario para hacer de comer en el mini súper que hay a la salida del residencial. Sale casi diario porque cuando no falta una cosa, falta otra. Hoy tuvo que salir a comprar tortillas y jamón. Se encuentra a Eva y van juntas hacia la salida del Palomar.

Eva acapara la conversación, porque se sabe los últimos chismes del club y sus alrededores, tanto de empleados como de los socios y residentes.

A Vicky le preguntó con insistencia por la partida de su patrona. Le hacía *pedicure* todos los jueves y le comentó que era muy raro que llevara tanto tiempo allá en España.

El señor Castillo fue muy claro desde el principio y le advirtió a Vicky que no quería que anduviera de chismosa. Nunca vaya a hablar de mi familia. ¿Entendido?

Vicky comenzó a evadir a Eva. Negaba conocer las razones de la ausencia de la señora, ni tampoco en dónde se encontraba. Hasta que un día Eva llegó a decirle que ya sabía toda la verdad, que la señora Margarita no estaba en España, le habían dicho que se había pelado con un galán a vivir a Cancún. Vicky, atónita, lo negó rotundamente y aclaró que la señora Margarita se había tenido que ir porque el señor la maltrataba.

—Ya ves como sí sabías, méndiga —le dijo Eva entre risas.

—Por favor, no le digas a nadie —suplicó Vicky. Eva prometió guardar el secreto hasta la tumba, cosa que no sucedió. En poco tiempo el rumor de las golpizas que Ricardo le propinaba a Margarita se propagó en todos los estratos del Palomar. Desde entonces, Vicky no quiere ni abrir la boca delante de ella. La escucha atenta, eso sí, aunque no conozca a la mitad de las personas que protagonizan sus relatos.

—¿Ya supiste de Miguel? —pregunta Eva con el tono que usa cuando está a punto de contar un chisme importante. Vicky niega con la cabeza. A Miguel lo conoce bien, porque desde hace años es el chofer y jardinero de planta de la familia Mendoza, la casa de atrás. Cada mes pide permiso, muy educado, para entrar a podar las ramas del laurel que invaden el jardín de los Mendoza.

—Quesque atropelló a un trabajador, dijeron que iba borracho y se lo llevó la patrulla.

A Vicky le sorprende la noticia, si algo caracteriza a Miguel es que se la pasa trabajando y jamás lo ha visto tomado.

—Sí, mana, la misma cara puse yo, pero la cosa no acaba ahí. Ya salió el peine, que la que atropelló al trabajador fue su patrona.

—¿La señora Mendoza?

—La misma.

Eva aseguró que una fuente cercana a la familia, es decir, la muchacha que hace la limpieza, le informó que había sido ella y que su esposo le había pedido a Miguel que se echara la culpa a cambio de una lana.

—Vete tú a saber cuánto tiempo se irá a echar en el tambo, ya ves que así se las gastan aquí. Acuérdate, lo mismo pasó cuando el hijo del gobernador Sotomayor hizo su chistecito, ¿te acuerdas o no?

Vicky asiente.

Era bien sabido en el Palomar que Emiliano, el hijo del gobernador, había destruido la mitad del campo de golf. En una noche de fiesta se puso a hacer "trompitos" con sus amigos en el campo y al final había metido el auto en una de las trampas de arena. Y claro, la culpa se la echaron a uno de sus choferes.

Vicky se enteró porque el chamaco es amigo de Alejandra. Eva empieza a hablar de otra señora y Vicky se despide sin dejarla terminar. No tiene tiempo. Si por Eva fuera, se quedaría platicando tres horas.

Vicky lamenta lo que le pasa a Miguel, que le parece decente y trabajador. No es justo que esté en la cárcel y desde ese momento pide por él en cada oración.

Persiana americana

Al fondo del jardín de mi casa hay un laurel, un árbol gigantesco al que amo treparme desde hace años. No es nada fácil subir, el primer salto me cuesta bastante esfuerzo, después uso las ramas como escalera.

Hasta arriba hay un tronco que parece butaca. Allí clavé una bolsa donde guardo todo lo que necesito, mis binoculares, cigarros y un encendedor. Además de fumar y escuchar música en mi discman, me gusta ver lo que hacen mis vecinos. Las hojas son el camuflaje perfecto. Vengo aquí diario. Mi rango de visión abarca las casas de las familias Mendoza, Yáñez, Hernández y Santini. Sí, Santini, como en Gustavo Santini. Veo las fachadas traseras de ventanas enormes, como si fueran pantallas de televisión y mis vecinos los personajes de un programa.

La vista hacia los Mendoza es la más aburrida. Son muy viejos los dos, tienen como sesenta o setenta años. O sea, sus hijos son de la edad de mis papás. El señor Mendoza está todo el día en piyama frente a una computadora y me lo he cachado viendo películas pornográficas en su VHS. ¡Cerdo! Casi no sale, está allí siempre que lo espío.

La señora Mendoza, su mujer, no hace más que hablar por teléfono, tomar vino y mover cosas de lugar. Dirige al chofer y a las sirvientas para que muevan de sitio los muebles. Un día cambió la sala al lugar del comedor y el comedor al lugar de la sala. Y siempre trae una copa en la mano, se sirve de las botellas que esconde por toda la casa, en la chimenea, atrás del sillón y debajo de la escalera.

Nunca los he visto juntos. Cada quien en su rollo, como si vivieran en dimensiones distintas y no supieran que habitan la misma casa. Comen a horas diferentes y no sé si duermen juntos, porque las recámaras no alcanzan a verse desde aquí. Ese señor odia a Tyson porque ladra mucho. No sé qué quiere que haga, si los albañiles de la construcción de al lado hacen ruido y lo alborotan.

¡Callen a ese perro infernal, que estoy trabajando!, grita desde su balcón. A mí me da igual si se enoja o no, no es mi culpa que el señor no tenga una oficina lejos de su casa, como todo el mundo.

A Federico Yáñez y su esposa solo los veo cuando salen a su terraza. Son mega millonarios y no tienen hijos. He pasado por afuera de su casa y hay dos Mercedes, dos BMW y un Ferrari estacionados en su *garage*.

Dice mi papá que ese es el único Ferrari que hay en México. Además, hasta al Oxxo van escoltados por diez guarros. La esposa es como cien años menor que él. Tiene el pelo hasta la cintura y usa minifaldas de leopardo tan cortas, que apenas le tapan los calzones.

Los Yáñez son muy fiesteros, hacen pachangas que terminan tardísimo casi cada fin de semana. Es típico ver al señor Yáñez con micrófono en mano cantar rolas de Vicente Fernández a todo pulmón. Los que le aplauden son los meseros y sus escoltas con cara de a ver a qué hora se calla. Eso también hace enojar al señor Mendoza. Me parto de risa cada vez que los trompetazos del mariachi lo hacen saltar de su escritorio. Se pone rojo, grita que se callen desde el balcón y cierra la ventana. Se ve que ni así deja de oír el escándalo y los Yáñez no se enteran de nada.

En mis audífonos suena el álbum de éxitos de Soda Stereo, que, aunque sea de lo más ochentero, es uno de mis favoritos, lo escucho todo el tiempo.

Los Santini viven justo atrás de mi casa y, obvio, es mi vista favorita. Gustavo es mi *crush* desde el año antepasado y para mi buena suerte su casa es como un aparador. Con mis binoculares veo absolutamente todo como si contemplara una casa de muñecas. Ahora mismo apunto a su recámara. Se está cambiando para su entrenamiento de futbol. Me fascina. Tiene cuadritos y siempre está bronceado porque nada en el club. Sus cejas son como las de Tom Cruise, me encanta Tom Cruise.

Se acaba de acostar en su cama y prendió la tele. No me aburro de verlo, aunque no haga nada. Es tan guapo. La semana pasada vi algo increíble. Estaba acostado con la tele prendida como ahorita. Las cobijas le llegaban a la cintura. No traía camisa, cerró los ojos y tenía la boca entreabierta. Se adivinaba que su mano se movía a la altura de la pelvis. Luego paró y se quedó dormido. Fue muy emocionante, quisiera verlo sin sábanas.

No solo lo veo hacer cosas privadas, no soy una pervertida. *Hello?* También me gusta verlo jugar Nintendo o estudiar. En su terraza hay una canasta de básquet y se junta a jugar con sus amigos.

Quisiera saber en quién piensa Gustavo Santini cuando cierra los ojos y se toca. Sería lo máximo poder entrar en su mente. Lo malo es que, si lo hiciera y me encontrara con la cara de Laila, me moriría. Ya me dieron náuseas de solo pensarlo. No, no y no. Prefiero imaginar que piensa en mí. Ya se va, qué triste.

Prendo un cigarro.

Es el turno de la casa de los Hernández, ese lugar me pone los pelos de punta. La alberca está vacía y llena de hojas secas. El jardín parece baldío, como si nadie viviera allí.

En total tenían tres hijos. Una de las hijas va en mi salón, siempre se sienta en la esquina. Su cara es pálida y con manchas grises debajo de los ojos. Nunca se ríe, en serio, ni cuando el profe de física dio la clase con el cierre abajo y se le veían los chones. Todos nos botamos de risa y ella permaneció seria, como si nuestras risas le molestaran.

La mamá es gordísima, apenas puede moverse y se dedica a jugar videojuegos *all day long*. Ahí está, jugando *Tetris*, no falla. La semana pasada el esposo se paró frente a la pantalla y le gritaba algo muy enojado, porque movía los brazos. Ella manoteaba como diciendo quítate que no me dejas ver. Él apagó la tele y ella le arrojó una taza. Lástima que no puedo escuchar lo que se dicen. Ella la encendió de nuevo con el control remoto y siguió en su juego. El señor se quedó mirándola un rato y luego se fue. Ya no lo he visto. La hija más chica tiene como diez años y se sienta a su lado a verla jugar.

Dice mi papá que tiene obesidad mórbida. Es de no creerse porque antes era muy guapa, en serio, está irreconocible. Era amiga de mi mamá. Iban juntas a los conciertos de la filarmónica y salían a comer. Si su hijo mayor viviera, tendría como veintiún años. Se llamaba Ramón. Hay varias versiones de lo que le pasó. La que mi mamá supo fue la declaración de una de las niñas que estaban ese día con él.

Hace tres años, un día antes de su graduación de prepa, Ramón invitó a su casa a unos amigos para ver una película. La señora Hernández les dejó dinero para que pidieran pizzas y se fue a trabajar. Era de mañana, se supone que estaban en la sala de tele en la planta baja. Ramón les comentó que quería mostrarles algo que tenía en su cuarto. Nadie lo peló porque estaban a media película. Insistió sin conseguir que lo acompañaran. Ramón subió a su recámara y a los cinco minutos se oyó un disparo. Lo encontraron con un tiro en la cabeza.

La señora Hernández decía que había sido un accidente, que su hijo jamás se habría suicidado, que él era muy feliz. Lo que la gente dice es que era depresivo, y que, si no hubiera querido suicidarse, no habría tenido un arma cargada en su habitación.

Ella no sabía dónde había conseguido el revólver, no era de su esposo. Hay quien dice que estaban jugando a la ruleta rusa y que él tuvo la mala suerte de disparar cuando había una bala en la recámara.

La policía interrogó a los chavos que estaban allí y llegaron a la conclusión de que se trató de un suicidio. Su mamá nunca lo aceptó, llegó a pensar que quizá uno de sus amigos lo había matado. La policía no encontró ningún indicio de que eso hubiera ocurrido.

Fue horrible, yo acompañé a mi mamá al funeral y era desgarrador ver a la señora Hernández. Lloraba sobre el féretro y sus hijas trataban de calmarla.

Después de eso no volvió a tomar ninguna llamada de mi mamá. Dejó de arreglarse y de salir a la calle. Se instaló en su sofá a comer y a jugar. Pobre.

Según Vicky, Ramón se aparece, asegura que a una amiga suya hasta la rasguñó. Que se escuchan ruidos y se ven sombras en esa casa. Me intriga saber si es verdad, dice que todas las sirvientas que han trabajado allí lo han sentido. Yo no le creo. Nunca lo he visto, y vaya que le he dedicado tiempo de observación. Sí he percibido sombras, igual y por sugestión.

En el terreno que está justo al lado de mi casa están construyendo una mansión. Desde aquí veo a los albañiles trabajar. Llevan meses, puede que más de un año construyendo. Es una lata porque todo el día se oyen martillazos, mejor le subo el volumen a *Persiana americana*, uff, me encanta esta canción. Excavaron un hoyo enorme. Primero pensé que iba a ser una alberca, pero no. Mi papá dice que es el sótano.

Me gustaría que mi casa tuviera sótano para convertirlo en cine o en un estudio de grabación. Mi casa no es nada especial, es solo una casa común y corriente. En cambio, la de Laila tiene gimnasio, bar y alberca. Todo en su vida es perfecto, su casa, su familia, ella. Es como una Barbie de carne y hueso.

Laila me contó que el viernes pasado Gustavo Santini le habló por teléfono. No sé qué le ve, tiene buen cuerpo, pero de la cara no es tan guapa como todos dicen. La gente se impresiona porque sus ojos son azules. Yo la he visto recién levantada y no es nada del otro mundo. Y en traje de baño estoy mil veces mejor yo, ella tiene celulitis en las pompas. Admito que es muy *sweet* y siempre está de buen humor. Solo que a veces es muy empalagosa y la pose de princesa no la suelta. Si Laila fuera una canción, se llamaría *Tiempo de vals*, como la canción de Chayanne, qué horror. Hay que tratarla con pinzas, porque se ofende por cualquier cosa. En serio, espero que Gustavo Santini no piense en ella cuando se toca. Prendo mi tercer cigarro.

Ojalá mis nuevos vecinos tengan un hijo guapo. Veo a Vicky, sale al patio, cuelga la ropa en el tendedero. Tyson se le acerca y mueve el rabo. Tyson, mi perro, me observa desde el patio. Cuando estoy aquí en el árbol, no me quita la vista de encima, se sienta como estatua en un punto estratégico para ver mi cara y no se mueve, así pasen dos horas. Cuando voy al patio a verlo se acelera, me brinca, me babea y me deja marcadas sus patotas en la ropa. Y es que mi papá nos tiene prohibido sacarlo al jardín. Ni modo, se queda en el patio.

Vicky abre el portón de metal, presiento que viene a fastidiarme.

Ale, ya llegó tu papá.

Voy.

¿Estás fumando otra vez?, te va a regañar.

Aplasto el cigarro contra el tronco, ya negro por tantos que he apagado allí. Vicky se cree mi mamá. Qué comiste, a dónde vas, llévate suéter, a qué hora regresas. No me deja en paz, me quiere mucho, sí, pero se pasa de la raya.

Sin quitarme los audífonos, saludo a mi papá de beso. No quita los ojos de la tele. En el noticiero un reportero anuncia que hoy, en el aeropuerto de Arequipa, Perú, se estrelló un Boeing 737 dejando un saldo de 123 personas fallecidas.

Es el segundo avionazo en lo que va del mes, dice mi papá con cara de preocupación.

No sé si no nota mi olor a cigarro o simplemente no le importa. Permanezco allí parada un par de minutos sin que me mire o me dirija la palabra, ni siquiera es para regañarme por traer los audífonos puestos, odia que siempre los traiga. Me doy la media vuelta y me voy.

6...

No sé quién fue el ojete hijo de su puta madre que inventó mi apodo. Desde morrito, a alguien se le hizo muy cagado decir que tenía cara de filipino. Todo por culpa de un boxeador peso pluma que, según esto, estaba igualito a mí. Ni me parecía al móndrigo, pero me agarraron de su puerquito.

Apenas alguien decía: ¿A poco no el Juan Pablo parece filipino?, y luego luego todos cagados de risa, nomás por chingar. Más de una vez me dejé ir a los vergazos por decirme así. Pero, pues, no podía irme por la vida rompiéndole la madre a todo el mundo. Pa' pronto hasta mi jefa me decía así. Me acabé acostumbrando, ya qué chingados. Con decir que había gente que no sabía cómo me llamaba, eso sí, le hubiera metido billetes a que todos en la colonia sabían quién era el Filipino.

Mi nombre de luchador era el Espectro Filipino. Cuando me decidí por entrarle a la lucha libre, se los dije a mis compas una tarde mientras nos echábamos unas caguamas. El pinche Teo hasta escupió la chela de la risotada que soltó. Puto. Los demás creyeron que los estaba cabuleando.

Yo sabía que no iba a estar fácil lo de la luchada, a la banda le encantaba echar carrilla, no tomaban nada en serio. Ya me andaba por verles las caras a los cabrones cuando vieran mi nombre en los carteles de la arena: el Espectro Filipino vs. el Hijo del Fantasma. Con tal de callarles el hocico, le estaba echando un chingo de huevos a mis entrenamientos.

El único que no se burló de mí cuando le di la noticia fue el Navajas. Era el dueño del gimnasio de mi colonia y también mi carnal. Él me entrenaba y me decía cómo tenía que hacerle para ponerme más mamado. Le decíamos el Navajas porque ese sí estaba igualito a un güey que salió en la película del pistolero, esa donde se le veían las chichis a la Salma Hayek. ¿Cómo se llamaba ese bato? El actor ese prieto con cara de gandalla.

Cuando no amanecía tan crudo, me iba a las seis de la mañana a jalar a su gimnasio. Dos o tres veces por semana, sin falta. No me cobraba y a cambio yo le barría y le trapeaba.

Le pegaba al costal con las manos vendadas en tandas de un minuto. También pedaleaba la bicicleta fija, que rechinaba más que las rodillas de mi abuelita, que en paz descanse. Hacía lagartijas, abdominales, todo lo que el Navajas decía y pues ahí la llevaba.

¡Danny Trejo!, así se llamaba el bato al que se parecía el Navajas.

La parte más cabrona del entrenamiento era cuando me metía al salón de los aeróbics. Aprovechaba que no había nadie para practicar enfrente del espejo los movimientos más perrones de los mejores luchadores de todos los tiempos. Me aventaba y daba maromas, me imaginaba luchando contra el Hijo del Santo. Burlaba los llegues del Mil Máscaras, ¡pum!, y lo quebraba con una llave. Casi casi podía oír al público aplaudiéndome. Atlantis desde la tercera me tumbaba de espaldas, el réferi contaba uno… dos y me le zafaba y con un resorte me reponía y se la reviraba al culero.

La gente creía que ser luchador era como ser payaso o algo parecido. Pensaban que los luchadores solo le hacían a la mamada, que era puro teatro y faramalla. No sabían que en el ring nada era cuento, que no había rutinas a modo y que se podía salir muy puteado de allí. Yo vi luchadores sangrar, con huesos rotos, un cuate hasta se quedó paralítico por caer de costalazo con el cuello. Allí arriba había que estar a las vivas.

Aparte del entrenamiento se necesitaba varo, no solo para lo de la lucha de exhibición. Antes de eso había un chingo de madres que pagar, la licencia, la cuota anual, la proteína en polvo, el antidoping que tenías que hacerte mínimo cada dos meses. También había que pagarle a un mentor. No, si de que estaba cabrón, estaba cabrón. Luego sí se me quitaban las ganas con tanto pinche gasto.

Andaba en eso de juntar para la mentada cuota cuando el Batman empezó a buscarme para un jale. Me cae que ese güey pa' lo único que servía era pa' los putazos y pa' la trácala. Está papita y bien jugoso este *bisnes*, me dijo, y sí me latió entrarle, una lana extra me iba a caer a toda madre.

Si me hubiera convertido en una figura de la lucha libre nacional, me habría comprado una casota bien mamalona en el Palomar. Mi vieja hubiera salido a caminar al camellón con su visera y dos perros putarracos, como las pinches viejas copetonas que veía todos los días, en vez de pasarse el día lavando escusados y trapeando meados. Mis chavos hubieran entrenado con el Atlante FC Fuerzas Básicas, a huevo, quién quita y hasta a la primera división habrían llegado.

También me habría comprado un Camaro amarillo, como el de la casa cinco. Le habría instalado un autoestéreo de vete a la corneta, con mi carnal del tianguis, para que a dos cuadras a la redonda se oyeran los *buffers*. *Cómo te voy a olvidar, cómo te voy a olvidar.*

Pero, pues eso nunca pasó, en vez del Camaro, me movía en la ruta. En cuanto me subía, trataba de agandallar lugar hasta atrás, pero casi nunca apañaba lugar porque el transporte siempre venía hasta su puta madre. Por eso cuando salía del Palomar, pasaba derechito al mini súper a rellenar de pisto mi pachita. Un pomito de Tonayán, una Coca-Cola y unos Sabritones me sabían a gloria, porque se hacía por lo menos una hora de camino hasta la Arena.

Me estoy acordando del día que hice enojar a una chava, iba en la ruta, nomás me acuerdo y me gana la risa, es que se puso bien rabiosa. Y me cae que ni le hice nada.

Me trepé al camión y ese día sí alcancé el último lugar libre. En la siguiente parada se subió un putazo de gente. Todos se apretujaron y me quedó la panocha de una morra justo en mi carota. Se veía morrilla, pero ya alcanzaba el timbre. El chofer de la unidad iba vuelto su madre, pasó por un bache y nos zangoloteamos todos. Los que iban parados por poco y se rompían su mandarina en gajos. Yo me cagué de risa por verlos como si fueran pollos en un camión de redilas, a mí ya me había tocado ir un chingo de veces así.

Aproveché el desmadre para pegar mi nariz a la papaya de la morra y se la olí. Nombre, se puso como loca, pinche exagerada, apenas si la toqué. Empujó a la gente y me miró como diciendo te vas a morir, hijo de tu puta madre. Que no mame, apenitas la rocé, me dije y me comí un chicharrón.

La venía viendo de reojo, hasta se le saltaban los ojos de coraje, me recordó a la Llorona, pinche vieja. Casi me cago de risa, pero me aguanté y me comí otros dos chicharrones.

La ruca que iba a mi lado se me quedó viendo bien feo, vieja mitotera, ella qué. La chava emputada se recargó en el asiento de adelante y se pepenó del poste. Pasamos por un tope y la banda otra vez como en pollero. Me acabé mi botana y me eché la Coca casi de un trago. Eructé con la boca cerrada y solté un soplido. Doblé la bolsa de Sabritones hasta que quedó chiquita y la atoré entre el respaldo de mi asiento y el metal, la siguiente era mi parada.

Cuando pasé junto a ella, se tapó con su bolsa como si yo le fuera a hacer algo. Ni que hubiera estado tan buena. Desde abajo, esperé a que el camión avanzara pa' verla por la ventanilla, una vez que la encontré, ora sí solté la risotada. Yo digo que hasta le ha de haber dado chorrillo de la reemputada que se puso. Pinche exagerada, me cae. Le di un trago a mi pachita.

Cajas de música

En la habitación de Alejandra, el reloj con apariencia antigua marca las 11:15 a.m. Desliza la franela con aceite rojo para madera en el enorme juguetero de caoba. Disfruta sacudir el polvo de los objetos que hay en las repisas. Los perfumes forman un semicírculo, destapa uno, el aroma le recuerda a flores y canela. Se pone una gotita en la muñeca y sonríe al olerse.

Por fin llega a su parte favorita: la colección de cajas de música. Le fascinan y se ilusiona cada vez que las ve. Hay de madera, porcelana, plástico y metal. Su favorita es la que parece carrusel, tiene decoraciones en colores blanco, rosa y dorado. Al abrirla, un caballo miniatura sube y baja al compás de la música. En cada una hay un espejo y una pequeña figura que gira cuando se abre. Son quince en total. La abuelita de Alejandra se las ha ido regalando en cada cumpleaños. La niña no guarda nada en ellas y nunca la ha visto tocarlas siquiera. Si las cajas fueran suyas, las llenaría de objetos preciosos y les daría cuerda a todas horas.

La de acrílico blanco le trae malos recuerdos. No la toca ni por equivocación, apenas la roza con el plumero. Justo después de que su madre murió, Vicky entró a trabajar con la familia de Ale. Recién llegada, limpiaba el mueble igual que ahora y la caja de acrílico se le cayó y se rompió. Ella pensó que la iban a despedir, la acomodó de manera que nadie notara que estaba rota. Sin este trabajo Vicky no tenía a dónde más ir. El cuarto de la vecindad en donde solía vivir con su Tata lo ocuparon a solo unos días de su fallecimiento. Vicky no tenía dinero, ni siquiera un trabajo para pagar la renta. Fue una temporada difícil.

¿Ya no te acuerdas del olor?

Vicky se huele la muñeca otra vez. No. No me acuerdo.

Olía a sangre, no te hagas, sí te acuerdas. Vicky sacude las manos como si tratara de espantarse una mosca. Da cuerda a todos los alhajeros. Gira las perillas hasta que no dan más. Cada una emite una melodía diferente. Entre tantos, los acordes se confunden.

Sangre, tripas, humo, que no se te olvide nunca.

Toma una de las cajas y se la pega al oído. Reza un padrenuestro. Tres de las cajas ya no suenan. Las demás cada vez más lento hasta que, una por una, quedan en silencio. Siente pequeños latigazos en las sienes, pronto el dolor anida en su frente. Oprime sus cavidades oculares con las palmas de las manos y la presión ejercida le brinda un alivio momentáneo. Sin embargo, en cuanto las retira, el dolor regresa con mayor intensidad.

La imagen de su madre tirada en la calle aguijonea sus pensamientos y, por más que reza, los recuerdos no dejan de atormentarla. Repite el padrenuestro, se acuesta sobre la duela y se encorva como cochinilla. El rostro de Catalina ensangrentada. Aprieta los ojos y espera a que el ramalazo se atenúe.

Abre los párpados cuando el dolor la abandona. Pasaron casi tres horas. Se quedó dormida o se desmayó. El reloj marca la 1:50 p.m. Angustiada, toma la cubeta en donde carga los productos de limpieza. Va a la recámara de don Ricardo y tiende la cama con prisa. Se siente atolondrada, no logra estirar bien la colcha. Tropieza con la pata de la cama. Levanta la ropa sucia del suelo y va al baño. Rocía el retrete con cloro para desinfectarlo y por accidente salpica su blusa.

Se mira en el espejo y ve las gotas esparcidas en la prenda. Arruga la frente y le tiembla el labio inferior. No quiere que se le eche a perder, fue un regalo de la señora Margarita.

Baja las escaleras a trompicones y se dirige deprisa hacia la lavandería. Se quita la blusa y la sumerge en agua con detergente. Talla vigorosamente con la esperanza de retirar el cloro antes de que la blusa azul rey se decolore sin remedio.

Siente una mirada en la espalda. Un escalofrío la recorre, esta sensación ya la ha tenido antes. No se atreve a mirar, hasta que el sonido de una risa la obliga a hacerlo. El Filipino, el muchacho que lava los coches, se encuentra afuera recargado en la pared de brazos cruzados, observándola. A Vicky se le aflojan las rodillas, se cubre el pecho con la blusa empapada y cierra la puerta con fuerza. Le chasquean los dientes. No sabe qué hacer.

El hombre toca la puerta y le pide perdón por entrar sin permiso. Explica que solo venía por la aspiradora, que tocó el timbre y que nadie le abrió.

Ella escucha asustada sin decir una sola palabra. Silencio. Vicky se asoma por la rendija bajo la puerta para saber si ya se fue.

—Ya chula, aliviánate —le dice el Filipino.

Brinca del susto al escucharlo de nuevo. Pega su espalda a la puerta y sin querer sonríe al oír la palabra *chula*. Huele su muñeca, ya no percibe el perfume, ahora predomina el olor a cloro. El hombre suplica que lo disculpe, reitera que no era su intención asustarla y le pide que le facilite la aspiradora para ponerse a trabajar, pero ella está paralizada. Después de un rato, el muchacho desiste.

La invade un bochorno. Está espantada, avergonzada y también siente un pinchazo en el pecho y no logra identificar por qué. Vicky se sonroja, cubre su boca con ambas manos y sonríe otra vez.

Wicked Game

Laila y yo vamos juntas a clases de tenis a la Casa Club. Hoy me canceló porque, según ella, Gustavo Santini le va a hablar a las cinco. ¿Por qué no le aclara que vamos a ir al tenis? La princesita prefiere plantarme y hablar con él.

El tenis es lo máximo, pero odio ir sola al club. Sé que significa caminar frente a un grupito de niñas sangronsérrimas que me van a barrer y a criticar, porque es a lo que se dedican, es su *hobbie*. Creen que nadie se fija, o sea, *hello?* Son intragables. Hay dos clanes en especial a los que detesto: el primero es el de las típicas obsesionadas con el gimnasio/spinning/jazz. Esas que todo el día andan en *leggins* y viven matándose de hambre.

¡Estoy hecha un cerdo!, exclama una de ellas

Ay, nooo, para nada. Estás flaquísima, yo sí estoy súper *chubby*, contesta la otra palpando sus lonjas imaginarias.

Hablan de la dieta de los tres días y de cuántas horas de ejercicio hacen a la semana. Solo se dan el avión para enfatizar lo guapas y delgadas que son. Me caen en la punta del hígado.

El segundo grupo es el peor: las golfistas. Hablan mal hasta de su sombra. Las oí despotricar en el vapor, ellas no me vieron porque yo estaba acostada con una toalla en la cara en la esquina opuesta.

Gaby Maldonado no debería usar faldas, ¿la han visto? Tiene celulitis hasta en las rodillas, opinó Miriam.

Liz Quintana es la más marimacha del planeta, con ese corte de pelo ya nada más le falta el bigote, se burló Daniela.

Sí y la verdad parece chacha. Pobre, ni cómo ayudarla, qué feo nacer tipo, así, ¿no?, contestó Miriam. Las otras tres reían y apoyaban lo que estas brujas decían. Yo quiero mucho a Liz, no me gusta que hablen mal de ella, pero la verdad no me atrevo a reclamarles. Ni loca, sería como desafiar a una manada de hienas.

Laila se lleva con ellas porque juega golf. Le he preguntado qué dicen a mis espaldas, porque sé que lo hacen.

A veces hablan de tu mamá, nada importante, según ella. Nunca me quiere dar detalles. Laila a veces es hipócrita, cómo puede ser dizque mi mejor amiga y también ser íntima de las tipas que hablan mal de mi mamá. No comprendo y, francamente, no me importa. En serio, por mí que digan misa, como si ellas fueran perfectas. Solo son unas chismosas con la cabeza llena de Chococrispis.

Me revienta ir sola al club. Si no amara jugar tenis, no volvería nunca.

Prendo el coche, y para variar en el radio suena *La calle de las sirenas*. La repiten a todas horas. Me encanta. Subo el volumen y la canto porque me la sé completita.

Voy por la avenida principal cuando el coche de Gustavo Santini se cruza con el mío en sentido contrario. Seguro viene de regreso del club, él también es socio y me lo encuentro a cada rato. Podría identificar su coche a kilómetros de distancia, no es broma. Es un Golf negro con placas terminación 1336. Me sonríe y me saluda. *What?* ¡Me saludó! Me hundo un poco en el asiento y grito de felicidad. Me enderezo para verlo por el retrovisor. Gira en cerrada San Agustín. Va a su casa.

Doy vuelta en "u" en el primer retorno para volver a la mía. Estaciono mi coche afuera, corro por el teléfono inalámbrico y me trepo al árbol. Alcanzo los binoculares, escaneo la casa Santini, uff… ¡allí está!

Sube las escaleras, enfoco su cuarto. Entra y se quita la camisa. Le voy a llamar. Me tiemblan las manos. Conseguí su número hace siglos porque en la agenda de mi papá están apuntados los teléfonos de nuestros vecinos y ya me lo aprendí de memoria. Lo he marcado mil veces para escuchar su voz, obvio tapo la bocina y cuelgo.

Prendo un cigarro. Marco el número y espero a que conteste. Camina de un lado a otro buscando el teléfono. Lo tiene. Se acuesta de un salto en su cama y contesta.

¿Bueno?

Uff, su voz. Casi digo hola. Me acobardo y me quedo callada como siempre.

¿Bueno?, repite y cuelga.

Tengo la boca seca y el pulso a todo galope. Quisiera decirle que me encanta. Que ya no le hable a Laila, que mejor me hable a mí.

Ya. Lo voy a llamar. Inhalo y exhalo.

Marco otra vez.

Ocupado.

¡Chin!

Miro por los binoculares, habla con alguien. Carajo, si hubiera dicho algo, la persona hablando con él sería yo. Marco a casa de Laila y suena ocupado también. Él sonríe y habla mirando al techo. Enciendo otro cigarro y lo observo hablar, supongo que con mi amiga, por quince eternos minutos.

No sé qué le ve. O sea, su cantante favorito es Arjona, *really?* A Gustavo le gusta el rock igual que a mí. Ve MTV y se prende con los mismos grupos que yo, Pink Floyd, Guns N' Roses, Metallica, U2. A ella le gusta A-r-j-o-n-a. ¡Por Dios!

Y no es lo peor, también le gusta ver telenovelas de Televisa y el único libro que ha leído en su vida es *Juventud en éxtasis*. Es un fraude, de verdad, ojalá que Gustavo pronto se dé cuenta de que Laila es bien ñoña. Si me conociera más, vería que somos almas gemelas.

A mí me gusta leer, la buena música y el cine. Seguro nos gustan las mismas películas, *The Godfather*, *The Shining*, *Pulp Fiction*, *Goodfellas*. No los *chick flicks* favoritos de Laila, en donde desde la primera escena ya sabes lo que va a pasar. Ella le gusta solo porque es güera y está chichona. Ya colgó.

Suena mi teléfono y brinco del susto.

¿Bueno?

Hola, Alelí, qué suerte que contestas, pensaba que te habías ido al tenis. Es Laila.

Hola, no me digas Alelí, te he dicho mil veces que me choca.

¿Con quién crees que acabo de colgar?

Con "Gus", contestamos en coro, solo que ella emocionada y yo con desdén.

Me invitó al cine mañana, ¿vamos?

Marcador hasta el momento: Princesita 1, Ale 0.

No puedo, respondo.

Please, anda, *please, please, please*. Si no vas tú, no me van a dar permiso.

En serio, no puedo.

Gus se puso feliz cuando le comenté que vendrías con nosotros, le caes súper bien. Y puede que lleve algún amigo guapo, me dice, como si con eso fuera a motivarme. Conozco a casi todos sus amigos y ninguno me gusta, ella ya lo sabe. Lo sigo con los binoculares. Se está quitando la ropa. Se mete a bañar. No puedo ver el baño, qué mal. Creo que no es tan mala idea ir al cine, no pierdo nada, así puedo estar con él.

¿Alelí, sigues ahí?

Ok, ¿a qué hora paso por ti?

Toco el claxon dos veces, espero que Laila salga pronto. La función es a las siete y media. Nos quedamos de ver allá con "Gus". Lety, la mamá de Laila, se asoma y me saluda desde la puerta. Según el manual de las buenas costumbres, debo bajarme del coche a saludarla de beso. No tengo ni tantitas ganas de hacerlo. Sigue saludando. Ni modo, no puedo zafarme. Bajo y doy un portazo. Atravieso el camino de piedra, paso a un lado del espejo de agua y subo los ocho escalones hasta donde está ella. Ya sé lo que va a decirme: ¿Cómo está tu mami? Hace mucho que no la veo. ¿Cuándo dices que regresa de España? ¡Qué alta estás! Bla, bla, bla.

¡Alelí, *hello*, hermosa!

Hola, Lety.

Me saluda con un beso en cada mejilla, se cree europea, nadie saluda así aquí en México. Su cara se siente pegajosa por tanto maquillaje.

¿Cuándo regresa tu mami? ¡La extraño!

Mentira, mi mamá no la soporta.

Oye. ¡Qué alta estás!, ¿cuándo vas a dejar de crecer?

Por fin sale Laila. ¡Chin!, se dejó el pelo suelto y se ve guapísima. Lety la detiene frente a ella y la examina de arriba abajo. Le acomoda el cuello de la blusa y le peina el fleco. Saca un *lipstick* de su pantalón y le pinta la boca.

Ya, mamá, así estoy bien, dice Laila.

¿Por qué no te pusiste los pantalones rojos?, con estos te ves caderona.

Está loca, de verdad, Laila es tan flaca como una modelo. No entiendo por qué le dice que se ve caderona. Se me hace que por eso Laila vomita cada vez que se come una dona.

Se dan la bendición. No pueden ser más cursis. Se despiden como si fueran a verse dentro de diez años.

Lety es buena onda, lo que me choca de ella es que se cree chavita. Comparte ropa con Laila y le encanta convivir cuando estamos platicando con la puerta cerrada. *Hello?* ¿Qué parte de puerta cerrada/privacidad/no entren no entiende? Le vale, se acuesta en la alfombra y comenta el punto como si fuéramos las tres en el mismo salón. Además, se quedó estancada en los ochenta. Se peina con un copete alborotado lleno de spray y usa rímel azul. Le encanta hablar de niños.

¿Y a ti quién te gusta, Alelí?, me encantaría que anduvieras con mi sobrino Poncho, ¡es un partidazo!, dice Lety cada vez que puede.

No puedo decirle que muero por Gustavo, ni Laila lo sabe. Si supieran…

Esperamos en la taquilla del cine del centro comercial. Gustavo se acerca sin prisa, viene solo. Mira los aparadores de las tiendas con las manos en los bolsillos de sus jeans. Es guapérrimo, en serio. Cuando está cerca de nosotros me sonríe solo con un lado de la boca. Esquivo su mirada y cuando vuelvo a verlo, sigue con los ojos clavados en mí. Me pongo muy nerviosa. Nos saluda de beso, primero a mí, después abraza a Laila y ella se le cuelga del cuello. No sé a qué vine. A hacer mal tercio, a eso. Es ridículo todo esto. Ella pide unas palomitas.

¿Quieres algo, niña?, me pregunta.

Con lo revuelto que tengo el estómago, no me entraría ni un cacahuate. Tengo que inhalar y exhalar lento para calmarme y que no se me note que la cara me hierve desde que llegó.

Nada, gracias.

¿Por qué tan seria?, pregunta y según él me imita con cara de enojado.

No estoy seria.

Sí estás seria.

Me río.

Se ríe.

Nuestros lugares son los de la penúltima fila. Me siento yo primero, después Laila y enseguida él. Las luces se apagan. Laila habla como loro, aunque lo hace en voz baja es muy molesto. No soporto que la gente hable en el cine. Gustavo extiende el brazo sobre la butaca para abrazarla. Las yemas de sus dedos rozan mi hombro. Busca mis ojos en la oscuridad. Comienza a acariciarme muy lento, ella no lo nota.

Según sé, el hombro no es una zona erógena del cuerpo, no, pero cuando lo toca se disparan descargas eléctricas hacia mis manos, piernas y pecho. Se me pone la piel chinita. Quita el brazo y mira la pantalla.

Vemos una película en la que un grupo de científicos persiguen tornados en Oklahoma. En la parte más emocionante, cuando todo indica que van a morir succionados por el tornado, Laila emite un chillido agudo y se cubre los ojos. Gustavo la ve incrédulo y después me mira a mí. Nos reímos los dos. Mientras ella oculta la cara en su hombro, él estira el brazo hasta alcanzar mi cuello, después roza la comisura de mi boca. Siento cosquillas entre las piernas. Pretendo mirar hacia el frente. En realidad, mis ojos están cerrados y respiro con la boca abierta. Calor. Ella recargada en él y la mano de Gustavo no deja de acariciarme. La punta de su dedo dentro de mi boca, lo rozo con la lengua y lo quita.

Ale 10, Princesita 1.

Al salir de la sala, la luz nos deslumbra un poco.

¿Quieres un helado, niña?, me pregunta Gustavo.

No, gracias, le digo y miro el piso.

Pregunta lo mismo a Laila, ella sí quiere. A ella no le dice niña, como a mí. Le pide un cono de chocolate, mientras esperamos me dice en voz baja: ¿Qué quieres entonces, niña? Permanezco callada, porque lo único en mi cabeza es un beso. Un beso. Siento que floto sobre el piso y me cuesta no sonreír como idiota. Mi amiga come el helado y comenta la película. Gustavo no deja de verme a mí, solo a mí.

Laila no se da cuenta de nada. Él nos acompaña a mi coche y nos despedimos. Le da otro abrazo a ella y me mira fijamente mientras lo hace. Laila busca en su bolsa las llaves del coche que le di a guardar. Gustavo se despide con un beso en la comisura de mi boca.

Nos vemos, niña.

Durante el camino de regreso, Laila dice cuánto le fascina Gus, que le dio la mano y que por poco se dan un beso. No digo nada, recuerdo una y otra vez los ojos de Gustavo en la oscuridad.

Wicked Game suena en el estéreo del coche, sonrío, subo el volumen y la voz de Laila desaparece.

5...

Conocí al Batman en la primaria Vicente Guerrero, también era del barrio de la Cruz. Se llamaba Alberto Galván. Le decíamos así porque de morrillo le gustaba un chingo Batman y se rayaba con pluma un murciélago en el brazo. Si se le borraba, se lo volvía a pintar, así estuviera a media cáscara. Luego se lo tatuó de verdad.

Desde entonces la movía p'al trompo. Nadie lo tumbaba, pegaba chicos riatazos y no importaba el tamaño del mono, los mandaba a darle besitos al pavimento, por eso se volvió escolta. Al principio trabajaba de seguridad privada, pero lo corrieron porque no pasó el antidoping que les hacían en la empresa y como le encantaba el perico, pos ni cómo.

Cuando yo era franelero en la Comercial, fuimos socios en lo de las autopartes. Más que nada yo le conseguía espejos, emblemas, molduras y uno que otro cristalazo cuando ocupaba bocinas o autoestéreos. Él las vendía y nos dividíamos en partes iguales. En ese *bisnes* no había arriesgue, nomás era cosa de ponerse trucha y no llamar la atención.

Según él, en esa última chamba tampoco había pierde. Decía que íbamos a sacar lana como pa' tragar un año y que además Federico Yáñez se merecía que lo despiojáramos por ojete. Yo, la mera verdad, no tenía ningún pedo con ese güey, al contrario, me daba chamba cada semana porque le gustaba mi trabajo.

Ese bato tenía las mejores naves del Palomar y yo merengues era el único que él contrataba pa' detallarlas.

El Ferrari rojo era una chingonería, yo nunca había visto uno igual más que en calendarios. Estaba muy cabrón, esa madre costaba lo de diez casas de mi cuadra o más. La pintura de ese carro no se tocaba, se acariciaba. Podría haber sobado esa madre todo el día sin cobrar un pinche quinto.

Total que el Yáñez ese tenía varo pa' aventar pa' arriba. La única bronca era que en esa casa había un chingo de seguridad. En un principio yo había mandado a la chingada al Batman, porque Yáñez tenía fama de caca grande de los meros malos. Ni que hubiera estado pendejo de la cabeza como para irme a meter a robar a casa de un narco, eso ya era meterse en camisa de once varas. Pero según el Batman, me juró y perjuró que no era narco, me dijo que era dueño de los autobuses Flecha Roja y que tenía tanta seguridad porque el Mochaorejas le había dado un susto.

El Batman ya lo tenía todo planeado. Su patrón se iba a ir de viaje con su señora y se quedaban encargados él y otro bato al que le decían el Marlin. El Marlin llevaba como veinte años trabajando de chofer con Yáñez. Ese güey ni de pedo le hubiera entrado a la transa, por eso Batman quería que yo le hiciera el paro.

Decía que en esa casa había chingaderas de oro regadas por todos lados, anillos aquí, cadenas allá. Y que, además, había visto en dónde tenían escondidos un chingo de dólares. Él sabía bien cómo estaba la movida, porque ya llevaba años de escolta de la señora Yáñez. Lo traía en chinga pa' todo, desde llevar a bañar a sus perros hasta empeñar joyas cuando ella ocupaba efe y no quería que el ruco supiera.

El caso es que quería que yo entrara con una máscara a darle un tubazo al Marlin, para que pensara que las ratas eran de fuera y no sospecharan de él. Ya noqueado, íbamos a hacer nuestro cagadero. Hasta ahí sonaba papita. El verdadero pedo iba a ser sacar las cosas del Palomar. Siempre nos esculcaban las mochilas, las cajuelas y hasta las bolsas del pantalón. Se ponían bien perros en el acceso de empleados.

Quería que escondiéramos todo en una de las casas que se comunicaban por el jardín con la de Yáñez. Yo le dije que podía ser en la cincuenta y ocho, porque yo lavaba cada semana allí. Podíamos meter las cosas entre las plantas, con eso de que no había bardas. Una vez allí podíamos ir sacando las cosas poco a poco, metidas en el culo si fuera necesario. No era lo mismo esconderte una cadenita o un fajo de billetes cada día, a que de madrazo trataras de llevarte un costal con varo.

El Batman me prometió que a mí me iban a tocar mil quinientos dólares. No mames, esa lana no la había visto junta en mi perra vida. Y la neta, fuera de mamada, muy aparte de las luchas, con eso iba a sacar para la renta de lo que restaba del año y así mi vieja iba dejar de chingarme con eso. También quería comprarles a mis morritos unos tacos de futbol y uniformes nuevos del Atlante, que los suyos ya estaban más desteñidos que las nachas de Yuri. Con eso y con lo que ahorrara de las lavadas iba a pagar lo de la licencia de luchador y al dichoso mentor, ese billele sí iba a ser un pinche parototote. Además, si no era yo, otro cabrón le iba a entrar al quite.

Lo primero era ver qué pedo en la casa cincuenta y ocho, la de Ricardo Castillo, que me tocaba todos los miércoles.

Esa tarde no me abrieron. Toqué un chingo de veces y nada. Me arrimé a la cochera y le di toquidos a la reja con mi navaja y nada.

Otras veces, mal me acercaba y el pinche perro del mal venía en chinga a ladrarme, ese día, ni el perro ni nadie me abrían. Yo estaba que me llevaba la verga. Necesitaba la aspiradora y que me abrieran los carros, si no, ni cómo lavar las naves. Y, lo más importante, quería ver bien por dónde íbamos a meter el varo de Yáñez y por dónde lo íbamos a sacar.

No estaba el patrón, pero la Suburban y el *Yeta* sí, con eso la armaba. Toqué otra vez y nada. Yo pensé que no había nadie. Me pasé para adentro, al cabo que ya sabía dónde guardaban la aspiradora y las cubetas que me prestaban.

Abrí la reja y entré. Oí que el pinche perro estaba ladre y ladre, pero allá atrás en el jardín. Yo dije, ha de estar encerrado, luego así le hacen cuando no están, si no ya se hubiera dejado venir. La bodega estaba allí enseguidita.

Y con lo que me fui a encontrar, ¡no mames! La chava que trabajaba allí con las teclas casi al aire. Me sacó un pedote, yo neta pensaba que no había nadie. Ella ni en cuenta de que la estaba mirando, le campaneaban las peras porque estaba empinada talle y talle en el lavadero. Hablaba sola como perico de feria. Me iba a ir, pero pos no todos los días se ven chichis de a grapa.

Me vio y pegó un grito. Se encerró en el cuarto de lavado. Estaba bien culeada. Aliviánate, le dije, porque sí se apanicó gacho. No era pa' tanto, ¿yo qué vergas iba a saber que me la iba encontrar?

—Perdón, hija, solo venía por la aspiradora, pero pos también tú no abrías y yo tengo que chambear.

No me contestó. Chingada madre, dije. Si me reportaba iba a meterme en un pedo muy cabrón. Y pa' colmo, no me acordaba de su nombre. ¿Vero, Viri? No.

—Cámara, ya me voy, nomás te digo que no quería espantarte. Oye, estás bien chula, luego regreso pa' que me perdones, ¿sí? —le dije a ver si pegaba. No me contestó nada. Más me valía que no fuera a reportarme y, para no buscarle patas al diablo, mejor me pinté de colores. Me fui a lavar a la siguiente casa y me aventé una *Taunancontri*, un *Tunderber* y dos *Jarlis*. Estaba bien culeado. Nomás pendiente de a qué hora iban a venir por mí los de seguridad pa' sacarme a patadas del residencial. Creí que me iba a cargar el payaso. Acabé en chinga y me enfilé a la salida del fraccionamiento. Me eché de hidalgo lo que le quedaba a mi pachita, pa' aflojar el cuerpo.

Libré la salida sin broncas, por esta que pensé que me iban a detener en la caseta, pero nel, pasé limpiecito. La movida iba a ser cotorrearme a la morra al día siguiente, sin falta, para que la méndiga no rajara con su patrón. Ese culero de Castillo era capaz de negarme la entrada al Palomar de por vida y ahí sí habría estado yo jodido. Le pasó a un plomero que conocía, buena gente el ñor. No supe qué pedo tuvo con uno de sus patrones y que lo vetan. Nomás le faltó suplicarle de rodillas al Marcelino que lo dejara entrar y ni así le dieron chanza de regresar, ni siquiera a terminar los jales que había dejado a medias. Estuvo gacho, porque casi toda su chamba la hacía en el Palomar.

No me acordaba del nombre de la chava. Puta madre, llevaba tres años lavando los carros en esa casa y no sabía cómo se llamaba. Era el pinche colmo. ¿Vivi?, ¿Vero?… nel.

Una cuadra antes de llegar a mi cantón miré a mis chavos echándose una cascarita a media calle. Me pasaron el balón y se las retaché de taquito. Yovanni, el más morrito, se ponía todo contento cuando me veía venir, con su pinche sonrisota. Me cae que ese cabrón era como un perro agradecido, nomás le faltaba mover la cola.

Luego luego corrieron a pedirme los tazos del día, los coleccionaban, ya habían juntado un chingo. En cada bolsa de Sabritas venían dos, les di uno y uno. Nomás los vieron y empezaron a putearse por el que le di al Yonatan. Quesque el otro ya lo tenían repetido. Eso sí me hacía encabronar, que se pelearan por esos plastiquitos con caricaturas.

—Hijos de su perra madre, ¡así no se pinches puede! —les dije. Les di un zape a cada uno, les quité los mentados tazos y los eché a la alcantarilla. ¡A la verga! Uno llegaba en buen pedo y estos chamacos pendejos con sus mamadas. Los dejé atrás y entré a mi cantón. La Rosario, mi vieja, no había llegado porque le tocaba chambear hasta tarde, era afanadora en un hospital.

Los cabrones mocosos entraron atrás de mí cagados de hambre. Yonatan prendió la estufa y calentó agua para hacernos unas Maruchanes.

En la tele estaba el *Chavo del ocho*, se iba la señal y el Yovanni le movía al gancho de ropa que le puse en vez de antena para ver si se componía. No se veía ni madres, pura pinche estática.

—Yovanni, dale un putazo por un ladito a la tele —le dije. Se lo dio y apareció la cara de la Chilindrina bien clarita. Los morrillos se sentaron a merendar frente a la tele y yo todo pinche mal viajado por lo de la chava esta y, además, ya traía la boca bien pastosa, mi pachita ya tenía rato vacía y me pegó la cruz bien culeid.

Y no, nunca les compré sus uniformes nuevos a mis hijos.

Treinta y cinco años

Vicky no recuerda cuándo fue la última vez que se vio desnuda a sí misma. Desde niña, su Tata le decía que andar en cueros era pecado y que el Diablo se les metía por la cola a las niñas que no traían calzones.

No sabe cómo es su cuerpo, nunca ha visto sus partes íntimas en un espejo. Al salir de la regadera apura a secarse y se viste lo más pronto posible. La desnudez la avergüenza, pensar que un hombre la vio así la tiene muy afligida. Rezó el rosario esa noche, pidió perdón por haberlo permitido. Se rasca la cabeza una y otra vez. Las manos le sudan más de lo normal. No puede esperar a que sea domingo para ir a confesarse. No sabe cómo va a decírselo al sacerdote.

Cuando el Filipino se fue, de inmediato consideró acusarlo con don Ricardo y, luego de darle muchas vueltas, desistió. Cómo iba a explicarle que no había abierto la puerta porque no había oído el timbre y, encima, que no traía blusa. Porque, aunque ella no lo mencionara, seguro el muchacho lo haría.

En cambio, se le ocurrió acudir a don Marcelino, el jefe de vigilancia del Palomar. Con un reporte simple al Filipino, le llamarían la atención sin necesidad de entrar en tantos detalles.

Recién entró a trabajar al Palomar, don Marcelino le imponía. Al mirarla serio con el ceño fruncido, la hacía sentir como si él conociera sus pecados. Sin embargo, ella le daba los buenos días y las buenas tardes más que nada por costumbre. Él solo hacía un ligero movimiento de cabeza y seguía en lo suyo.

Hasta el día en que coincidió con él en la misa dominical del templo de la Virgen de los Dolores de Soriano. Su única interacción con él fue al intercambiar "la paz sea contigo", con el saludo de mano, como lo habría hecho con cualquier feligrés. A ella le sorprendió que, desde ese momento, Marcelino comenzara a saludarla muy amable por su nombre, cosa que no hacía con nadie más.

Caminó determinada hasta la caseta para contarle de la intromisión del lavador y, a diez pasos de llegar, se arrepintió. Regresó a la casa y no le dijo nada a nadie.

La omisión también es pecado, ¿eh?

¿Y si solo había entrado por la aspiradora como dijo y ella lo dejaba sin trabajo por su descuido? No se robó nada y además se disculpó. Una intensa sensación de cosquillas comenzó a burbujearle en el pecho cuando recordó que el Filipino le había dicho que regresaría a verla al día siguiente.

Vicky viste su blusa de domingo y, en lugar de trenza, cepilló su pelo para dejárselo suelto. No compra cosméticos, pero se untó un brillo de labios de Barbie que Alejandra ya no usa. Le dan ganas de orinar, no lo hace. Prefiere no despegarse de la puerta, por si llega el muchacho.

Quiere verlo y quiere volver a escuchar eso que dijo, lo de chula. Llevó al perro al jardín para que no los aturdiera con sus ladridos y los dejara conversar en paz. Espera al Filipino detrás de la ventana desde las cuatro y media. No está segura de si lavará los coches que no lavó el día anterior o si solo va a hablar con ella. Tiene la aspiradora a la mano por si se la pide. Escucha un chiflido acercándose, sabe que es él. Sus exhalaciones se aceleran. Pellizca sus mejillas para verse más chapeada y se alisa los pliegues de la falda.

El Filipino no toca el timbre como acostumbra, va directo a la cochera, como si supiera que ella está esperándolo. Se para frente a la reja y la escudriña. Ella agacha la mirada y se ve los pulgares.

—Psst, ¿qué, te vas a quedar allí o me vas a abrir para saludarme?

Ella abre, le cuesta mirarlo a la cara. Él se le acerca tanto que sus rodillas chocan.

—¿Ya no estás sacada de onda?

Levanta su mentón y busca sus ojos. Ella se sonroja. Él huele su cuello y le da un beso húmedo en la mejilla. De nuevo, ella no sabe cómo comportarse, le incomoda la excesiva proximidad del hombre, pero al mismo tiempo no quiere que se aleje. La recorre una sensación muy similar al vértigo que sentía cuando se paraba en la orilla de la azotea de la vecindad. La mano del Juan Pablo se escurre de su hombro a la espalda baja. Vicky siente el bigote aperlado por el sudor.

—Ya, al chile, ¿me perdonas o no? —pregunta el Filipino. Ella da un paso atrás, sonríe y se cubre la boca con la mano.

—Sí, te perdono.

Se le acerca de nuevo, le rodea la cintura con el brazo. Está demasiado cerca, piensa Vicky. Siente las axilas empapadas. Se desenreda del hombre, regresa al otro lado de la reja y la cierra.

—Mejor ya vete, que van a venir mis patrones.

—¿Te veo el lunes?

Vicky asiente.

Juan Pablo se echa al hombro su mochila con el emblema del Atlante y se aleja chiflando. Las manos de Vicky tiemblan y le sudan, las frota contra su falda para secarlas. Va directo a su cuarto y se hinca frente a la imagen de la Virgen. Reza el avemaría y antes de terminar la interrumpe la letra de la canción que el muchacho silbaba.

Si besando la cruz, estás tú, rezando una oración estás tú,
cómo te voy a olvidar, cómo te voy a olvidar.

Hace dos días de la visita del Filipino y Vicky no ha podido estar tranquila desde entonces. Limpia una por una las ventanas que dan hacia la calle, pendiente de quién pasa por allí con la esperanza de verlo.

No había sentido tantas ganas de ver a alguien desde que su primo Javier le dio aquel primer y único beso. Era muy niña para comprender lo que había sentido, después no solo lo entendió, sino que fantaseó por años con aquella tarde. Por mucho tiempo tuvo la ilusión del regreso de Javier. Se encontrarían y regresarían al momento que tanto había repasado. Rezaba mes a mes pidiéndole a Dios que para Navidad volviera, era cuando algunos de sus conocidos que trabajaban en Estados Unidos regresaban a ver a sus familias.

Imaginó distintas versiones del reencuentro, en algunas lo veía en la calle por casualidad, en otras tocaba a su puerta. Cambiaba los escenarios, las horas del día y las épocas del año, en todas se abrazaban y se daban un largo beso.

Cada domingo le confesaba al sacerdote que estaba enamorada de su primo y en cada ocasión el padre le espetaba que era un sentimiento prohibido y ofensivo para Dios, que debía arrepentirse y cumplir su penitencia. Se cansó de escuchar los mismos regaños cada domingo y dejó de confesarlo, porque, aunque sentía culpa, no se arrepentía.

Pasaron casi doce años para que Javier por fin llamara por teléfono a su Tata, que era a la única tía que él visitaba. Catalina recibió la llamada en la tiendita de la esquina. Se puso muy alegre cuando le avisaron que tenía una llamada por cobrar de Estados Unidos. Llevaba mucho sin hablar con él y llegó a pensar que su sobrino había muerto.

Javier le contó, con acento pocho, que vivía en California y que era carpintero de obra. También le dijo que le iba a enviar una feria cuando pudiera. Tenía una esposa y tres hijos y le dijo que le mandara saludos a su prima. Nunca volvió a llamar y jamás mandó dinero.

A Vicky le dolió saber que su primo se había casado. Estuvo triste mucho tiempo. Javier sabía de sus ataques y la había querido y besado a pesar de ello. Los hombres le inspiraban temor, se imaginaba zarandeándose orinada y cagada en el piso frente a uno de ellos, cómo la iban a querer así. Nunca ha tenido novio. Todo empeoró cuando en la primaria se corrió el chisme de que sufría de temblores, no faltaron las burlas y las miradas morbosas. Después de que su madre falleció, se alejó de la vecindad y de todas las personas a las que conocía para trabajar en casa de los Castillo. No ha vuelto a la vecindad en todos estos años.

Solo sale los domingos, le gusta pasear en el centro. A veces va con algunas de las chicas que trabajan en el Palomar, pero casi siempre va sola. El centro le da confianza porque hay un templo en cada esquina, ha pensado que si empieza a sentirse mal puede refugiarse en uno de ellos. Hasta ahora, no ha tenido la suerte de conocer a nadie que la quiera.

—Las quedadas espantan a los hombres, ellos huelen la desesperación. Necesitas una ayudita, yo sé lo que te digo —le aseguró Eva en aquella ocasión.

Fue un par de años atrás cuando la convenció de ir al mercado Escobedo para hacerse una limpia y un amarre para conseguir novio.

Doña Yolanda, la chamana, le pidió un nombre. ¿Y de dónde iba a sacar un nombre?, si ella lo que necesitaba precisamente era eso, un nombre. No supo qué contestar porque el único que se le ocurrió fue Javier y el dichoso amarre no le sirvió para nada.

Perdió las esperanzas de casarse y de tener hijos al cumplir los treinta, hace cinco años. Sin la maternidad, ¿qué sentido tiene la vida de una mujer?, se preguntó infinidad de veces. A ella le enseñaron que las mujeres valían si tenían hijos, solo a las monjas se les perdonaba que no los tuvieran porque estaban casadas con Dios. Ella quería una familia, pero ahora ni una ni otra, solo le quedó una existencia sin propósito.

Vigiló toda la mañana y no vio pasar a Juan Pablo. Ahora limpia los vidrios que ven hacia el jardín. Rocía el Windex y, de pronto, distingue la silueta de una persona parada afuera. Las gotas de jabón resbalan despacio y retira la espuma con un jalador. No hay nadie. Una punzada en las sienes la obliga a soltar el atomizador. Cierra los ojos y recita el padrenuestro.

Siente un ligero mareo y el dolor de cabeza aumenta. Camina despacio arrastrando los pies, con cada paso el dolor se vuelve más intenso. Un zumbido la aturde, aprieta los ojos, no aguanta la luz, entreabre uno y alcanza a divisar la puerta de su cuarto al final del pasillo. Los diez metros que la separan de su habitación le parecen kilómetros.

A mitad del camino se desvanece. Su cabeza golpea contra el piso de cerámica. Los ojos en blanco. El perro se acerca olfatearla. Las manos se le engarrotan. Comienzan las violentas sacudidas.

El perro va y viene moviendo el rabo. Camina hacia la puerta, ladra, regresa y la vuelve a olfatear.

A Vicky la saliva se le vuelve espuma.

El perro le lame los dedos de los pies. Más temblores. Ladra y la mira con las orejas erguidas. La crisis cesa y se queda quieta. El perro se echa a su lado y se queda dormido.

Sonata no. 14

Despierto. Froto mis ojos y veo el reloj, casi las 12:00 p.m. Anoche no podía dormir, es que no dejo de pensar en él, sigo embobada. Me acosté abrazada al teléfono porque juré que Gustavo iba a llamarme. No lo hizo. Qué oso, sabe que he marcado y colgado a su casa mil veces. ¿Desde cuándo lo sabrá?

Laila y yo lo conocimos el mismo día. Yo lo vi en cuanto se mudó a la casa de atrás y ella lo vio en la escuela. Comentamos el punto de lo guapo que era y además fuimos juntas a que Emi nos lo presentara. Técnicamente, tenemos el mismo derecho a que nos guste. Admito que ella lo expresó primero y con ello se puede decir que, de acuerdo al código tácito de las amistades incondicionales, lo apartó para ella. Ese tipo de reglas me parecen injustas, sobre todo porque es claro que yo a él le encanto. No apartas a un niño como si fuera un asiento solo porque sí.

Bajo en piyama con los ojos achinados de sueño para desayunar algo. Toco una tecla del piano al pasar y el grave sonido inunda el vestíbulo. Me encantaba tocar. Antes venía un maestro a darme clases particulares, pero dejó hacerlo cuando se fue mi mamá. Mejor dicho, el piano dejó de interesarme. Mi mamá sabe tocarlo súper pro, lo hacía más de una hora diaria y no se aburría de repetir la misma canción una y otra vez. Siempre la misma.

A mi papá le encantaba lucirse y siempre la forzaba a tocar la sonata no. 14 de Beethoven en sus reuniones de amigos, aunque a ella le diera pena. Apagaba la música y traía a todos los invitados al *hall* a escucharla. A mí eso me parecía como del siglo pasado. Papá tenía el numerito bien armado, al terminar de tocar la canción, le daba un beso en la frente a mi mamá y comenzaba a aplaudir ceremonioso. La gente continuaba los aplausos y miraban a mis padres con expresión de: ¡*wow*, qué lindo matrimonio! *Bullshit.*

¿Y Vicky? Los sábados a esta hora siempre hay algo rico humeando en la estufa. La mesa ya debería de estar puesta. Muero de hambre y no hay nada. ¿Dónde estará?

La busco en la sala, a veces se queda limpiando adorno por adorno como si fueran reliquias. Mi mamá le decía que tuviera mucho cuidado de no romper nada porque son piezas muy costosas. No la veo, tampoco está en el jardín. Salgo al pasillo de servicio y me encuentro a Tyson, lame mis manos, da vueltas y me brinca, está más loco de lo normal. Me choca que me llene de babas, me da alergia.

Antes de llegar al cuarto de Vicky la veo tirada en el piso, está desmayada. Mi mamá me explicó hace años que esto podía ocurrirle. Intento recordar qué debía hacer y no puedo. Me dijo que era normal en ella por lo de su epilepsia, que no me asustara. Sí estoy asustada, y mucho.

Vicky, ¿estás bien?, le pregunto en voz baja.

Toco su frente, está empapada de sudor y de su boca escurre saliva espumosa. Su falda está mojada, pobre, me da mucha pena verla así.

No debo entrar en pánico.

No debo entrar en pánico.

Voy a su cuarto por una toalla y la humedezco, también traigo su almohada y la coloco debajo de su cabeza. Limpio su frente con suavidad para no lastimarla, tiene un chichón como pelota de golf.

Vicky, despierta, le susurro.

Balbucea algo que no entiendo. Acaricio su frente y le digo que no se preocupe, que ya pasó. Le tiembla un poco la mano derecha. Abre los ojos, pero los cierra de inmediato, creo que la luz le molesta.

¿Quieres que le llame a la ambulancia del club?

Niega con la cabeza, y me dice que ya está bien, apenas le entiendo, habla como si tuviera la lengua anestesiada. Trata de sentarse.

¿Quieres agua?

Asiente.

Cuando regreso con el vaso de agua, la ayudo a enderezarse y se lo acerco para que dé sorbos.

No llores, Ale, ya me siento bien, asegura con la voz muy ronca. Al sentir su ropa mojada se tapa la cara y ahora la que llora es ella.

No te preocupes, Vicky, fue un accidente, se lava y listo, le digo para tratar de calmarla.

Lo mismo me decía ella cuando me hacía pipí en la cama. Es que ya tenía nueve años, nadie se hace pipí a los nueve años. Me daba miedo que mis papás supieran porque me regañaban. Mi papá me decía que parecía una bebé de dos años. Mi mamá ni me volteaba a ver y negaba con la cabeza con cara de agobio. Vicky retiraba las sábanas antes de que ellos despertaran y me decía: no pasa nada, Ale, se lavan y listo, no te preocupes.

¿Qué te hago de desayunar?, me pregunta todavía en el suelo.

Desayuné cereal con leche, miento.

Al fin se pone de pie, encorvada. La sostengo del brazo, camina como si fuera una anciana. Tardamos como cien horas en llegar a su cuarto.

Me voy a bañar, dice.

¿Quieres que me quede aquí por si se te ofrece algo?

No, gracias.

Me da miedo dejarla sola, así que la espero afuera de la regadera con la toalla extendida mirando hacia otro lado.

No te veo, no te preocupes, le digo.

Solo veo la toalla Pierre Cardin desteñida que mi papá usaba hace mucho tiempo. Seco su pelo y ella ladea la cabeza como si le pesara. Es áspero y veo que le han salido canas.

Gracias, hija, de veras yo puedo sola, afirma.

Salgo del cuarto y Tyson me espera sentado como si quisiera saber cómo sigue. Corro a mi cuarto y me oculto bajo las sábanas. Lloro lo más callada que puedo, no quiero que me oiga mi papá. Una vez amenazó con que si Vicky seguía con sus achaques, la iba a correr porque necesita a alguien que atienda su trabajo no que nosotros tengamos que cuidarla a ella. Se me escurren los mocos, alcanzo un Kleenex de mi buró y me oculto de nuevo. Vicky parecía como si estuviera muerta. Nunca la había visto así.

Vicky me cuida, me hace té, me prepara de comer, está al pendiente de a dónde voy y sé que reza por mí. Cuando mis papás peleaban ella siempre estaba dispuesta a consolarme.

Nunca voy a olvidar el día que mi papá se enojó porque mi mamá había ido al club a comer con sus amigas. Cada vez que había pleito yo pegaba la oreja a su puerta para escuchar lo que decían. Le dijo que si quería irse de zorra con las golfas de sus amigas estaba equivocada.

Solo fuimos a comer, alegó mi mamá.

A mí no me vas a ver la cara de pendejo, ya sé lo que hacen en esas "comidas", dijo mi papá.

Estás paranoico, respondió mi mamá y él se puso furioso.

Cállate, gritó y oí que se le fue encima. Entré porque escuché los golpes y quería defenderla. Mi mamá estaba echa bolita en el piso y él le pegaba con el puño cerrado en la espalda.

Déjala, grité.

Se abalanzó sobre mí, me sacó a jalones y cerró la puerta con seguro. En lugar de ayudarla empeoré las cosas.

¿Ya ves?, todo esto es tu culpa, eres una perra, le gritó.

Ya no pude seguir escuchando, tenía tanto miedo que me fui corriendo al patio y me metí a la casa de Tyson. Vicky me vio y se acurrucó allí adentro conmigo. Me recargué en sus piernas y me acarició el pelo hasta que me calmé.

Después de cenar cereal veo la tele, repaso los canales con tedio, no hay nada que ver. Vicky ha estado en su cuarto todo el día y mi papá no ha regresado de trabajar.

Si Vicky muriera, me dolería tanto como si falleciera alguien de mi familia. Yo creo que me daría más tristeza que si se muriera cualquiera de mis tías o mi abuela. Y me quedaría completamente sola. Es la única persona que siempre está pendiente de mí. A nadie más le importa lo que me pasa. Ni a mis amigas. A Laila no puedo contarle nada, un día cometí el grave error de decirle que odiaba a mi papá. Fue de chismosa con su mamá y las dos hablaron conmigo. Armaron un numerito muy al estilo de *Mujer, casos de la vida real*. Con lágrimas en los ojos me explicaron que el odio era un sentimiento muy feo y que podía contar con ellas para lo que fuera. Laila me abrazó y lloró. Lety nos veía conmovida. Qué horror. Me sentía incomodísima. Yo solo quería desahogarme con mi amiga, no era que de verdad odiara a mi papá, y lo volvió un *big deal*. No hay nada más nefasto que la gente te vea con lástima y lo que ellas demostraron ese día fue lástima. Me sentí más sola que nunca.

A Laila no puedo compartirle que Vicky me preocupa. Para empezar, ella es de la idea de "mantener distancia con la gente de servicio". Obvio, eso es lo que su mamá dice con cara de fuchi y ella lo repite muy convencida.

No es fácil encontrar en quién confiar. Quizá platicaría con Liz, solo que hace mucho no hablamos. Quisiera hablar con mi mamá.

En las noticias, Jacobo Zabludovsky hace un reporte especial y anuncia que hoy en el océano Atlántico, muy cerca de Long Island, estalló el vuelo 800 de la TWA dejando 230 víctimas mortales. Cada vez que escucho una noticia como esa, mi estómago se frunce. Me la imagino entre esas 230 personas. Me pregunto si llamarían de la aerolínea para informarnos que estaba en la lista de pasajeros. No, no creo. Llamarían a mis tías, el teléfono de esta casa sería el último en dar como contacto de emergencia, yo sería la última en enterarme.

4...

Esa noche, por primera vez me habían metido de suplente al cuadrilátero. No como el Espectro Filipino, bueno fuera, de eso hubiera
pedido mi limosna. No era una función oficial, era nomás de práctica. Los martes a veces le daban chanza a los principiantes como yo,
de que entráramos al quite si alguno de los meros meros se enfermaba
y por fin me tocó a mí.

Me metieron una chinga de aquellas, pero no me rajé. Pinche Dragón Siberiano puto, me agarró en la pendeja y me acomodó un sillazo
en el lomo. Y lo malo es que uno no puede responder, porque en esos
entrenamientos estamos allí pa' recibir los madrazos, no pa' repartirlos.

—Se ve que le echas ganas, mai —me dijo el Guardián del Barrio del Tepetate, uno de los veteranos.

—A huevo, carnal —le contesté y chocamos los puños.

Había que plantarse con huevos y aguantar vara. Fueron los quince minutos más verga de la semana. Me cae que ya me andaba por sacar
mi licencia. Ya merito, me decía, ora que se haga el jale del Batman.

Regresé bien madreado a mi cantón. Mis chavos ya estaban je-
tones, hasta ganas me dieron de despertarlos pa' contarles, pero ya
era bien noche, porque saliendo me fui a echar caguamas con el Timo.
Rosario me estaba esperando con *Los tres García* en la tele y con su
cara de bulldog. Ya le había dicho que no me esperara despierta, pero
era terca como ella sola, decía que no podía dormirse si yo no había
regresado.

—No mames, adivina qué: ¡hoy sí me subí al ring!

—Ajá.

Me senté y ella se levantó pa' calentarme la cena. Destapó dos
botes de crema Alpura, de uno sacó frijoles, del otro papas con chorizo y calentó tortillas. Ya me andaba del hambre.

—Le puse una putiza al Dragón.

—¿Te pagaron?

—Me dio un sillazo, pero igual me la peló…

Me puso el plato enfrente de mal modo.

—No te dieron ni un quinto, ¿verdá? Ya me vinieron a cobrar la renta otra vez, ya debemos tres meses, Filipino.

—Sí, sí, ya sé, mañana te traigo feria.

—Y ya se está acabando el gas, nomás acuérdate que yo lo pagué el mes pasado y el otro mes también. Y ese te toca a ti, ya lo sabes. No quiero que empieces de desobligado como el Timo, que se la pasa de huevón mantenido —dijo y se siguió como hilo de media.

Llegar a mi cantón cuando estaba enojada era llegar a oír pura pinche queja. Ya ni la oía. Me urgía pagar la renta de jalón pa' que me la dejara de hacer de pedo.

Estaba bien jetón cuando la Rosario me despertó con sus ronquidos. Le di un codazo y dejó de roncar. Ya valí madres, me dije, porque de que abría el ojo, me costaba un huevo volver a dormirme.

Lo mismo me pasaba cuando era morrito, solo que, en lugar de los ronquidos de Rosario, me despertaban los bufidos de mi tío.

Mi tío Pablo le caía al cuarto casi a diario y yo bien pinche mal dormido. Nomás no iba los lunes porque era el día de descanso de mi jefecito. Gracias a mi tío teníamos qué tragar y dónde dormir. Él le consiguió la chamba de velador a mi papá en un lote de carros usados. Mi jefa cocinaba, hacía el quehacer y atendía la miscelánea. Parecía que los que eran marido y mujer eran ellos dos, mi tío y ella, pues. Por un hoyito de la sábana los veía a él y a mi mamá poniéndole bien y bonito. Ella a gatas y mi tío dándole por atrás con los ojos de huevo cocido. Oía a mi jefa chillar quedito y él gruñía como puerco jarioso. Se me paraba por estar viendo y ni modo de no chaquetearme.

En cuanto gané lo suficiente para pagar un cuartito, salí por piernas a la chingada. Una cosa era que estuviera agradecido con mi tío, pero tampoco iba a ver cómo se cogía a mi jefa toda la vida.

Me volví chaquetero de tiempo completo desde los diez años. A todas horas pulía la perilla y aprovechaba cualquier chanza pa' darle sus arrimones a las morras. Cómo me gustaban las cabronas, aprovechaba pa' rozarlas, aunque fuera de un codo y me calentaba solo de pensar en cómo eran sus panochitas sabrosas.

Mi primer palo me lo aventé con la Güera. Trabajaba en la frutería de la esquina en donde vivíamos, allá en la Cruz. Estaba bien cogible. Todo empezó porque un día le di unos repegones en la fila de las tortillas. Se dio color luego luego. La Güera no se emputó como las demás, me dijo que en lugar de darle empujones nos viéramos más tarde en la bodega. Había una bodega a punto de caerse al lado del baldío donde los domingos se ponía el tianguis. Allí era donde la bandera se juntaba a oler chemo o a chelear.

Nos dimos unos becerros bien acá, luego me la empecé a dedear, estábamos bien calientes los dos, me saqué la riata y sin decir agua va, se la metí hasta adentro. Le gratiné el mollete como en diez segundos, porque yo ya estaba a punto de turrón. Me acuerdo y me gana la risa la encabronada que se dio porque me vine adentro. Tendría yo doce… no, yo creo ya tenía los trece años.

La Güera y yo nos veíamos de perdida tres veces por semana en la bodega. Un día dejó de ir, la busqué en la frutería y me salió con que ya andaba de novia con un bato. No volvió a pelarme, después se embarazó y valió verga. Pero no me enojé, no, yo a esa morra se la debo de por vida, porque de todos mis cuates fui el primero que le midió el aceite a una vieja y, como me enseñó mi jefa, uno debe ser agradecido.

Por cierto, acababa de verla, también trabajaba en el Palomar. Me saludó bien coqueta. Se me hace que todavía se le hace agua la canoa cuando me ve, me dije, pero chale, ya la neta a mí no me gustaba. Lástima porque antes estaba bien sexosa, ahora estaba como pa' hacerla carnitas.

Esa noche, pensando en la Güera, me entró la cosquillita de darme a la pinche Vicky. Ahora sí ya no se me iba a olvidar su nombre. Desde el día que le vi las chichis no pude sacármela de la cabeza. Le alcancé a mirar sus pezones prietos, eran como dos deditos y me dieron hartas ganas de chupárselos. Nada más de acordarme de ella, se me ponía el rifle como bat.

Rosario se dio la vuelta y de vuelta a roncar como Torton en subida, ya casi se despertaba ella sola. Me cae que mi vieja sí dormía a pierna suelta, yo digo que tenía la conciencia bien tranquila. La neta, sí la quería un chingo, no sería la más buenota, ni la más chula, pero era bien rifada. Siempre me hacía el paro cuando la necesitaba, por esta que no quería fallarle. Viejas como Rosario ya no hay.

Mercado

Vicky esperó al Filipino el lunes. Se apuró a terminar el quehacer. Le entusiasmó que quisiera verla de nuevo. Estás bien chula, morra, le había dicho y sonrió al recordarlo.

Se vio reflejada en el pequeño espejo de marco rosa de su baño. Su rostro siempre le ha parecido soso: nariz aguileña, pómulos angulosos, ojos casi negros y la piel manchada de paño. Sonrió al reflejo, gesticuló, frunció las cejas y la boca, volvió a reír esta vez sin mostrar los dientes. No encontró una sola razón por la que Juan Pablo le hubiera dicho chula.

Inclinó la cabeza y cepilló su pelo crespo. Miró el reloj despertador, faltaban seis horas para que el muchacho llegara.

A las 2:30 p.m., cuando sirvió de comer, su ansiedad iba en franco ascenso. Escuchó el tintineo del tenedor contra el plato con cada bocado que Alejandra y su papá le daban al arroz con carne deshebrada. Todavía faltaba recoger la cocina e irse a cambiar para estar lista a tiempo.

A las 3:15 p.m., Ale y su papá terminaron el último bocado. Aún no se levantaban de la mesa y Vicky ya estaba limpiándola. No alcanzó a comer, apenas si le dio dos mordidas a un taco entre que lavaba los platos y los guardaba en la alacena.

En el reloj las manecillas marcaban las 4:28 p.m.

Cambió su falda descosida por el vestido negro de diminutas flores amarillas que la señora Margarita desechó porque estaba ligeramente desteñido. La señora solía hacer limpia de clósets cada mes, una rasgadura, una decoloración, por pequeñas que estas fueran, eran razones suficientes para deshacerse de una prenda. La ropa se iba acumulando en bolsas de basura para llevarla a donar un par de veces al año. Vicky escogía lo que le servía para su uso personal y así se hizo del vestido que pretendía usar.

Por la mañana, mientras Alejandra estaba en la escuela, Vicky aprovechó para probarse el vestido frente al espejo de su vestidor. Solo lo había usado en dos ocasiones: un Domingo de Resurrección para ir a misa al centro y la otra, cuando fue al bautizo de un sobrino, seis años antes. No estaba segura de que todavía le entrara. Con los años ha ido ganando peso.

Se miró de frente y de costado. Irguió los hombros y metió el abdomen. Sonrió y colocó los brazos en jarra.

—Hasta se me ve cintura —dijo orgullosa al verse.

Le sorprende que el vestido le quede tan bien. La señora Margarita es muy angosta y de extremidades alargadas. Vicky, en cambio, de caderas anchas y piernas como troncos. Estuvo lista a las 5:00 p.m. en punto.

El Filipino no asistió.

El martes, lo mismo. Terminó sus labores y desde las 3:30 p.m. estuvo bañada y arreglada con el mismo vestido del día anterior.

Tampoco llegó.

Escondida detrás de las cortinas, lo divisó pasar silbando por la banqueta de enfrente, él ni siquiera volteó a ver la casa de los Castillo.

El miércoles, día de lavado de autos, Juan Pablo tocó el timbre puntual como cada semana. Ella salió a entregarle la aspiradora con su vestido y su mejor sonrisa. Él le dio las buenas tardes, le guiñó un ojo y se puso a trabajar. Lo observó desde la ventana de la cocina sin que él se diera cuenta. Cuando terminó de lavar los tres coches no tuvo tiempo de nada porque el señor Castillo salió, hablaron, le pagó y el muchacho se fue. Vicky colgó el vestido en el gancho y lo enfundó con un plástico de tintorería.

No ha dejado de pensar en la ayudita que años antes había buscado en el mercado. Y es que, a su edad, su Tata ya la había parido, su padre ya la había dejado y hasta la visitaba otro señor. Ella: nada. Nada de nada. Ni perro que le ladre, hasta ahora.

Dame un nombre, le había dicho la bruja aquella fallida ocasión, pero ¿y si regresa y le da el nombre del Filipino?

Lo había visto decenas de veces lavando los coches y nunca se había inquietado con su presencia. Ahora, es casi como si lo acabara de conocer y el pecho le revolotea cuando piensa en él. No puede perder la que quizá sea su última oportunidad. Necesito la ayudita, piensa entusiasmada.

Los fines de semana en el mercado Escobedo pulula la gente, por el tianguis que montan en el estacionamiento. Vicky prefiere llegar temprano para evitar los tumultos de las doce del día. En punto de las ocho la mayoría de los puestos del mercado ya abrieron.

Recorre el pasillo de la fayuca, un hombre con dos muñecos de plástico la aborda.

—Llévelos, llévelos a dos por diez —recita con voz de merolico. Ella lo esquiva, acelera el paso y llega a la sección de carnicerías.

Vicky mira de soslayo las jetas de los puercos colgadas de afilados ganchos como máscaras y las manitas apiladas sobre lechuga esperando a que alguien las compre y las prepare en escabeche o en salsa verde.

Pisa con cuidado la loseta resbalosa por el agua con cloro que vierten para lavar la sangre que aún gotea de la carne fresca. Unos pasos más y llega al puesto de las gorditas de maíz quebrado. El olor a fritanga le abre el apetito. No va a comer nada. Primero lo primero. No recuerda con exactitud si debe girar a la derecha o a la izquierda, hace mucho que Eva la acompañó y no había regresado desde entonces. Indecisa se detiene en el puesto de los dulces y los platos desechables.

—Buenos días, ¿qué va a llevar, señito? —saluda sonriente la vendedora, que le ofrece bolsas transparentes tamaño jumbo a diez por cinco pesos y le señala los vasos de unicel que están en descuento.

—¿No sabe para dónde es el local de doña Yola? —pregunta Vicky. La vendedora transforma la sonrisa en un pronunciado gesto, niega con la cabeza y se persigna. Vicky le da las gracias, pero la mujer la ignora y le ofrece las bolsas a las personas que transitan detrás de ella.

Vicky ve un tendido con vestidos de segunda mano y recuerda haber pasado por allí. Camina en esa dirección y comienza a ver los puestos donde se consiguen veladoras, hierbas y ungüentos. Encuentra el local, no recordaba el altar dedicado a la Santa Muerte. Dentro de una caja de cristal, la postura y el manto son como los de una Virgen, pero con cara de calaca. La ilumina un foco de luz morada. Rehúye a contemplarla, le crispa la piel.

Una niña de unos doce años despacha la mercancía y cobra las consultas, como ella las llama. En la pared hay un expendedor rojo de turnos como los de las salchichonerías. Toma el boleto con el número cuarenta y dos y apenas van en el veintitrés. Vicky pregunta si puede ir y regresar más tarde. La niña le dirige una mirada socarrona y se encoje de hombros. Una mujer que se encuentra formada le dice que, si la llaman y no está, pierde su turno.

Pasan las horas. Una gota de sudor resbala por su espalda, se abanica con la mano. El calor penetra por la techumbre de lámina que cubre la nave principal del mercado. Los olores rancios de fruta pasada, cochambre y carne cruda saturan el aire. El hambre ahora es intensa y sus tripas producen rechinidos que la impulsan a cubrirse el vientre para que nadie los escuche. Vicky saca de su bolsa un pedazo de bolillo y lo mordisquea. Se ve tentada a comprar una empanada en un negocio a la vuelta de la esquina. Le pregunta a la señora detrás de ella si le haría favor de apartarle su lugar, esta niega con la cabeza. Las personas en la fila esperan pacientes con el boleto en la mano, incluso las de edad avanzada.

Observa a los clientes salir por la cortina verde que oculta el cubículo de doña Yola. Nadie se va de allí con las manos vacías. Antes de que la niña les cobre, les surte diversos productos recetados por la chamana.

El local no es grande, si ocupa un espacio de dos por dos es mucho. Los estantes se desbordan de tantos objetos. Se exhiben veladoras de todos tamaños y colores, depende de la dolencia o la petición. Hay para la buena fortuna, para ahuyentar a la suegra, para el mal de aire y un sinnúmero de intenciones. Los letreros de cartulina fosforescente indican qué es cada cosa y los precios. Semillas de la abundancia, gatos dorados con letras chinas, incienso, miel, ojos de venado y distintas raíces en bolsitas.

—¡Turno treinta y seis! —grita la niña desde el mostrador. Vicky vuelve a mirar su turno con el número cuarenta y dos.

Las hileras de estatuas del arcángel Gabriel atravesando al Diablo con una espada tranquilizan a Vicky, porque sabe que eso de la brujería es pecado mortal.

Se los ha dicho el padre en misa: si sentimos la necesidad de protección contra el mal y contra poderes demoniacos, Dios tiene algo mucho mejor para ofrecer que amuletos e ídolos. Está en la Biblia. Efesios 6:11, 14-17 dice, *"Vestíos de toda la armadura de Dios, para que podáis estar firmes contra las asechanzas del diablo. Sobre todo, tomad el escudo de la fe, con que podáis apagar todos los dardos de fuego del maligno. Y tomad el yelmo de la salvación, y la espada del Espíritu, que es la Palabra de Dios."*

A Vicky le dijeron que doña Yola manejaba la magia blanca, lo que significa que Dios, los ángeles y la Virgen interceden en sus trabajos. No le pareció tan malo entonces. Lo que la inquieta es el dichoso altar a la Santa Muerte.

Esto es pecado lo mires por donde lo mires.

Se santigua cuando ve las calaveras sosteniendo la hoz, cabezas de diablos y duendes apilados al fondo. Les da la espalda porque le dan terror. Ya hasta el hambre se le espantó.

Se pierde mirando los crucifijos, atrapasueños, patas de conejo y rosarios de cuentas de colores. El olor a árnica predomina. Los preparados con mariguana y peyote para las reumas. Frascos que contienen líquidos amarillentos con animales muertos, no alcanza a distinguir si son insectos grandes o ¿fetos de pollo?

Se enfoca en las Medallas Milagrosas y se pregunta si habrá traído suficiente dinero. Esta mañana metió la mano debajo de la cama para sacar una de las cajas de zapatos en donde guarda su sueldo. Después de mucho pensarlo extrajo lo correspondiente a dos semanas de salario. Solo que, al escuchar los precios de las cosas, teme que no le alcance.

—¡Turno cuarenta y dos! —grita la niña y le da entrada al cubículo.

Vicky se emociona al escuchar su turno como si fuera el número premiado de una rifa. Hace a un lado la cortina. El compartimento en forma triangular le recuerda a un confesionario. La chamana la espera sentada en un sillón frente a una mesa con velas, una vasija con la imagen de San Pedro y dos vasos de vidrio. Al caminar pisa ramas de pirul, el intenso aroma a copal borra los demás olores. Se sienta en el banco de madera que la mujer le señala.

—Buenas tardes, doña Yola.

—Para ti, linda, soy Yolanda —la corrige con voz rasposa—, déjame verte los ojos.

Vicky la mira sin parpadear.

—Padeces de temblores, eres sola, alguien cercano a ti murió trágicamente, sí, allí está a tu lado.

Vicky mira sobre su hombro hacia donde Yolanda dirige la mirada.

—¡Ah!, solo que vienes a otro asunto, tú quieres endulzar a un hombre.

—No doña... Yolanda, yo no...

—¡Shhh! —la regaña con hosquedad.

Reza en voz queda oraciones que Vicky no reconoce. Enciende las velas y vierte agua a uno de los vasos. Ora con los ojos cerrados, Vicky también los cierra, pero los abre de vez en vez.

—¿Nombre del caballero?

Titubea, no sabe si debe mencionar el apodo o el nombre de pila, se decide por el nombre.

—Juan Pablo —susurra con vergüenza.

Yolanda saca una bolsa pequeña de fieltro rojo, lo coloca en la palma de su mano y le cierra el puño.

—Le dices a Mary que te lo prepare. Te frotas dos gotas en cada lado del cuello y otras cuatro por dentro de los muslos. Todos los días, ocho en total, no más —la mira con el gesto fruncido y se reclina ligeramente hacia adelante para acercarse un poco a ella—. Esto es muy poderoso, cuidadito y al rato regreses a pedir que te lo quite de encima.

Recita otra oración y le pide que regrese en dos semanas. Yolanda dirige su mirada al frente.

—¡Turno cuarenta y tres! —grita y escucha a la niña repetir el número desde afuera. Vicky se pregunta si debe untárselo en la noche o en la mañana, antes o después de bañarse o cuando lo vaya a ver. No se atreve a preguntarle nada. Se pone de pie y sale del cubículo. En cuanto lo hace, la señora que no le quiso apartar su lugar entra por la cortina y chocan hombros.

Vicky le entrega el costalito de fieltro a Mary, la niña, para que se lo prepare. Ella lo abre y esparce el contenido, un puñado de hierbas, en un frasco vacío de Gerber. A continuación, vierte un poco del caldo amarillento con animales muertos que había visto antes de entrar. Lo tapa, lo agita y lo limpia con una franela.

—Serían mil pesos —le dice la niña mientras le entrega el preparado. Vicky saca su monedero, cuenta los billetes y las monedas, con trabajos junta setecientos. Le muestra lo que trae a Mary, se lo arrebata y entra con Yolanda. Sale y le dice que se lo anota para la próxima y además le ofrece una de las Medallas Milagrosas gratis. Vicky, aliviada, toma el frasco y escoge una de las medallitas. Agradece que Yolanda le fiara, y encima le haya regalado una medalla. Qué generosa mujer, piensa.

Abraza el pomo, no le quedó dinero para el pasaje. No le importa regresar a pie, aunque le represente una hora y media de caminata; tiene fe de que valdrá la pena. Está tan animada que ni el miedo a los temblores mengua su sonrisa.

Los días laborables, entre las seis y media y las siete de la noche, el mini súper que se encuentra afuera del acceso al Palomar parece un hormiguero. Entran y salen los trabajadores de las construcciones, contratistas y personal de mantenimiento, quienes después de un arduo día de trabajo en el Palomar llegan a comprar todo tipo de víveres: refrescos, golosinas, cigarros o cervezas, según sea el caso. De allí se distribuyen entre la parada del camión y las *pick ups* destartaladas que los llevan de regreso a sus domicilios en colonias y poblados cercanos.

Antes de salir hacia el mini súper, Vicky toma un gotero, abre el frasco que despide un olor peculiar parecido al formol y se unta el número de gotas indicado por Yolanda. Camina hacia el mini súper a paso veloz. Lleva su monedero y una bolsa del mandado enrollada bajo el brazo. Salió con el pretexto de comprar pan y leche.

Eres una ofrecida.

Aligera el paso y se abanica con el monedero. Le preocupa que su vestido de flores se humedezca de las axilas y la humedad sea visible. Saluda a Marcelino de lejos cuando muestra su credencial de empleada de planta en el control del club de golf.

Una vez fuera, mira en todas direcciones. Hay mucha gente. Busca a Juan Pablo y no lo ve por ningún lado. Entra a la tienda y deambula con la mirada en los anaqueles pendiente de quién entra y sale del establecimiento. Después de hacerse tonta un cuarto de hora, toma seis bolillos, un litro de leche y paga.

Son casi las siete. La concurrencia bajó considerablemente. Camina decepcionada en dirección a la caseta cuando alguien la llama.

—¡Psst!

Vicky voltea y allí está. Se le hunde el pecho al verlo.

—¡Quiubo! —saluda el Filipino, mientras le da un trago a un bote de champú y lo guarda en su mochila.

—Quiubo —responde Vicky.

Lo mira extrañada, con trabajos puede responder. ¿Por qué no fuiste el lunes como quedaste? Te he estado esperando, te esperé muchos días, quisiera reclamarle. No lo hace.

—Cámara, ya viene mi ruta —dice Juan Pablo y emite un chiflido de despedida, se cuelga al hombro su mochila y se aleja. Ella permanece allí y siente ganas de llorar. Las gotas de Yolanda no sirven de nada, se dice.

Se da la media vuelta y camina cabizbaja.

—Psst, Vicky —ella gira sobre sus talones al escucharlo—, sí estás bien chula, ora sí mañana te caigo.

Vicky asiente con una sonrisa y se despide de él con un leve movimiento de mano.

Learning to Fly

Retiro el papel celofán al CD de Pink Floyd que acabo de comprar en Sanborns. Me costó carísimo porque es un álbum doble de éxitos en concierto. Lo tenían como la gran cosa en el estante de novedades. Me prestaron unos audífonos Bose increíbles para que escuchara algunos de los *tracks*. En menos de cinco minutos me convencí de gastarme casi quinientos pesos de mis ahorros en el disco. Oprimo *play* a mi discman y subo al árbol.

Mis amigas dicen que la música que escucho es satánica, en serio, satánica. Son súper mochas las pobres. Lo dicen porque en una conferencia, el padre Andrés aseguró que las canciones de rock contienen mensajes subliminales y que si las escuchas al revés puedes distinguir la verdadera letra malévola y demoniaca de las canciones.

O sea, todo el mundo venera al padre Andrés, es algo así como un *popstar* católico. Es muy convincente y ameno al hablar, pero sus choros son de risa, según él casi todas las canciones roqueras lanzan mensajes de drogas, sexo y pecado. Entre más las escuches, tu alma será cada vez más oscura. Ñaca ñaca. Lo peor de todo es que ellas le creen. Muero de risa cada vez que mis amigas hablan de eso. Bromeo con que, yo en lugar de una cruz, tengo una estrella de cinco picos sobre mi cabecera, y se lo toman súper a pecho. Miriam me pidió que no bromeara con el "Maligno", porque un día se me iba a aparecer, no estaba fúrica, lo que le sigue, casi como si quisiera que algo malo me pasara.

El diablo no existe, les digo siempre; además, si existiera, no me lo imagino haciendo acto de presencia solo porque alguien escuche *Enter Sandman* tres veces seguidas, es ridículo.

Mi papá dice que todo lo que predican los curas son puras manipulaciones creadas desde hace siglos para controlar y obtener dinero de la gente. Vicky se asusta cuando lo oye hablar así.

Ella me enseñó a rezar desde chiquita. Me hincaba con el rosario en la mano y me hacía repetir mil veces el avemaría. A mí me daban ataques de sueño y oleadas de bostezos. Perdía el hilo y ya no sabía en qué bolita del rosario íbamos. Ella cree que el poder del "Santo Rosario" no tiene límites y que mientras lo reces la Virgen y su ejército de ángeles te protegerá de todos los males. Estaría *cool* que existiera ese súper poder.

Yo le daba por su lado hasta que me harté y la mandé por un tubo con todo y rosario. Cuando empezaba con la onda de rezar, yo le proponía jugar a que la entrevistaba y asunto arreglado. Hasta el rosario se le olvidaba, le encantaba jugar a eso.

Desde el árbol escucho mi música demoniaca y espío a los vecinos como de costumbre. Sé que debería estudiar para mi examen de mate. En lugar de eso, subo el volumen y enfoco los binoculares hacia la casa Santini. Parece vacía. Qué triste.

Cambio el ángulo y miro hacia la construcción. ¿Cuándo irán a terminar esa casa? Odio que los albañiles den martillazos todo el día.

Prendo un cigarro.

De seguro el Sr. Mendoza está aplastado frente a su computadora. ¡Ups! Allí está y no sentado. *What?* ¡No lo puedo creer!

Está con la sirvienta. Acerco el zoom lo más que puedo. Él con los pantalones abajo, una mano en la cintura y con la otra empuja la cabeza de la chavita hacia él. Ella hincada, se mueve hacia adelante y hacia atrás. ¡No, no, no es cierto! ¡Se lo está chupando al viejo!

¡Guácala!

No puedo ni parpadear.

Busco a la esposa y la veo en la sala pegada al teléfono.

¡Ey, señora Mendoza! Vea lo que está haciendo el cerdo de su marido. Regreso a verlo, la muchacha ya no está. Baja las escaleras con una charola y la pierdo de vista cuando entra a la cocina. No pude ver su cara. Y la mujer ni en cuenta, sigue en el teléfono.

Ahora de frente a su ventana, el Sr. Mendoza ve hacia acá, casi como si me observara. Imposible. Las ramas me esconden. Lo saludo con la mano para comprobarlo. No, está como hipnotizado. Se acuesta en el sofá y se queda dormido.

La muchacha se lo estaba chupando. Estoy impactada. Esa niña es de mi edad, tiene quince años, máximo dieciséis. Me dan escalofríos de imaginarme haciendo algo así con un viejito. Y yo que pensaba que era la vista más aburrida.

Bajo del árbol con mal sabor de boca por la grotesca escena que acabo de presenciar y por no haber visto a Gustavo.

Ya me voy a poner a estudiar. Me preparo un plato de papitas con salsa San Luis, me sirvo un vaso de agua de limón y me instalo en el desayunador. Otro escalofrío, sigo con ñáñaras.

El tipo barbudo en la portada del libro de álgebra me observa. Mi cuaderno de cuadrícula chica, en blanco. Sigo en shock. Trato de olvidarme del tema.

Escucho *Learning to Fly*, amo esta canción, oprimo *repeat*. Las canciones me gustan por cómo suenan, no por lo que dicen. Creo que un solo de batería puede comunicar más que mil palabras. El sonido, los ritmos, la voz y los instrumentos son los que me hacen vibrar. Tarareo la canción con los ojos cerrados.

Can't keep my eyes from the circling sky
Tongue-tied and twisted, just an earth-bound misfit, I…

Me quedo alelada en el ventanal. Abro la guía de estudio. Qué pereza, esto es inútil. ¿Para qué va a servirme el binomio cuadrado perfecto en la vida? Esa es una pregunta que nadie ha logrado responderme, ni mi papá, ni los maestros, es más, apuesto que ni el señor Baldor en persona podría darme una respuesta satisfactoria. Afilo la punta de todos mis lápices. Me termino las papas y me chupo los dedos con salsa.

Levanto la mirada hacia el ventanal y de pronto veo a Gustavo Santini caminar hacia acá. En serio, está aquí. Sube los escalones. Viene directo a tocar.

Me quito los audífonos y los cuelgo alrededor de mi cuello. Los desconecto del discman. Toca el timbre.

Carajo, carajo, carajo.

¿Dónde está Vicky para que abra?

Corro de un lado a otro.

Estoy mega fachosa.

Me veo en el espejo de la entrada y me suelto el pelo.

Toca otra vez y ni modo, abro.

Hola, saluda. Yo, muda. Es guapérrimo, sus cejas me fascinan, ¿tiene los ojos verdes?

El otro día se me voló un balón a tu jardín. ¿Puedo pasar a buscarlo?

¿Un balón? Ok, sí, pasa.

La emoción empieza a traicionarme. Él y yo solos en mi casa. Tengo que controlarme. Así sería si anduviéramos y viniera a verme todas las tardes. Nos sentaríamos en la sala y nos besaríamos. Pregunta por Tyson antes de salir al jardín.

¿Te dan miedo los perros?, pregunto y se me escapa una risita.

No, para nada, solo me da miedo el tuyo, dice y se ríe.

Busca el balón por todas partes. Me encanta. Está bronceado. Lleva puesto el uniforme del equipo del colegio. Se mete detrás de las plantas y regresa con el balón ponchado, enlodado y destruido.

Creo que es pérdida total, me dice alzando las cejas.

Sorry!, le digo.

No importa, ¿vas a ir a la fiesta de Emi?

La fiesta de Emiliano Sotomayor es uno de los eventos más esperados cada año y es este sábado. No tengo idea de si voy a ir o no. Mi papá es experto en darme permiso a última hora. Obvio, le dije desde hace siglos porque muero de ganas de ir, pero sigue sin darme su veredicto.

No sé, no tengo tantas ganas de ir, miento.

Niña, tienes que ir, me dice.

Se acerca. Nuestras caras frente a frente a pocos centímetros. Alcanza la punta del cable de mis audífonos y me pregunta, ¿qué escuchabas?

Me sigue al desayunador, conecto el cable al aparato y oprimo *play*. Escucha la canción con los ojos clavados en los míos. Sí, los tiene verdes. Alza las cejas y sonríe. La cabeza me va a explotar. Baja la mirada a mi boca. Se acerca, regresa los audífonos a mi cuello y al hacerlo sus dedos rozan mi piel. Le sorprende que tenga este disco, dice que muere por comprarlo y que soy la única niña que conoce con buen gusto musical. Me va a dar un infarto en cinco, cuatro, tres, dos…

Niña, vas a ir a la fiesta, ¿entendido?, afirma. Me voy a desmayar.

Ok, le digo. Se despide con un beso en mi mejilla y se va.

Amo que me diga niña, lo dice delicioso: ni-ña.

Giro el espejo retrovisor para verme los ojos, nunca me los pinto tan oscuros. *Smokey eyes*, decía en la revista *Cosmopolitan* que usé de guía. Mi mamá dejó sus pinturas olvidadas o abandonadas, no sé. La observaba arreglarse, atenta a cómo se ponía las sombras y se peinaba. Algo aprendí, porque, sin ser ninguna experta, quedé como si hubiera ido a un salón de belleza. El pelo me quedó padrísimo y mi maquillaje se ve increíble.

Papá deliberó a mi favor. Cuando le mencioné que la fiesta era para celebrar el cumpleaños de Emiliano Sotomayor, accedió sin poner trabas. Como su papá es el exgóber y es clientazo del restaurante, no pudo negarse.

Paso por Laila. Al primer claxonazo sale con su sonrisa de Barbie Malibú. Se ve muy llamativa con ese cortísimo vestido rojo que su mamá la llevó a comprar. El pelo suelto y alaciado se le ve increíble. Me duele un poco el estómago al verla. O sea, trae unos mega tacones, a mí no me dejan usarlos porque dice mi papá que no tengo edad para eso. No es envidia, cero envidia.

Armé mi *outfit* con ropa de mi mamá. Me puse su minifalda de piel, la que ella nunca se atrevía a usar, me queda pegadita y las pompas se me ven súper paradas. Siento un poco feo porque en el fondo sé que a Gustavo le va a gustar más la güera despampanante que yo.

Laila se ve en el espejo todo el camino y pronuncia quinientas palabras por segundo. Yo, en cambio, pienso detalladamente en la estrategia de hoy. No voy a pelar a Gustavo, a menos de que él venga a hablar conmigo. Ni voltear a verlo.

No lo voy a pelar.

No lo voy a pelar.

Al llegar a la fiesta de Emi, entrego el coche al *valet parking* y uno de sus guarros disfrazado de mesero nos indica por dónde entrar. Emiliano vive en la casa más grande del Palomar, dice mi papá que abarca una manzana completa.

Un camino iluminado con antorchas nos conduce a la carpa del jardín en donde la música suena cada vez más fuerte. Hay mesas altas adornadas con globos metálicos alrededor de la pista. El DJ, en un escenario alto, sostiene unos audífonos con la mano izquierda y bailotea. La barra parece de antro, no es que haya ido a muchos antros en mi vida, mi papá no me deja. Los conozco porque he ido a las tardeadas de fin de cursos.

La música es electrónica, la cual es mi tercera favorita después del rock y la clásica. Quedan pocos lugares en dónde sentarse y nos acercamos a saludar a Emi. Es súper fanfarrón, habla con la papa en la boca y se viste, como dice Laila, igual que Luis Miguel en el Baby'O. Solo que Emi no tiene buen cuerpo, ni es rubio, ni canta, ni tiene ojos claros.

No bueno, es que hoy sí se lució. Trae puesta una camisa naquísima con garigoles en dorado y azul rey, en la espalda una medusa enorme anuncia a gritos que es Versace. Típico de Emi. Con esos jeans blancos tan pegados parece chile relleno, en serio, pobre, él cree que se ve elegantísimo.

Al verlo, Laila y yo por poco y soltamos la carcajada. Emiliano no es nada guapo, salió al papá, gordérrimo, chaparro y con la piel sebosa. Es muy simpático, pero tiene serios problemas de drogas. Todo el mundo sabe que, a sus diecisiete años, Emi ha estado en rehabilitación dos veces.

Le da una palmadita en el cachete al mesero que trae una botella de Moët en una charola con copas y nos ofrece una a cada quien. Laila la bebe como si fuera Sprite. Yo le doy sorbos pequeños, le agarré asquito porque mi primera borrachera, a los catorce, fue con champaña y vomité como mil veces.

Veo a Gustavo caminar hacia la barra. Ignóralo. Acuérdate, Alejandra, no lo vas a pelar.

Se ve guapísimo.

Viene para acá.

Hace malabares para no tirar los mil *shots* de tequila que trae en las manos, no sé cómo no se le caen, los deja sobre la mesa. Quiere que nos echemos un fondo a la cuenta de tres. Odio el tequila. No me gusta nada el sabor, es muy fuerte, pero lo bebo hasta el fondo. Por poco y lo escupo, me tomo un refresco para quitarme el mal sabor.

Poncho, el primo de Laila, viene hacia acá a saludarme. Qué plasta, no tengo ganas de que se me instale toda la noche. Lo saludo de lejos y me escabullo al baño antes de que llegue a la mesa. Poncho no es mi tipo, cero mi tipo, no sé por qué no entiende mis señales. Es muy buena gente y me da pena darle el cortón. Me está siguiendo, cómo se le ocurre. Me intento refugiar en el baño, pero hay una fila interminable.

Me encuentro a Liz Quintana, mi salvación, nos quedamos platicando el tiempo suficiente para que Poncho se aburra y se vaya. Antes éramos íntimas. La extraño. No le cae nada bien Laila, por eso dejamos de llevarnos. Es una buena amiga. Ella no bebe; de hecho, no sé qué hace aquí. La invito a mi mesa, le echa un ojo a la concurrencia y dice no, gracias.

Mejor nos vemos luego, se despide y camina entre la multitud.

Se apagan todas las luces y en una pantalla gigante proyectan el video de *Born Slippy*, de la película *Trainspotting*. El sonido es increíble. Me dan muchas ganas de bailar. Gustavo aparece con más *shots*, ahora son boligomas. Laila y yo los tomamos hasta el fondo. Saben deli, como a Tootsie Pop, llevan Sprite, granadina, ¿vodka? y no sé qué más.

Mis latidos van con el ritmo de la música, alzo los brazos y grito, todos lo hacemos.

Paul Oakenfiold.

Saltamos. Bailamos. Luces. Más boligomas. Saltamos. Fumo.

Estoy un poco mareada.

¿Otra?, insiste Gustavo.

Ok, le digo. Imposible negarme.

Otras niñas del colegio llegan a saludar y Emi les da un tequila a cada una. Laila me grita en el oído. No le entiendo nada. Emi me abraza del cuello súper brusco. Trae otra botella de Moët adornada con luces de bengala. Todos aplauden y gritan: ¡Emi, Emi, Emi! La destapa y bebe directo de la botella, la espuma se chorrea en su camisa y empieza a ofrecer tragos a los que estamos a su alrededor. Suena una canción padrísima de Chicane. Poncho me observa desde la barra. Ya no se acerca. Qué alivio.

Tengo un ataque de risa, no sé bien por qué, no puedo parar de reír.

Música. Luces. Fumo. *Shots*. Bailo.

Gustavo se acerca y me habla al oído. Te ves guapísima, niña, me dice. Yo con mariposas en el estómago. Sigue hablando, pero la música es tan fuerte que no puedo escucharlo. ¿Qué?, le pregunto, me repite y de nuevo no entiendo nada. Le digo que sí a todo y se ríe. *Children*, Robert Miles. Bailamos pegados. Nos vemos a los ojos. De reojo busco a Laila. Hay mucha gente alrededor de nosotros. No la veo. Seguimos bailando y me toma de la cintura. Sonrío.

Después de un rato, Laila regresa quién sabe de dónde y me jala la mano para que la acompañe.

¡Estoy pedísima!, ¿se me nota?, me pregunta casi gritando. Respondo que no, pero trae el pelo grifo, el vestido chorreado y se tambalea al caminar. Chocamos con la gente a nuestro paso y saludamos a los que conocemos. Siento las miradas sobre mí. ¿Me veré borracha? Yo ando bien. Camino con el cigarro en alto sin dejar de bailar. Por el modo en que me jala, parece que Laila lleva prisa. Entramos al baño de la casa porque los de afuera están imposibles. Cierra con llave y apenas alcanza a llegar. Se hinca frente al escusado a vomitar. Al verla me dan náuseas a mí también. Alcanzo un jabón y me lo acerco a la nariz, aun así percibo el olor a vómito. Voy hacia la puerta y con una mano me hace la señal de que no me vaya. Ayúdame a detenerme el pelo, Alelí.

La música afuera cada vez mejor y yo encerrada en el baño viendo las arcadas de mi amiga. Llevamos como cuarenta y cinco minutos aquí. Bebo agua de la llave porque siento la boca como de cartón. Suerte que me traje mis cigarros, prendo uno.

Si quieres ya nos vamos, le digo. Levanta el índice y lo mueve diciendo que no. La veo fatal, está casi dormida abrazada del escusado.

Cada cinco minutos le regresan las ganas de vomitar. Han tocado la puerta cien veces y cada vez respondo que está ocupado. Tocan otra vez, es Gustavo y me pide que salga.

Laila está fundida, ¿verdad?

Asiento.

¿Y tú?, me pregunta y me hace a un lado un mechón de pelo.

Yo estoy al cien, pero ya me harté de estar aquí.

Vamos a llevarla a su casa, te ayudo a cargarla, propone Gustavo. El reloj marca las 11:50 p.m. Mi papá me dio permiso de llegar a la 1:00 a.m. Entre los dos llevamos a Laila por atrás de la carpa para que la gente no se dé cuenta de que mi amiga está perfectamente ebria. Gustavo la sostiene mientras yo le pido mi coche al del *valet*. La subimos y cae como costal en el asiento trasero. Tengo sed, me meto un chicle a la boca para calmarla.

Freno y me orillo antes de llegar a la casa de mi amiga. Está inconsciente, no puedo dejarla así. Gustavo sugiere que esperemos un rato en lo que se le baja. Me freno y apago las luces. Platicamos un poco. Acaricia mi rodilla derecha y me pongo chinita.

Me encantas, niña, dice. Me jala del cuello y nos besamos. Siento que floto, su lengua húmeda sabe rico, un poco a alcohol, un poco a menta. Mi respiración se acelera. Me acaricia la cara.

Laila hace un ruido que me hace pensar que va a vomitar en mi coche. Bajo corriendo y abro la portezuela de su lado, la enderezo para que lo haga afuera. Lo intenta, ya no arroja nada, ni una gota.

Se ve desastrosa, el rímel corrido y el pelo esponjado. Muy a mi pesar, le pido a Gustavo que me deje sola con ella. Se despide, me aprieta el codo y camina de regreso a la fiesta.

Le muevo la cabeza de un lado a otro a Laila, está *out*. Meto mis pulgares a las comisuras de su boca, las jalo hacia arriba y la fuerzo a sonreír. Es patética. Le sacudo la cara hasta que al fin despierta. Empieza a llorar, lo que me faltaba. Yo debería estar besándome con Gustavo, no aquí con ella y sus dramas. Antes de bajar, me pregunta si Gus se dio cuenta de que había vomitado.

No, para nada, miento. Se alisa el fleco, se sigue viendo como muerta viviente. Apesta a guacareada y tequila.

¿Te llevo a tu cuarto?

No, Alelí, ya me siento un poco mejor, responde. Me da un abrazo que evito y me da las gracias.

Manejo despacio hacia mi casa, chin, ya es la 1:25 a.m. Tardísimo. Cuando entro mi papá me espera en el comedor, está comiendo algo.

Hola, papi, le digo desde el vestíbulo.

Ven acá, ordena.

Ya me voy a dormir, papi.

Que vengas acá, dice con la boca llena. Respondo que estoy muerta que mañana platicamos.

No te estoy preguntando, Alejandra, vienes y me soplas.

No bebí tanto como Laila, pero sí me eché varios *shots* y además fumé un montón. No me queda otra opción que acercarme y soplar. Su cara se descompone. En ese instante se levanta de la silla y me da una bofetada. Me sostengo de la mesa para no caer. A jalones me obliga a subir las escaleras.

Papi, perdóname, no lo vuelvo a hacer.

Estruja mi brazo, vamos a mi cuarto y entramos al baño. Grita que si voy a comportarme como una viciosa me olvide de mis fiestecitas.

¡Apestas a alcohol y a cigarro! Y dime, ¿quién chingados te dio permiso de ir vestida así?, grita.

Escupe pedazos de comida en mi cara cuando lo hace.

Pareces golfa, me grita.

Aprieta muy fuerte mi mentón. Cierro los ojos. Creo que me va a pegar. No lo hace, me empuja hacia el interior de mi regadera. Abre el agua fría y se va furioso.

Me quedo bajo el chorro de agua helada sin llorar. Temo que vuelva. Si yo fuera hombre estoy segura de que no me trataría así. Si pudiera le rompería la cara. Tiemblo de frío y de impotencia. Intento dejar de respirar el tiempo suficiente para desaparecer.

3...

El Batman me dijo que estuviera al tiro, porque Yáñez no tardaba en irse fueras. Ya casi había llegado el día y a mí ya me andaba por tener el varo en mis manos, es que pa' todo se ocupaba. Peor tantito con la novedad de que el Yovanni se había puesto malo de la panza, nada grave, pero sí nos dio un buen susto el pinche morro y, ni pedo, a comprarle sus medicinas. Gracias a Dios mi vieja sí tiene seguro, si no, hubiera estado cabrón. Eso sí, el chamaco quedó nuevo y al día siguiente andaba de arriba pa' abajo, pero fue otro gasto encabronado a la listita.

En cuanto me cayera la lana, quería mandar a hacer mi máscara oficial para debutar. Iba a estar con madre, me la imaginé negra con dorado, más o menos como la de Mil Máscaras, pero más chingona.

No me quise esperar y empecé el trámite de mi licencia. Metí la solicitud para el examen y los chingos de papeles que pedían. El pinche encargado de la comisión me trajo a la vuelta y vuelta, que si le falta este papel, que no se lee bien la dirección, que usted ni de chiste pesa eso, purititas ganas de sentirse muy acá el muy puto.

Para mí, lo más cabrón iba a ser pasar el mentado examen que, para acabarla de chingar, era hasta el D. F. porque lo hacían unos batos bien colmilludos que se las sabían de todas todas, exprofesionales o entrenadores bien riata. Me dijeron que te pedían aventarte los movimientos básicos como tijeras voladoras, entrada desde las cuerdas, maroma con resorte y, según te iban calando, te la iban poniendo más difícil. El Navajas me dijo que allí no podías bofearte, porque si no demostrabas tener la condición física de un pinche gorila encabronado y que la cascabas, te mandaban directito a la corneta, aunque ya hubieras pagado el méndigo trámite.

El Navajas sabía de estas cosas porque allá en el Cereso, donde estuvo guardado, había un ring hecho por los mismos reos y aprendió un chingo de box y de luchas. La neta yo sí le zacateaba a la dichosa evaluación, no era lo mismo entrenar con un luchador pitero, a que uno de a devis viera de qué lado masca la iguana.

Además, me urgía abonar lo de la pinche renta para que dejaran de chingar a mi vieja con eso, la amenazaron con sacar nuestras cosas a la calle si no pagábamos. Ya debíamos más de tres meses y yo sin varo.

Rosario creía que yo nunca iba a pasar de perico perro en la lucha libre, que mis entrenamientos eran una pérdida de tiempo y que debía dejarme de mamadas para buscar otro trabajo. Puede que tuviera razón, que nunca habría pasado de allí, pero me mamaba entrenar y además yo quería ser la envidia del barril.

Esa tarde no me tocaba lavada en la cincuenta y ocho, pero quería ver bien qué pedo con la pasada al jardín de la casa de los Yáñez. No había visto a la Vicky desde el día en que me la encontré afuera del mini súper. Había quedado de venir a verla un día antes, pero, chale, por una cosa o por otra se me complicó. Toqué el timbre.

Vicky se asomó cruzada de brazos y con cara de emputada.

—Quiubo —le dije y no me contestó—. ¿Qué, ya no me hablas o qué?

—¿Por qué no viniste, Juan Pablo?

—Pos ya vine ahorita, ¿qué no? Hasta enmuinada te miras chula, ¿eh?

Le ganó la risa y se le hizo un hoyito en el cachete, sí estaba chula la chava, pero se puso seria otra vez. Me salió bien perfumada, olía a esa loción quesque de rosas, como la del catálogo de Avon que vendía mi vieja.

—Estás solita, ¿verdad? —le pregunté, pero ella se volteaba p'al otro lado y nomás no me contestaba.

—Psst, ¿qué tienes?

—Nada —me dijo con su jeta de velorio y siguió rejega. La neta, sí necesitaba asomarme al jardín y, por qué no, un fajecito. Porque jetona jetona pero bien buena la morra.

—Ya, hazte p'acá.

—Es que te estuve esperando.

—Ya perdóname, es que tuve mucha chamba. Ven te doy un kiko, acércate, te conviene —ya me estaba empezando a cagar el palo.

Que no y no, pero bien que quería.

—Sabes qué, hija, ya dime al chile qué pedo, si no, ya mejor aquí la dejamos —le dije, ya estaba bastante encabronado.

—No, espérate, Juan Pablo —me dijo por fin.

Abrió la reja y bajó un escalón. Me retaché y le pedí que me dejara pasar. Primero dijo que no, que porque si llegaban sus patrones se le iba a armar.

—Ándale, que si los culeros de vigilancia nos ven acá afuera van a empezar a chingar, nomás le paso rápido y me voy.

La convencí, yo quería que fuéramos p'al jardín. No quiso porque allá estaba el pinche perro. Hijo de su reputa madre, sabía que ese méndigo animal iba a ser un dolor de huevos. Cómo no le di un cacho de carne con mata ratas cuando tuve la chanza.

Esa tarde, nos quedamos en el techito en donde estaba el lavadero. Se alcanzaban a mirar los tendederos y la perrera. Se sentó en el piso y me pidió que me sentara junto a ella.

—Huele bien culero aquí, Vicky, mejor vámonos pa' tu cuarto —le dije porque olía a meados de perro. Traté de darle uno de lengüita, pero no se dejó, espérate, decía.

Me preguntó si estaba casado y, si algo me cagaba en la vida, eran los interrogatorios, qué vergas le importaba eso. Me le acerqué y le eché mi aliento en la oreja pa' calentarla. Se quitó y volvió a preguntarme lo mismo.

—¿Casado? Pos, a veces —le contesté y me cagué de risa.

Le miré las chichis, las tenía bien mamables, como biberón de a medio litro, y la rayita donde se le juntaban me calentó bien cabrón.

—Si eres casado, mejor sí, aquí la dejamos —me dijo la muy pendeja.

—Ay, no mames, Vicky.

106

Me le arrimé otra vez, la abracé y le metí la lengua en la oreja. Se rio. Bien que quería la cabrona. Le bajé la blusa para morderle un hombro.

—No, ya, espérate —dijo, bien jariosa. Le tenté el muslo y subí la mano hasta la nalga. Me empujó de nuevo, ya, ya, me decía. Puta madre, ¿ya qué?

Le seguí dando unos besotes y me abrazó. Le apreté una chichi, espérate, dijo otra vez. ¡Oh, que la verga! Pinche vieja, ya me tenía el rifle como brazo de albañil.

Luego me salió con que de dónde era yo, pos de aquí, le dije, ¿por qué o qué? Ella empezó a decir que era del Estado de México, que desde chica su mamá se la había traído p'acá y sabe qué tanta mamada. Le planté otro becerro pa' que se callara. Yo tenía los ojos abiertos y ella cerrados, me abrazó, le metí la mano entre las piernas y me la volvió a empujar.

—¿Y quieres a tu mujer? —me preguntó.

—¿Qué pedo contigo, hija? Pareces de la judicial con tantas pinches preguntas. Sabes qué, Vicky, sí me pasas un resto, pero si no quieres no y ya, a la verga —le dije y me paré. Ella también se levantó. Me agarró del brazo y me pidió que no me enojara. Traía la cara colorada como jitomate. Me salió con que ya iban a llegar sus patrones. Pinche vieja, nomás calentó el bóiler y no se metió a bañar.

Antes de pedir mi credencial para salir del Palomar vi al Marcelino, parado como si fuera de la militar a un lado del control de acceso. No mamar con ese bato, miraba como águila. Se me dejó venir, hizo a un lado al güey que estaba revisando mi mochila, sacó una linterna y con un palo empezó a menear mis cosas.

—Quiubo, don Marce.

Me miró con cara de encabronado, como si en lugar de decir su nombre le hubiera mentado la madre.

—Juan Pablo, ¿ha consumido alcohol en el interior del residencial?

—No, señor.

Se me fueron los huevos a la garganta, me echó luz en los ojos. Agarró el pomo de almorol, lo destapó y lo olió. Me miró fijo.

—Le recuerdo que el consumo de alcohol o cualquier estupefaciente está estrictamente prohibido dentro del residencial —me dijo con ganas de amedrentarme.

Yo nomás dije que sí con la cabeza y no le solté la mirada, porque pa' cabrones, pos cabrón y medio. En eso regresó el Víctor, el vigilante que vive en mi colonia, con mi IFE y me la entregó. El tal Marcelino ahora estaba mirando al camarada formado atrás de mí. Si nomás metía hilo pa' sacar madeja.

—Ya se puede retirar —me dijo bien mamón.

Su puta madre, si hubiera abierto el cierre de adentro, habría encontrado mi pachita y, entonces sí, me hubiera puesto a parir chayotes.

Pinche ruco ojete y pinche Vicky culera también. Primero cucándome y luego que siempre no. Ese día me dejó bien picado la cabrona. Un día de estos te la voy a meter hasta que se te salten los ojos, me dije. Luego las más moscas muertas acababan siendo las más putas. Y eso no lo decía yo, no había bato en el mundo que no lo supiera, por esta, que era verdad.

Enchiladas verdes

¿Cómo se murió tu mamá?, preguntó Alejandra un día jugando a la entrevista. Vicky respondió con evasivas, la niña era muy inocente como para relatarle lo ocurrido. Se lo preguntó con tanta insistencia, que al final le dijo que su madre había muerto mientras dormía. Después se arrepintió de haberle mentido.

Cuando la señora Margarita se fue, quería sincerarse con Alejandra. Quería consolarla y convencerla de que la partida de su madre no era tan terrible. Terrible habría sido presenciar su muerte, como ella. Se limitó a decirle que, aunque estuviera lejos, no importaba, porque estaba viva y eso era una bendición.

A Vicky no le gustaba hablar de eso. No quería atraer esos recuerdos, porque, una vez que llegaban, se le adherían a la mente como cochambre y no se le despegaban durante semanas. Porque, por más que rece, por más que se pierda en los programas de televisión, por más que intente pensar en otra cosa, una vez que empieza y revive esa tarde, la repite una y otra vez como un bucle infinito.

Los recuerdos dolorosos no pueden controlarse, no es posible reprimirlos a voluntad. Para Vicky son como balas perdidas que aparecen de la nada y le infringen nuevas heridas. Una cosa es acordarse de su madre en vida, eso lo hace todos los días, otra muy distinta es pensar en la última vez que la vio.

Aquella tarde Catalina Méndez López, de treinta y nueve años, bajó del colectivo una parada antes de lo habitual. Quería pasar a la tienda a comprar tomates, cilantro y chiles serranos porque iba a cocinar salsa para enchiladas verdes. Necesito bastante chile para que pique sabroso, le dijo a Micaela, una compañera de trabajo que vivía cerca y tomaba la misma ruta que Catalina. Vicky se pregunta qué habría pasado si en lugar de Micaela, ella hubiera acompañado a su madre.

El problema era que su Tata no la dejaba salir, ni siquiera a trabajar. Decía que le daba demasiado pendiente que le fueran a venir los temblores. Muchas veces Vicky le pidió que le consiguiera trabajo en el restaurante, aunque fuera lavando platos, nunca quiso. La frustraba que la tratara como si todavía fuera una niña y no una mujer hecha y derecha de veinte años. Para entonces, la mayoría de sus conocidas de la primaria ya llevaban un buen tiempo trabajando.

Vicky quería valerse por sí misma, ayudar con los gastos y salir, sobre todo salir. Se sentía atrapada. Catalina le reiteraba que no podía trabajar con esos ataques, que ya tenía suficientes preocupaciones como para agregarle otra. No te falta qué comer ni dónde dormir, qué más quieres, le cuestionaba su madre.

El único empleo que Vicky obtuvo antes de trabajar con la familia Castillo fue en la vecindad donde vivían. Cumplir con sus responsabilidades la entusiasmaba: barrer, sacar la basura y cuidar las macetas de toda la vecindad. Las regaba y retiraba las hojas secas con cuidado de no arrancar las ramas verdes. En realidad, solo le habían pedido que barriera, lo demás lo hacía por convicción. Aunque hubiera terminado de limpiar, se quedaba en guardia con la escoba en la mano por si caía más tierra. La casera le pagaba un salario simbólico por hacerlo y Catalina se iba tranquila porque Vicky no salía a la calle.

Así que el día que su Tata murió, era Micaela quien iba a su lado en el camión y le comentó que iba a hacer la salsa. Iban sentadas hasta atrás. Micaela la vio bajar los primeros escalones. Al tocar el pavimento el tobillo de Catalina se dobló, estuvo a nada de caer, pero alcanzó a pescarse de una manija.

El chofer del transporte miró por el retrovisor cuando ella bajó, solo que no vio el espejo lateral. Él calculó el tiempo de la parada y, cuando pensó que la señora ya se había bajado del camión, pisó el acelerador. Catalina seguía aferrada fuertemente al pasamanos cuando este arrancó.

Micaela gritó al conductor que frenara, pero entre la cumbia a todo volumen, el sonido del motor y las voces de los demás pasajeros, no la escuchó a tiempo. Cuando frenó ya había arrastrado a la mujer más de media cuadra.

Al soltarse, Catalina cayó y el camión que venía justo detrás le pasó encima del tórax. Le estallaron los pulmones y la columna se le partió en dos. Murió al instante.

A Vicky le avisaron a los pocos minutos de haber ocurrido. Salió corriendo hasta toparse con un tumulto arremolinado en torno al accidente. Escuchaba los pitidos de los coches por el embotellamiento que provocó el cadáver a media calle. Lo primero que vio al abrirse paso entre la gente fueron las piernas. Después la tela de su falda de flores, la que se había cosido el año anterior. Hasta allí no había nada mal.

La otra mitad del cuerpo casi no tenía forma. Reconoció su pelo. El suéter entretejido con lo que parecían ser sus vísceras. Y olía a sangre, a humo y a intestinos expuestos. La gente a su lado la empujaba y se amontonaba para ver.

El olor estuvo alojado en la nariz de Vicky por meses. La imagen la acosa todo el tiempo. Si Vicky hubiera ido con Catalina, habría bajado primero y la habría ayudado a sostenerse para no caer. Habrían regresado a su casa a tatemar los chiles y los tomates en el comal. Vicky habría tosido como siempre y hubiera salido al patio hasta que la habitación se hubiera oreado, pero las cosas fueron distintas.

Los paramédicos ya no pudieron hacerle nada; de hecho, ni la tocaron. Le abrieron paso a la camioneta del Servicio Médico Forense para que recogiera el cadáver.

A Vicky la llevaron al Ministerio Público y la retuvieron allí varias horas. Fue testigo de las declaraciones de varios detenidos esa misma noche. Respecto al atropellamiento de su madre, nada, ni un detenido. Se determinó que había sido una muerte accidental y no pasó a mayores. No hubo indagaciones ni nada. Nadie pudo identificar al chofer del camión ni cuál de todos los microbuses había sido el responsable de su muerte. Cerraron el expediente de inmediato.

La llevaron a la morgue a reconocer el cuerpo, que ya no se parecía nada a su madre. Se veía como de mentiras, hinchada, grisácea y deforme. Se la entregaron hasta el día siguiente cuando aparecieron sus tías porque ella no tenía una identificación que acreditara que era mayor de edad.

Vicky sintió cierto alivio al verlas llegar, porque no sabía bien a bien qué hacer con su Tata embolsada. Pensó en llevársela a su casa en taxi en lo que conseguía el dinero para hacerle un funeral decente.

A las tías, recién llegadas del Mogote, Estado de México, les preocupaba el destino de Vicky. Estaban al tanto de que la muchacha no estaba bien de salud y que era incapaz de trabajar. Discutían entre ellas sobre quién la iba a cuidar y, peor tantito, quién la iba a mantener, como si Vicky no existiera.

La velaron en la vecindad, pidieron permiso para colocar el féretro al centro de uno de los patios porque en su casa no cabía. Vicky permaneció aislada en la cocina. Por la ventila se colaba el murmullo de la gente rezando el rosario. Ella no rezaba, sino que estrujaba la bolsa en donde le entregaron lo que quedó de las pertenencias de Catalina.

La señora Margarita Castillo asistió al velorio. Como Catalina fue empleada del restaurante por muchos años, la empresa se hizo cargo de los gastos funerarios.

Margarita, después de buscarla entre los dolientes, encontró a Vicky debajo de la mesa de la cocina. Se había quedado dormida con un retazo de tela ensangrentada entre las manos. Se agachó a abrazarla y le susurró que si necesitaba algo fuera a buscarla al restaurante. Vicky se presentó un par de días después y la señora le ofreció trabajo de planta en su casa.

Vicky comenzó a oír la voz de su Tata un poco después y a pesar de los años no se ha acostumbrado a ella. Cada vez que la oye, es como si fuera la primera vez. La reprende y corrige todo el tiempo como cuando era niña. Por eso reza, para apaciguarla y pedirle a Dios que ya descanse en paz. No le ha dicho a nadie que la oye porque teme que piensen que está loca y loca no está.

La voz de su Tata se calmó un poco después de que Vicky le dedicara un altar en su cuarto. Del triquero que hay acumulado en el patio de tendido, rescató un buró antiguo que formaba parte de la recámara de Alejandra. En la puerta inferior introdujo la urna con las cenizas de su madre. En la cubierta colocó a la derecha la imagen de la Virgen de Soriano y a la izquierda un portarretratos con la única fotografía que tenía de Catalina. Al centro dispuso un cirio pascual, bendito por el Santo Obispo en persona.

Trató de olvidar esa tarde de manera incansable. Lo intentó todo, incluso una técnica mostrada por un gurú televisivo que prometía liberarla de todo sufrimiento con sus meditaciones. Consistía en pensar en el instante doloroso y repetirlo el número de veces necesario hasta que dejara de lastimarla. No funcionó. Al contrario, después de poner en práctica el ejercicio de meditación, las imágenes se tornaron más claras y vívidas. Nada ha funcionado, ni siquiera el tiempo, que a ella le dijeron que lo curaba todo.

Somewhere Over the Rainbow

Suena el teléfono, corro a contestar. Que sea Gustavo. Que sea Gustavo. Mi corazón da un vuelco en cuanto la bocina toca mi oreja. La voz que me saluda me deja helada, llevaba tantos meses sin escucharla que pensé que ya no volvería a hacerlo.

Hola, Ale.

Se me anuda la garganta tan fuerte que me duele.

Ale, ¿estás ahí?, pregunta y yo no puedo hablar.

¿Mamá?, logro decir con la voz quebrada.

¿Está tu papá?

No.

Escucho que empieza a llorar. Nos quedamos calladas y después de unos segundos se suena la nariz. Comienza a hablar de nuevo con la voz un poco más serena.

No tengo mucho tiempo, advierte.

La extraño. No sé qué decir primero y termino sin decir nada.

Hija, ¿me escuchas? Casi no te oigo…

¿Dónde estás?, le pregunto. No me contesta. La escucho entrecortada.

Soñé contigo, eras bebé y no parabas de llorar. ¿Segura de que te encuentras bien?

Hace ocho meses que no me hablabas, pensaba que te habías muerto en un accidente o que algo malo te había pasado, le reclamo.

Yo estoy bien, no te preocupes por mí, responde.

Entonces, ¿qué pasó?

Te quiero mucho, no lo olvides.

Dame tu teléfono, le digo.

Me estoy quedando sin saldo en la tarjeta telefónica, cuídate mucho.

¿Mamá? ¿Bueno? La llamada se corta.

Le pego con los puños a los cojines del sillón. Pateo la puerta. Lloro. Esperé tantos meses para una llamada de menos de tres minutos, porque juro que no duró más.

¿Por qué me dejó aquí?

Odio que se haya ido.

Odio no saber dónde está.

Es mi mamá. No es posible que no pueda hablar con ella. No es justo. Obvio, no me quiere tanto como dice. Si me quisiera no me habría dejado aquí abandonada como a su ropa y sus pinturas.

Permanezco junto al teléfono por si consigue otra tarjeta Ladatel. Escucho *Somewhere Over the Rainbow* de Israel Kamakawiwoʻole en mis audífonos. Adoro esta canción. Mientras espero a que me vuelva a llamar hojeo los álbumes familiares. Abro el del viaje a Disney. Veo nuestra foto frente al castillo. Mi papá, mi mamá y yo, los tres con las sonrisas fingidas. Me acuerdo de que mi papá estaba furioso porque a mi mamá se le habían olvidado los boletos en el hotel. Tuvimos que regresar por ellos y le gritó que era una estúpida. En otra foto salgo con Mickey Mouse y en otra con Pluto. Yo sonreía porque mi papá me decía, Alejandra, di: *¡whisky!*, y tomaba la foto muy contento. Casi en todas salgo sola o con mi papá.

Lo vi feliz cuando entramos a los Piratas del Caribe y me contagió su buen humor. Saliendo me compró todos los dulces y juguetes que le pedí. Mi mamá, en cambio, mantuvo la cara triste todo el día. En las filas se quedaba como hipnotizada mirando al infinito y a todo contestaba, sí, ajá, como quieras.

Saco otro álbum, el de mi cumpleaños número ocho. Mamá me organizó una fiesta en el jardín de mi casa. Invitó a todos los niños de mi salón. Había un mago y globos de colores colgados sobre la mesa. En la foto frente al pastel, mi mamá se ve muy bonita con su blusa roja, me abraza y sonríe con los ojos muy abiertos.

Hay algo inquietante en su rostro. Es como si la persona retratada no fuera ella, sino una copia de ella. Reviso las demás fotos y me percato de que en todas aparece con la misma expresión. Exactamente la misma sonrisa *fake*. Me acuerdo perfecto de cuando su risa era espontánea; sin ninguna cámara que la apuntara, su gesto era más suave. Los ojos se le cerraban un poco y mostraba la encía. En ninguna foto sale así, ¿será porque todas las tomaba mi papá?

A veces se me olvida cómo era vivir con ella. Verla al despertar, saludarla después del colegio, contarle mi día. Todo eso antes me parecía normal. Nunca imaginé que de pronto ya no iba a estar. Lo daba por hecho y ahora es casi como si nunca hubiera vivido aquí.

¿Seguirá luciendo igual que el último día que la vi? Tal vez se cortó el pelo y mi recuerdo ya no corresponde a la realidad. A lo mejor trabaja, debe pagar una renta o algo así. Quisiera saber en dónde duerme. ¿Será mejor esa cama que la que tenía aquí? ¿Se habrá llevado fotos mías? No falta ninguna.

Mi papá un día quitó todas las fotos de los portarretratos en los que aparecía ella. Después se arrepintió y las regresó a su lugar, todas menos la de su boda, esa la rompió en pedacitos. A veces los marcos amanecen boca abajo y yo no los enderezo, a mí también me duele verla.

Hubiera preferido que no me llamara. Lo único que logró es que la extrañe más. Si yo ya me había acostumbrado a no escucharla, ¿para qué llamó? No respondió una sola de mis preguntas. Que me diga "te quiero" no es suficiente. Me duele comprender que no soy lo más importante en su vida. El problema no es la falta de amor, nunca es la falta de amor, el problema son las prioridades de las personas, me dijo la psicóloga una vez. ¿Se supone que eso debería de hacerme sentir mejor? Quizá nunca fui su prioridad y por eso fingía en todas las fotos. Hoy cumple setecientos cincuenta y dos días de ausencia. Después de casi dos horas de espera, pierdo la esperanza porque el teléfono no vuelve a sonar.

No he visto a Gustavo desde la fiesta de Emi. He pensado miles de veces en el beso que nos dimos. Fue increíble, ojalá Laila no hubiera estado en mi coche. Gustavo no me ha buscado para nada y yo no me he atrevido a hacerlo. Pensaba que después de ese beso íbamos a estar… no sé, más unidos. Obvio no pensé que fuéramos a andar y así, pero sí esperaba que por lo menos me llamara o que fuera a mi casa, o sea, somos vecinos, no es como que estoy del otro lado de la ciudad.

Aquí en la escuela tampoco nos hemos visto.

Faltan tres minutos para mi clase de filosofía. Permanezco afuera porque sé que a esta hora Gustavo se cambia al salón de al lado y casi siempre me lo encuentro. Laila está conmigo, seguro que ella también lo está esperando. Habla del increíble vestido inspirado en Chanel que su mamá le mandó a hacer con una modista. Ni la pelo. Volteo hacia el edificio de enfrente. Ahora miro hacia el salón de maestros al fondo del pasillo. La *miss* ya viene caminando cargada de papeles. En eso, Gustavo se aparece de la nada. Se me aflojan las piernas. Nos saluda súper equis a las dos y entra a su salón con prisa porque ya empezó su clase.

Buenos días, nos saluda la maestra y nos sentamos en nuestros lugares. Escribe con gis "Heráclito" en el pizarrón y lo subraya dos veces. "Los opuestos no se contradicen, sino que forman una unidad armónica". A lo mejor no le gustó mi beso. A mí me encantó. Al recordarlo siento algo así como un suave dolor en el pecho. Hago como que tomo apuntes, pero en realidad trazo su nombre en tercera dimensión y relleno con pluma el contorno de cada letra G-u-s-t-a-v-o.

"No es posible bañarse dos veces en el mismo río", dice la maestra.

No fue mi primer beso, obvio, ya me habían besado antes. Solo que nunca había sentido tantos remolinos adentro. Tal vez le gusta más Laila, la señorita perfección, o no entiendo por qué me tira la onda a escondidas.

"El examen será el próximo miércoles, sí, de hoy en ocho".

Me tocó la rodilla. Si Laila no nos hubiera interrumpido, los besos habrían seguido, estoy segura.

"Esta evaluación contará como el cuarenta por ciento de la calificación final".

Soy la primera en salir disparada de clase, de nada sirve porque el salón de al lado ya está vacío y otra vez me quedo sin verlo. Al llegar a mi coche encuentro un papelito atorado en el parabrisas, lo abro y dice:

Niña: me encantas. Doy saltos de emoción.

Hoy es la premier de *Misión Imposible* y el protagonista es mi top de tops: Tom Cruise. Laila y yo quedamos de ir con amigos y, claro,

Gustavo está incluido en el plan. Si hoy se la pasa con ella no voy a soportarlo. Muero porque vuelva a besarme. No puedo con la idea de que anden. La semana pasada que me dejó el recado en el coche, me llamó tres veces. Fueron llamadas cortas porque se tenía que ir a entrenar, pero al despedirse me dijo que yo le fascino. *Every single time!* Laila sigue rayada con él y jura que él también muere por ella. Me duele el estómago cada vez que los veo platicando. No sé por qué cuando estamos solos es súper lindo y en público se porta seco conmigo. En serio, no está padre porque yo a todas horas pienso en él. Me la paso observándolo con mis binoculares para saber qué hace, si ve la tele, si sale, come o duerme.

Hoy voy a ponerme guapa y va a ser su última oportunidad. Si sigue de sangrón, voy a empezar a salir con Poncho, el primo de Laila que Lety siempre me quiere enjaretar. Él sí me busca en los recesos, me llama por teléfono muy seguido y me trae flores a mi casa.

Lo malo es que Poncho no me gusta nadita. Lo evito porque no quiero que Gustavo piense que ando con él. Poncho es bastante guapo y además súper millonario; de hecho, mis amigas no entienden por qué no le hago caso. Su *hit* es Luis Miguel, *hello?* Laila lo adora, dice que es un partidazo.

Poncho es súper fresa, se pasa de educado y atento. Es de la misma edad de Gustavo, pero habla como señor y se la pasa haciéndole la barba a mi papá. Piensa que siendo su *brother* me va a gustar más. Y cero, es más, todo lo contrario, pero si Gustavo sigue ignorándome, voy a empezar a considerarlo, mínimo para darle picones.

Hoy se decide todo.

2...

Habíamos quedado a las cuatro de la tarde. Me escondí atrás de las plantas a un lado de la cochera de los Yáñez. Pinche casa, se parecía a una de esas que salen en las novelas, con los carrazos y todo el pedo.

Yo estaba todo pinche aceleradote. Me hervía la tatema. Me eché de hidalgo mi pachita pa' calmar los nervios. Ya estaba todo armado, tenía el tubo y el pasamontañas en la mano. Ya nomás faltaba que el Batman me diera el pitazo pa' que se armara la machaca.

Nunca había agandallado a un bato a la malagueña. Me había agarrado a putazos un chingo de veces, eso sí. Cuando alguien se ponía pendejo en la Arena, yo aventaba sillas y rompía madres si se ocupaba, pero chingarme a un cabrón así de a grapas, nel. Además, casi ni conocía al mentado Marlin, nomás de vista. Solo sabía que ya estaba cascadón y que su patrón le tenía harta ley. El Batman me repitió hasta el cansancio que no me fuera a pasar de chorizo con él porque ya estaba grande; de haber sabido antes, chingados.

Ya era hora y el pinche Batman nomás no aparecía. Empecé a dar saltos y ganchos al aire pa' calentar, igual que cuando empezaba mis entrenamientos. Respiré y soplé fuerte el aire para afuera. Y en eso salió el Batman, levantó una mano pa' que me acercara y me señaló la cochera. Me puse el pasamontañas. Dejé mi mochila debajo de uno de los carros, abrí la reja y entré por el pasillo. Yo estaba bien pinche ansiosote.

Me costaba ver bien con la chingadera de máscara. No era como las que se usan para las luchas, esta era tejida, de las de lana pa'l frío. Soplé bien recio, me estaba sofocando de calor.

Entré a la casa por el cuarto de las lavadoras, que estaba abierto, de allí a la cocina y luego luego encontré al Marlin. Estaba bien jetón, sentado en un banco recargado en la pared. Tenía el bigote y la barba blancas, lo vi viejito, hasta lástima me dio.

Volteé para que el Batman me diera luz verde y niguas. No estaba el cabrón. Se suponía que él ya iba a estar allí. Si el chiste de toda la operación, como él le decía, era que el Marlin me guachara a mí para que no sospecharan de él. ¡Su puta madre!, me dije.

Me retaché a buscarlo y lo vi saliendo del baño de la cochera muy quitado de la pena limpiándose el talco de la nariz. Pinche atascado. Se tallaba la encía con el dedo como si quisiera sacarse brillo.

—¿Qué pedo, carnal? —le dije alebrestado.

Me fintó con un gancho y se cagó de risa. Me dieron ganas de meterle el tubazo a él. Hijo de su puta madre. Casi lo mando a la verga allí mismo, pero pensé en mi varo y tragué camote.

Antes de entrar a la cocina, el Batman se dio tres cachazos él solo hasta que se sacó el mole. Total que entramos juntos, el Marlin seguía bien jetas. El Batman se tiró al piso cercas del vetarro pa' que lo mirara allí todo desguanzado.

Ora sí, dijo a señas.

¡Mocos!, le di una patada al banco pa' tumbarlo y el Marlin se despertó de madrazo. Me miró a los ojos y se paró como resorte. Traté de agandallarlo con el tubo, pero me pegó un putazo seco en las costillas. Me doblé, pero alcancé a darle un empujón y se cayó de nalgas. Me dio unos segundos para salir destapado, por esta, que por poco y no la libro.

Pinche Batman no dijo nada de que el ruco era hábil y correoso como un pinche gato callejero. Desde adentro, el ruco gritó que me iba a matar, que ya sabía quién era. Alcé mi mochila para irme a la chingada y el Batman me alcanzó para encañonarme.

—Te dije que le dieras un tubazo, pendejo. Lo tenías de pechito y la tenías que cagar.

Lo mandé a la verga. Para qué me trajo al jale si luego iba a salirme con sus mamadas. Me fui a gatas entre los arbustos y en cuanto salí de allí tiré la puta máscara de estambre que ya me tenía hasta los huevos. La eché en un basurero de esos que hay para las cacas de los perros. También guardé la sudadera que traía puesta en mi mochila y me fui en chinga, todo bofeado. Mis mil quinientos dólares acababan de valer madres, pinche Marlin culero.

Salí caminando, en putiza, pero caminando, porque si te veían corriendo más llamabas la atención. Todavía me faltaba lavar en una casa, pero le saqué a quedarme en el Palomar y mejor me piré. Seguro se iba a poner color de hormiga.

Me limpié el sudor con una de mis franelas antes de pasar por el control. Y para acabarla de chingar me encontré al culero del Marcelino.

—Buenas —le dije.

Sin que me lo pidiera, me quité el morral del hombro y lo abrí para que me hiciera la revisión.

—¿Se va temprano, Juan Pablo? —preguntó con su pinche tonito cagante. No sé por qué vergas se acordaba de a qué hora entraba y a qué hora salía. Se me quedó mirando con cara de ya te apañé, pero ni mais. Me la saqué con una que no se esperaba.

—Le metí la recia para llegar a ver el partido del Atlante, jefe, empieza a las seis —le dije, se me quedó mirando y me regresó mi credencial.

—Ya puedes retirarte —dijo al final.

Me cae que yo estaba a las vergas pa' repartir madrazos, si se hubiera puesto pendejo, le hubiera roto su madre aunque me vetaran.

Le sonó su radio y salió corriendo. Le han de haber dicho que había un pedo en casa de los Yáñez, porque se puso pálido y se subió en chinga a su patrulla. Yo me trepé a un carro de sitio, no me quise esperar a la ruta, ni tampoco me tuve chanza de comprar pisto pa' rellenar mi pachita. Entre más lejos estuviera de allí, mejor.

Desde ese día, entrar al Palomar se volvió una puta monserga. Se hacía más de una hora de fila porque redoblaron la seguridad. Ahora a todos los subcontratistas, así nos llamaban los culeros, nos pedían que lleváramos un comprobante de domicilio pa' entrar. Se la mamaron.

No supe nada del Batman hasta dos días después, que cayó en mi cantón. Me contó cómo estuvo el pedo desde que me piré. Se retachó a dizque ayudar al Marlin, que se quedó en el piso y no se podía parar. Según dijo, se le chingó una vértebra con el sentón. Dos batos de vigilancia entraron a ver qué pedo y en chinga llamaron a sus refuerzos.

Al Marlin y a él los tuvieron más de quince horas en el M. P. El culero de Yáñez se regresó de donde andaba y armó un desmadre.

—Estaba encabronadísimo, él con sus propias manos me puso una putiza por haberme apendejado. Me dijo que si hubiera estado haciendo mi trabajo no hubiera pasado nada y me corrió a patadas de su casa. Y en tu perra vida regreses al Palomar, dijo el ojete, por eso te decía que se merecía la despiojada, porque es un pinche ojete.

El Batman ya sabía que lo iban a correr de la chamba después de esto, pero pensaba que iba a salir forrado de billetes, no como ahorita, como perro apedreado y sin un quinto.

—Por qué vergas lo pateaste, tenías que darle un tubazo, te lo dije cien veces, cabrón —me reclamó.

—Pos, se me hizo fácil tumbarlo así.

—Y luego saliste corriendo, en lugar de darle el tubazo, ya lo tenías en el piso —dijo el culero.

—Dijiste que era un vetarro de mierda, me chingó una costilla, ¡no mames!

—Fue tu pedo, así que vele viendo cómo le haces para entregarme mi varo envuelto para regalo, cabrón.

—Tas pendejo, güey, yo de dónde saco.

—Ese, mi querido Filipino, es tu pedo.

—Vete a la verga, cabrón.

Él nomás se rio y de despedida me dio dos cachetadas quedito y luego el muy pendejo se quedó mirando a mis chavos, fintó una pistola con la mano y les disparó de mentiras. Ellos, a risa y risa. Pero a mí no me hizo ni tantita gracia. A mí no me va a venir a amenazar a mi propia casa y menos a mis hijos.

Cuando el Batman se fue, Rosario luego luego empezó a armármela de pedo y a decirme que no quería volver a ver a ese ponzoñoso en su casa.

—Ya andas metido en transas otra vez, ¿verdad?

—Nel, nomás vino a saludar, no hay pedo.

—No te quiero entambado, Filipino. ¿Qué voy a hacer yo sola con dos criaturas?

—¡Que ya te dije que no hay pedo! —le grité y aventé un vaso contra la pared. Se hizo un reguero de vidrios. El Yovanni empezó llore y llore. Estaba que me llevaba la chingada. Pinche Batman, hijo de su reputísima madre, de dónde quería que sacara pa' pagarle, si apenas sacaba p'al chivo. Primero lo quebraba yo a él antes de que le pusiera una mano encima a mis morros.

Cirio pascual

Vicky examina sus antebrazos, del lado derecho hay cuatro círculos amoratados, los dedos de Juan Pablo. Si los presiona, aunque sea con suavidad, le duelen. En el hombro izquierdo nota un moretón grande y verdoso, una mordida. Se enreda una bufanda en el cuello para ocultar el chupetón cerca de la clavícula.

Se arrepiente de haber desobedecido a Yolanda. Bien claro le indicó que solo se untara ocho gotas. Han pasado dos semanas desde que las usó por primera vez. Ella pensó que, si se echaba más, él se iba a interesar más rápido y se untó doce o quince, ya no se acuerda, puede que más. No pensó que tuvieran un efecto tan potente. Ya van varios días que no se las unta, pero parece que lo hecho, hecho está.

El Filipino llegó a verla el viernes por la tarde. Ni Ale ni su padre se encontraban en la casa. Vicky se perfumó y lo recibió con su falda recién lavada. Desde que llegó lo notó seco, como si estuviera molesto por algo.

—Vamos a tu cuarto —dijo autoritario. Vicky accedió, no quería hacerlo enojar como la última vez que ella se negó. Cerró la puerta con seguro y desplegó la persiana.

La besó con fuerza, su lengua y sus dientes la recorrieron como una boa a punto de engullirla.

—Encuérate —le ordenó. Él se quitó la camisa y aventó los zapatos debajo de la cama.

—No. No puedo hacer eso —respondió Vicky. Su mirada se detuvo en el altar de su Tata y la Santísima Virgen. Retiró la saliva de su cara con un costado de la mano. Se sentó en la cama y él permaneció de pie frente a ella.

—¿Ora qué? —preguntó fastidiado.

Ella lo tomó de la mano y le dio un beso suave con el afán de calmarlo.

—No estoy lista —le dijo temerosa.

—Ah, ¡no mames!, cómo no, si ya estás bien peluda.

Le quitó la falda a la fuerza y la acostó en la cama. Vicky trataba de cubrirse el cuerpo con los brazos. Él intentó hacerle a un lado el calzón para introducirle un dedo. Ella apretó las piernas y colocó sus manos sobre el pubis. Él sacó uno de sus senos del brasier, lo magulló y le pellizcó con fuerza el pezón. Se desabrochó el cierre y comenzó a masturbarse frente a ella.

—No me digas que no estás bien caliente, sss, yo sí y un chingo.

La jaló de la nuca para sentarla e intentó introducir su pene en la boca. Ella giró la cabeza hacia el lado opuesto. Él la jaló del pelo y le restregó el pene en la cara, pero Vicky lo empujó y se enroscó en posición fetal.

Le dio un manotazo en la cabeza que la aturdió, después, sintió los nudillos de Juan Pablo chocar contra el hueso de su cadera. Se le encimó, la mordió como vampiro justo debajo de la oreja. La manoseaba toda. La vibración del motor del coche de Ricardo Castillo retumbó en los vidrios de la ventana.

—Es don Ricardo —dijo Vicky agitada. Recogió su falda del suelo y se vistió.

Juan Pablo se puso la camisa y se asomó debajo de la cama para buscar sus zapatos. Llamaron su atención las decenas de cajas de cartón allí apiladas. Jaló una con curiosidad y la abrió, se sorprendió al encontrarla llena de dinero. Vicky miraba hacia afuera a través de la persiana.

—Que no te vea don Ricardo —suplicó.

Él se calzó los zapatos y se volvió a asomar debajo de la cama. Contó al menos veinte cajas.

Antes de salir le dijo que era una puta calienta huevos y se fue. Vicky sintió terror de que el señor Castillo lo viera salir de su cuarto. No lo hizo. El Filipino esperó a que el hombre entrara a su casa por la puerta principal para salir por la de la cochera sin ser visto.

A Vicky le dolía la cabeza por dentro y por fuera, le castañeaban los dientes. Brincó cuando escuchó que el señor Castillo la llamaba.

Apareció en la cocina envuelta en un rebozo con la cabeza gacha. Don Ricardo miraba el interior del refrigerador buscando qué le apetecía. Tomó una manzana y le pidió papaya picada.

—Voy a cenar arriba —dijo y le dio una mordida a la manzana. Subió a su recámara sin reparar en ella. Vicky sacó la papaya del refrigerador, una tabla para picar y el cuchillo. Apenas hubo partido la fruta en dos, estalló en un llanto sofocado. Le pareció que sus sollozos podrían escucharse en la planta alta y se escondió en la despensa hasta calmarse.

Hoy Vicky tiene la certeza de que la culpa la tienen las gotas de Yolanda. Tiró al escusado lo que le quedaba de la poción. Masajea los hematomas con pomada de árnica.

—Perdóname, Dios mío.

En el jardín, Vicky contempla el agua saliendo de la manguera. Moja poco a poco el pasto. Con el pulgar cubre casi por completo la salida del agua para obtener un chorro suave y parejo. Mientras riega, no deja de darle vueltas a lo que Juan Pablo le hizo y cómo la llamó antes de salir: puta calientahuevos. Le dolieron sus palabras.

Puta.

La emocionaba pensar en que la acariciara y que la abrazara, pero no así. Nunca se imaginó que podría lastimarla. Quizá esperaba que fuera tan amoroso como había sido su primo Javier. Cerró los ojos en cuanto el Filipino le mostró su pene, pero alcanzó a verlo. Recuerda bien el color, la forma y su olor agrio. No había visto jamás el cuerpo de un hombre desnudo. Por la noche no logró conciliar el sueño. No entendía por qué la había tratado así.

Por piruja, tú tienes la culpa.

Tuvo ganas de llorar, pero se tragó sus lágrimas.

Debió confesarlo el domingo que asistió a misa. Se avergonzó tanto que no se atrevió.

—He pecado mucho —musitó en el confesionario y el padre le pidió que se lo repitiera porque no la oía.

—¿Cuáles son tus pecados, hija? —preguntó el sacerdote. Vicky no dijo más, aunque él insistió en que no podía absolverla si ella no los pronunciaba en voz alta. Ella se negó a hablar. El padre, molesto por la poca disposición de Vicky, la expulsó del confesionario, no sin antes dedicarle una severa letanía.

—La lámpara de tu cuerpo es tu ojo. Si tu ojo está sano, todo tu cuerpo estará luminoso; pero si tu ojo está malo, todo tu cuerpo estará a oscuras. Y si la luz en ti es oscuridad, ¡cuánta será tu tiniebla! Mateo 6, 22-23 —recitó el padre irritado.

Ni siquiera cuando habló de su primo Javier había recibido un regaño tan implacable. Pasó la noche en vela hincada rezando los quince rosarios que creyó que el padre le habría ordenado. Vicky se pregunta qué penitencia le habría impuesto si le hubiera dicho la verdad.

Bien merecido lo tienes.

Vicky aprieta contra su pecho la medalla milagrosa que Yolanda le regaló. Se asegura de empapar de manera homogénea el pasto y después apunta el agua hacia los rosales.

Alguien toca en el ventanal de la sala. Casi anocheció por completo y ella olvidó encender las luces. Llegó Ale, piensa, pero cuando voltea para saludarla no hay nadie. Cierra la llave del agua y se seca las manos en su mandil. Entra a la casa, piensa que, quizá, Ale tocó y después se fue a su cuarto. Todo está quieto adentro.

¡Cuánta será tu tiniebla!, te lo dijo el padre.

—¿Ale?

Su voz reverbera al pie de la escalera. No obtiene respuesta, solo escucha las manecillas del reloj de pie al fondo del vestíbulo. Sube despacio. Prende cada interruptor de luz a su paso. Está segura de que hay una presencia en la casa, pero ni Alejandra ni su patrón han regresado. Su pecho se contrae.

La cabeza le punza. Vuelve a la planta baja de puntitas, como si de esa manera se volviera invisible. Regresa a la cocina y escucha como si hubieran dejado caer una bolsa de canicas en la planta alta. Las escucha rodar sobre ella. Mira al techo. Aprieta los puños y se entierra las uñas. No hay nadie. Ella revisó cada habitación.

¡Cuánta será tu tiniebla!

Corre a su cuarto, le pone seguro y además atranca la puerta con una silla. La cabeza le martillea. Enciende el cirio pascual de su altar con un cerillo.

—Protégeme, Madre, que no me dé el temblor.

Los cirios tienen el poder de alejar todo mal, le decía su Tata. Se abre espacio entre las cajas para esconderse debajo de su cama y no va a salir hasta que oiga a alguno de sus patrones.

Lightning Crashes

Muevo de un lado a otro los ganchos de mi clóset. *Lightning Crashes* me acompaña mientras me arreglo. Debo bajar el volumen de las bocinas para gritarle a Vicky que venga. Le pregunto por mi suéter negro y me contesta que está sucio. O sea, cómo que sucio si me lo puse hace siglos.

Vicky lleva varios días rarísima. Se la pasa todo el día encerrada en su cuarto y tiene los ojos llorosos.

Si quieres te lo lavo ahorita. Te lo trato de tener listo en dos horas.

¿Dos horas? Imposible, en media hora llega Laila por mí, respondo. Vicky pone cara de compungida. Pobre.

No te apures, me pongo otra cosa, no es para tanto, le digo.

Definitivamente le pasa algo. Me acerco a ella y le pregunto qué tiene. Agacha la cara y responde que nada. Hasta se le ven los ojos hinchados, algo muy malo le pasa, le digo que regresando del cine tenemos que hablar. Asiente y baja las escaleras haciendo pucheros.

Por más que busco en mi clóset no encuentro una sola chamarra padre que ponerme. Voy hacia el vestidor de mi mamá y me encuentro a mi papá que apenas está alistándose para ir a trabajar.

Su tele a todo volumen en el noticiero anuncia que en Kazajistán un Boeing 747 y un Ilushin II-76 colisionaron, 349 muertos y cincuenta desaparecidos es el saldo hasta el momento, explica la reportera. Mi papá mira la pantalla anonadado.

Hola, pa, lo saludo.

No es posible, es el quinto avionazo este año, me dice con los ojos muy abiertos. Recién en octubre se estrelló otro en Perú y murieron 70. Y ahora esto, dice consternado. Apaga la televisión y se peina frente al espejo de su baño. Son casi las 5:00 de la tarde, ya no debería estar aquí. No dormí nada, estoy harto de tantos problemas en el fraccionamiento. Primera y última vez que accedes a ser presidente de colonos, Ricardo, le dice al espejo.

Abro las puertas del clóset y descuelgo dos chamarras para probármelas.

Alejandra, ¿qué carajos haces con esa ropa?

Ay, pa, es que no tengo chamarras *cool* en mi clóset.

Le muestro la chamarra de piel café que le compró a mi mamá en España.

¿Y a dónde piensas ir? Digo, si se puede saber.

Al cine, pa, es la premier de *Misión Imposible*, respondo.

En cuanto termino la frase, me percato de que nunca le pedí permiso. Ni ayer ni antier lo vi. El fin de semana estaba enojado conmigo y no nos hablamos. Ay, no...

¿Hoy? No vas, dijo con una sonrisa burlona.

Papi, *please*, insisto.

¿Ya se te olvidó lo de la fiesta?

Se para frente a mí, me toma de los hombros y oigo cómo entra y sale el aire de sus fosas nasales. No debí insistir. Está de malas. Cómo se me ocurre. Cierro los ojos y me protejo con los brazos.

Alejandra, acuérdate de que estás castigada. A mí no me quieras ver la cara de imbécil, no vas, punto y se acabó, dice con la mandíbula apretada.

Me suelta y le da un golpe al lavabo con su cepillo del pelo y este se parte a la mitad. Por lo menos no me lo sorrajó a mí. Me dice que tengo prohibido salir. Sale del cuarto y desde abajo grita que al rato me va a llamar, que pobre de mí si no estoy en la casa.

Lo odio, lo odio, lo odio. Hundo mi cara en la almohada y grito hasta que me arde la garganta.

¿Por qué es así conmigo?

¡Ojalá se muriera! Lloro sin parar. Quisiera escaparme, pero no me atrevo, no quiero ni imaginar lo que me haría si lo hiciera. Llamo a Laila y le aviso que no voy a ir al cine, cuelgo sin darle explicaciones.

¡Lo odio!

Trepo a mi árbol para ver a Gustavo antes de que se vaya al cine. Está en su cuarto, se pone loción y lo veo bajar las escaleras. Ya se va.

Prendo un cigarro tras otro.

Va a ir solo con ella y me lleno de rabia.

Son las seis, la función debe estar empezando. Imagino a Gustavo sentado al lado de Laila, mirándola en la oscuridad como me miraba a mí. Puede que esté acariciándole el cuello o la rodilla como a mí. Puede que se estén besando, justo ahora. ¡Aghhh! Me dan ganas de arrancarme los ojos de pensarlo. Yo debería estar allí. Fumo mi sexto cigarro al hilo. Me siento un poco mareada.

El ruido del portón del patio me asusta. Vicky trae a Tyson al jardín. No me ha visto. Cierra la puerta y se va. Tyson inmediatamente me detecta y viene hacia acá. Se para en dos patas como si quisiera escalar el árbol para alcanzarme. Mi Tyson. Bajo y lo acaricio. Me babea la cara y lo apapacho. De pronto se quita y corre de un lado a otro. Está muy inquieto. Sigo llorando de coraje. Aborrezco a mi papá y también a la estúpida de Laila.

Oigo voces. No sé si es aquí o en la construcción de al lado. Es aquí, porque Tyson corre hacia el patio y olfatea por debajo del metal de la puerta. Escucho la voz de un hombre. Tyson ladra como loco. También escucho a Vicky. Llora. Pienso en asomarme al patio, pero por alguna razón no lo hago. Subo al árbol para ver qué pasa.

Hay sábanas tendidas, estorban un poco, pero logro distinguir su cara, es el tipo que lava los coches. Abraza a Vicky, pero ella forcejea para quitarse. Él la jala del pelo, le trata de dar un beso, ella no quiere. La empuja contra la pared y le da un golpe con el puño cerrado. Maldito, qué le pasa. Los ladridos me aturden.

Bajo del árbol para abrir la puerta del patio, pero me freno. Me da miedo. Regreso al árbol para tomar el teléfono, pero recuerdo que lo dejé en mi cuarto. Pienso dónde hay otro cerca. En la cocina. Corro hacia la terraza para entrar por el comedor, está cerrado con llave. Escucho los gritos de Vicky por encima de los ladridos. ¿Qué le está haciendo? Regreso al portón. Me tiemblan las piernas. No puedo dejarla sola. Tyson se azota contra la puerta como si quisiera tirarla. Enloquecido. Los oídos me palpitan. Voy a abrir. Respiro agitada. Tyson me va a defender. Tengo terror de abrir. Abro. Vicky en el piso y el lavacoches encima de ella con los pantalones abajo. Veo sus nalgas peludas, me repugnan. Me quedo petrificada en el quicio de la puerta. Tyson va directo hacia él. Lo pesca del muslo con una mordida. El tipo gruñe y grita muchas groserías. Los pechos desnudos de Vicky, uno tiene sangre.

El hombre trata de quitarse a mi perro a golpes, le estrella una maceta en la cabeza. Él lo sigue mordiendo y agita el hocico para arrancarle el pedazo. Vicky se mueve hacia el rincón y se tapa los ojos con las manos. Al lavacoches le sale mucha sangre de la pierna como a los toros de lidia cuando los punzan con las lanzas. Camino lento hacia Vicky, quiero ayudarla a salir de allí. El lavacoches saca una navaja no sé de dónde. Va a matar a Tyson.

¡Tyson, ven!, le grito, pero no me obedece. Le clava la navaja en la cabeza. No quiero ver. No lo suelta, creo que tiene trabada la mandíbula, lo sigue mordiendo. El tipo tiene los ojos desorbitados. Me da mucho miedo. Lo vuelve a apuñalar y el filo le entra en el ojo. Tyson chilla y se mete a su casa.

El tipo voltea a verme furioso. Está lleno de sangre. Tiene la pierna deshecha, le cuelga la carne de unos hilos color blancuzco. Puedo verle el pene entre la negrura de pelos. Se arrastra como lagarto. Tiene la navaja en la mano, está cada vez más cerca de mí. Quiere cortarme. Me quito, pero alcanza a rasguñarme. Veo la pala del jardinero recargada en la pared. La tomo con las dos manos como si fuera mi raqueta de tenis y le pego al tipo con todas mis fuerzas. Un tronido. Sigue hablando. No le entiendo. Se acerca un poco más. Le pego de nuevo. Veo volar un pedazo de algo y me salpica la cara. No se detiene. Lo golpeo una y otra vez hasta que se deja de arrastrar.

Suelto la pala.

La cara me hormiguea.

Los perros de las casas vecinas ladran todos al mismo tiempo.

Tiemblo.

Hay mucha sangre.

No se mueve.

Los latidos de mi cabeza no me dejan oír.

Estoy sorda.

Me sofoco.

Grito sin emitir sonido porque ya no tengo aire en los pulmones.

Él.

1...

De haber sabido que hoy iba a ser el último día de mi vida, me habría despedido de mis hijos antes de salir. Nunca lo hacía. Me levantaba, me vestía y me iba de puntitas a la chingada pa' no despertarlos. Y es que las cinco de la mañana no eran horas ni pa' los gallos.

Me hubiera gustado desayunar unos chilaquiles con harta salsa, huevos estrellados y una concha con frijoles. En lugar de eso, camino al gimnasio me chingué un Gansito y una Coca-Cola. Le pegué al costal con un chingo de rabia y ni así se me bajó la emputada que traía. Las amenazas del Batman no dejaban de darme vueltas en la cabeza. Lo hubiera cosido a vergazos cuando lo tuve enfrente. Debí decirle que a mis hijos nadie los apuntaba ni con el dedo de su reputa madre. Estaba demasiado encabronado en ese momento y no reaccioné. Qué pendejo fui, me cae.

De salida del gimnasio me encontré al Navajas. Me saludó a toda madre, como siempre. Me dijo que estaba bien feliciano porque por primera vez iba a echarse un brinco con la Mayte, la nalgona por la que cacheteaba las banquetas desde hacía meses.

—Tiene unos abductores de campeonato, carnal —me presumió todo sonriente. No sé cómo le hacía, con la cara de culero que se cargaba, pero siempre se agarraba a las chavas más buenas del gimnasio.

—Verbo mata carita —le decía yo.

—No. No es por el verbo, carnal, es porque tengo un chico pitote —contestaba y nos cagábamos de risa.

La mera verdad, hoy yo no estaba para sus mamadas. Me cagó el palo verlo tan pinche sonrientote y le contesté que me valían tres hectáreas de verga a quién se iba a coger. Me piré y lo dejé hablando solo. De haber sabido... al menos le hubiera dado las gracias por ser el único en haber creído en mí, era mi carnalito.

Me lancé derechito al Palomar. Lavé los carros de otras tres casas antes de ir a la de los Castillo. Nomás no me hallaba. La Kari salió a platicarme, pero le dije que me aguantara, que traía prisa y que luego hablábamos. Me la pasé pensando en las amenazas del pinche Batman y en Vicky. No veía la hora de tenerla enfrente. Esa puta calientahuevos, con la lanota que tenía escondida debajo de su cama, me iba a sacar de pedos con el Batman, al menos por un rato. Y aparte sí, tenía muchas ganas de metérsela hasta adentro y bajarle los humos.

Cuando me acerqué a tocar la reja, vi que me había dejado la aspiradora junto a los carros. También un sobre con mi pago atorado en el parabrisas de la Suburban, hasta mi nombre le escribió. Todo con tal de no darme la cara la muy pendeja. Cuando acabé estuve toque y toque. Nada. Solo salió el pinche perro a ladrarme.

Si no me hubiera metido en pedos con el Batman y si no me hubiera fijado en dónde guardaba su varo Vicky, igual y me hubiera regresado a mi cantón a merendar con mis morritos. De todos modos, tarde que temprano me la hubiera cogido.

Al día siguiente habría ido a la Arena, como todos los jueves, a cumplir con mi turno de guardia de seguridad desde las gradas.

El sábado me habría llevado a mi vieja y a mis chavos al centro por unas nieves de la Michoacana. El domingo habría visto el partido del Atlante contra Necaxa y me habría echado unas caguamas con mis compas en la esquina. Me habrían vuelto a echar carrilla por mi terquedad de querer ser luchador y yo hubiera tragado camote sabiendo que me faltaba un chingo para debutar.

¿Qué me costaba ahorrar dos años más? Pero no. No me quise esperar. Todavía no me caía la lana y ya me la había quemado, en la renta, en los uniformes de mis chavos y mi debut, sobre todo mi debut. Por esta, que ya tenía todos los papeles que me habían pedido, solo era cosa de pagar y presentar el examen en el D. F. Ya tenía mi rutina planeada, la neta, estaba bien mamalona: salto lateral desde la segunda pa' mi entrada, tijeras voladoras, mortal y resorte. Salto del tigre y lo que fuera saliendo sobre la marcha.

No fue así. Me emperré. Me esperé casi una hora y media escondido en la cochera a que la pendeja de Vicky saliera. Para esas horas,

Ricardo Castillo ya no iba a estar en la casa, y la basura pasaba los miércoles antes de las seis. Ella iba a tener que sacar los botes hasta la banqueta.

Salió con su cara de no rompo un plato. Cuando iba de regreso me le arrimé a las nalgas y le tapé el hocico. Ni se te ocurra gritar, le dije. Nos fuimos caminando pegaditos pegaditos. Se trató de escapar, forcejeamos y me alcanzó a dar un codazo en mi costilla puteada y se me peló p'al patio. La alcancé y tuve que pegarle unos chingazos pa' que se amansara.

Le dije que fuéramos a su cuarto, pero la cabrona se me puso bien rejega y, cuando la pesqué por atrás, seguía como pinche mula desbocada y me hizo emputar como hacía mucho no me emputaba.

La agarré de los pelos, la arrinconé contra la pared y después de soltarle otro vergazo le saqué una teta y le mordí un pezón con tanta saña que se lo quise arrancar y escupirlo pa' que aprendiera a estarse sosiega, pero no, siguió de rejega la móndriga. De allí ya no pude parar. Me dieron ganas de zurrarla a putazos, pero más ganas mc dieron de meterle la verga hasta que le reventara la panocha por pendeja.

Me la ensarté, nomás faltaba y, cuando estaba a punto de dejarle ir toda la leche, que entra el pinche perro. No lo vi venir al culero, si no, otro gallo me cantaría. Primero sentí caliente y luego empezó a arderme la pata como si en vez de sangre me circulara ácido muriático por las venas. Por más que le pegué, el méndigo animal no se me quitaba de encima. Pensaba que con unos piquetes iba a tener y ni así.

Se chingó mi pierna el culero. ¿Cómo vergas iba yo a debutar con la pierna toda desmadrada? Y luego apareció la chamaca pendeja, hija de Castillo. Esa culera tuvo la culpa de todo. Ella me echó encima al pinche perro endemoniado. Me la traté de chingar, nomás que la cabrona se hizo p'atrás. Le tiré un navajazo arribita del pie y le di un rayón, y me estaba acercando para darle otro. Si la hubiera alcanzado la habría cortado en cachitos y juro por esta que me los hubiera comido uno por uno hasta empacharme.

Sentí el chingadazo de una pala en la tatema, luego otro y otro más, la chamaca no paró hasta botarme los sesos. Me quedé aquí tirado sin poder moverme. ¿Qué me costaba esperar? Dos años. En dos años hubiera juntado de perdida lo del examen.

La neta es que habría dado lo que fuera porque mis hijos vieran mi presentación como estelar del cartel. ¡Qué pinche gusto les hubiera dado! Hasta mis cuates se habrían puesto contentos y Rosario se hubiera tragado sus pinches comentarios y se habría sentido orgullosa de mí.

Imagino mi máscara dorada brillando en lo alto del ring. Sus caras de admiración viéndome a mí. Mis hijos pensando que su jefe era una verga por primera vez en sus vidas, de haber sabido.

Segunda parte

I thought I heard a voice cry, "Sleep no more! Macbeth does murder sleep." Innocent sleep. Sleep that soothes away all our worries. Sleep that puts each day to rest. Sleep that relieves the weary laborer and heals hurt minds. Sleep, the main course in life's feast, and the most nourishing.

WILLIAM SHAKESPEARE, *Macbeth*

La verdad siempre se encuentra; en cambio, la vida puede enterrarse para siempre.

FIÓDOR DOSTOIEVSKI, *Crimen y castigo*

"   "

Mi respiración es agitada. Incontrolable. Mis latidos acelerados, como si corriera a toda velocidad, pero estoy quieta. Mi boca seca y acartonada. Un mareo. Escucho un zumbido. Me aturde.

El hombre dejó de arrastrarse.

Su cabeza empapada en sangre.

Su pierna también.

El brazo está muy malherido.

La sangre se extiende.

Mis extremidades se aflojaron y al mismo tiempo tiemblan de tensión.

Caigo sobre mis rodillas.

Todo desaparece menos el lavacoches. Es como si nos separara un túnel y en el extremo opuesto estuviera él.

Cierro los ojos. Siento la cara adormecida y todo me da vueltas. Tengo la sensación de estar despertando, pero no me dormí.

No.

No me dormí. Escucho a mi perro gimotear a lo lejos.

No sé qué hacer. Espero.

Oscurece.

Él dejó de moverse.

No sé cuánto tiempo ha pasado. Espero que de un momento a otro se levante y camine.

No se levanta, ni despierta, ni nada.

Nunca había visto tanta sangre.

Tyson dejó de llorar.

El pecho del lavacoches debería subir y bajar al respirar. No se mueve ni un poquito. Por un segundo me cruza la idea de su muerte.

No, eso no.

Me da miedo acercarme.

Tiene los ojos abiertos. No parpadeo para detectar si él lo hace. Nada. Sus ojos empiezan a parecerse a los de un pescado en el hielo del supermercado.

La sangre en el piso se extiende cada vez más.

En la pared, manos pintadas con sangre de él o de Vicky, no sé. Mil gotas rojas de todos tamaños esparcidas en las sábanas que, en lugar de blancas, se ven color lila porque ya casi es de noche.

Siento como si estuviera dentro de una película de terror. Como si habitara un cuerpo que no es el mío.

Vicky en la esquina del patio tiene el torso desnudo y se abraza a sí misma. Tenía sangre en el pecho, ¿habrá dejado de sangrar?

¿Vicky, estás bien?, susurro. No contesta. Un espeso trago de saliva se aloja en mi garganta, como si una flema se me hubiera atascado. Aunque hago el esfuerzo de tragar no se va.

¿Qué hice?

La palabra *muerte* regresa a mí.

Inhalo con fuerza.

Tengo ganas de vomitar.

No quiero vomitar.

Cubro mi boca para impedirlo.

Me viene una arcada y salpico el piso y mis pantalones. Escupo repetidas veces, no logro quitarme el sabor amargo a bilis de la lengua.

Vicky levanta la cara. Pasmada, ida como *zombie*.

¿Vicky?, insisto. Sigue sin responder. Mueve la boca sin hablar, como cuando reza en silencio.

Ya es de noche. El farol de la calle divide el patio en dos, la mitad con luz amarilla y la otra mitad con sombra. A ella la baña la luz, yo observo desde la sombra y el hombre está justo en medio. Ya no distingo su forma humana. Se convirtió en una mancha negra y amorfa.

Desde el lado iluminado, una cucaracha se acerca en línea recta hacia mí. Avanza. Frena. Avanza. Frena. Veo sus antenas subir y bajar alternadas. Camina un poco más y toca la sombra. Cada vez más cerca. Escucho el roce de sus patas rascar el piso y siento escalofríos. Me levanto y doy saltos para no pisarla. No quiero tocarla ni con la suela de mis zapatos. Se asusta y la pierdo de vista.

Mis piernas entumecidas hormiguean desde la ingle hasta las plantas de los pies.

Mis ojos se adaptan a la oscuridad y veo lo suficiente para evitar el charco de sangre. Me alejo despacio rumbo a la cocina.

¿A dónde vas, Alejandra?, pregunta Vicky.

Siento los labios sellados con saliva seca y vomitada. No le contesto. Llego a la cocina. Descuelgo el teléfono y descubro que no sé a dónde llamar. ¿A mi papá? Marco los primeros tres dígitos y cuelgo.

No, a mi papá no.

¿A la caseta de vigilancia? Sí. Hay una ambulancia en la entrada. Busco el número en la libretita de los recados que está colgada junto al teléfono. No lo encuentro.

Vicky aparece junto a mí. Trae puesta la blusa desabrochada del frente. Un círculo de sangre en la tela a la altura de su pecho izquierdo.

¿Qué vas a hacer?, me pregunta.

Voy a llamar una ambulancia.

Hojeo la libreta por tercera vez. Estoy segura de que mi mamá apuntó aquí el número de emergencia.

¡No!, dice Vicky.

Por fin, en la última página encuentro el número de vigilancia escrito con lápiz. Es la letra manuscrita de mi mamá. Descuelgo y marco.

Vicky me arrebata el auricular y lo azota contra la pared con tanta fuerza que lo rompe. Queda colgado del cable y gira en espiral.

Trata de arrancar el aparato de la pared. Me asusta. Parece loca.

¡Solo quiero pedir ayuda!, le grito.

No se te ocurra llamar a nadie, Alejandra, dice amenazante. Nunca me había hablado así. Se me acerca y me aprieta las manos. Abre los ojos como búho y dice que no con la cabeza.

El estómago se me está incendiando. Su pecho sangrante se asoma. Está demasiado cerca.

No le hables a nadie, repite. Su aliento huele a podrido. Contengo la respiración para no inhalarlo.

Alejandra, por favor no llames, insiste.

Le escurre la nariz y el fluido entra a su boca cuando habla. Me aprieta mucho y empieza a torcerme las muñecas. Vicky nunca me había lastimado.

Ya, déjame, no voy a llamar, le digo.

Me suelta y mis antebrazos quedan pintados de sangre gelatinosa. Abro el grifo de la tarja y me lavo. También mis manos están manchadas.

No le avises a nadie, repite.

Mojo mis manos bajo el chorro del agua. Está detrás de mí. Siento su respiración en la nuca. Veo su reflejo en el cristal de la ventana.

¡Se lame las manos! Giro y la miro de frente.

¿Qué carajos haces?, le digo.

Me van a meter a la cárcel, dice.

Le explico que no, que solo voy a llamar a una ambulancia para que lo lleven al hospital.

A los muertos no los atienden las ambulancias.

¡No está muerto!

Sí, Ale, lo mataste.

¡No! Puede que solo esté en coma o desmayado, puede que los paramédicos lo reanimen. Ellos tienen aparatos…

Vicky me lleva a rastras al patio y enciende el reflector. El hombre se ve mucho peor de lo que recordaba.

La sangre cubre más de la mitad de la superficie del patio, es casi como una enorme alberca color vino.

¡Apaga la luz!, le digo, apágala, por favor.

Volvemos a estar a oscuras y Vicky se da golpes en la frente.

Aprovecho su histeria para irme corriendo. Entro a la casa y antes de cerrar con llave me alcanza, abre y mete un brazo para que no pueda encerrarme. Empuja la puerta y me echo a correr. Me alcanza a sujetar del pantalón y me abraza de la cintura. Me aprieta. Habla entre dientes y no entiendo lo que dice. Otra vez tiene esa mirada perdida que tanto miedo me da. Cada vez me aprieta más y ya no tengo fuerzas para pelear.

No llames, por favor, Alejandra, repite arrodillada. Estoy temblando. No sé qué hacer. Me falta el aire.

No puedo respirar, le digo casi sin voz.

Poco a poco afloja los brazos y el oxígeno regresa a mí.

Solo te defendí. No nos van a meter a la cárcel, le aseguro.

Ay, Alejandra, en qué mundo vives, responde. A ti no te van a meter a la cárcel, eso es seguro. A mí es a la que van a refundir para siempre.

¡Pero si tú no hiciste nada!

Me mira sin expresión y niega con la cabeza. Esboza una ligera sonrisa y se frota la frente.

A la gente como tú no la meten a la cárcel. A la gente como yo sí.

¡Tú no hiciste nada!

¿No? Y ¿quién nos va a creer? ¿Quién va a creer que una chavita de quince años mató a golpes a un hombre fuerte como el Filipino?

Te estaba violando, le digo a punto de quebrarme.

¿Quién va a creer que me estaba violando?

Pues yo les voy a decir, respondo con seguridad. No sé por qué me hace preguntas tan absurdas.

Nadie nos va a creer. Nadie, repite.

Vicky agacha la cabeza y se pone a llorar desconsolada hasta el punto casi de ahogarse.

Las diez

"Con el poder de la Sangre de Jesús, rompemos toda interferencia y acción del maligno. Te pedimos, Jesús, que envíes a nuestros hogares y lugares de trabajo a la Santísima Virgen María acompañada de San Miguel, San Gabriel, San Rafael y de toda su corte de Santos Ángeles."

Vicky se cubre el rostro. Le resulta insoportable lo que hay frente a ella. Repite la oración. No da entrada al silencio. El dolor la recorre completa. El tufo nauseabundo de la sangre le es familiar. Mira el cuerpo inerte de Juan Pablo: está muerto.

El pezón le punza. Un fino hilo de sangre le escurre desde la herida, resbala por la curvatura de su pecho, abdomen y se interrumpe en el resorte de su falda. El frío amorata sus labios. Es mi culpa.

Claro que es tu culpa, si fuiste a visitar a la Santa Muerte, ¿qué esperabas?

La luz se refleja en la sangre con el brillo de un espejo impoluto. Le alivia ver a Alejandra levantarse sana y salva. Gracias a Dios no le hizo nada, susurra para sí misma. Le pregunta a dónde va, la adolescente se aleja sin responder. Desde su esquina, Vicky lo vio todo. Nunca imaginó que Alejandra fuera a reaccionar así. Lo mató por su culpa. Gira para ver la casa del perro junto a ella.

—Tyson, chsst, Tyson —le dice al perro. Está echado hasta el fondo y no lo ve porque está muy oscuro, pero lo escucha chillar.

Tiene la piel de gallina. La temperatura descendió al caer la noche. Busca su blusa y se acomoda la falda, la tenía enrollada hasta la cintura. Los calzones están rasgados. Inservibles. Solo lleva puesto un zapato, no encuentra el otro.

Se acerca al cuerpo. Siente la humedad de la sangre en la planta del pie, aún está tibia. Da un paso y se patina. Cae de costado junto a él. De cerca se ve más muerto, piensa. Tiene la boca entreabierta, su lengua sobresale ligeramente. Le pincha el cachete con el dedo y percibe la piel helada.

Junto a su mano hay un trozo del cráneo desprendido. Mide apenas unos cuantos centímetros. Lo toma e intenta encajarlo en el hueco a donde pertenece, como si fuera la última pieza de un rompecabezas. Los coágulos en el tejido y el cabello impiden que embone. Aprieta el fragmento con el puño y lo guarda en la bolsa de su falda. Su respiración entrecortada. Vértigo.

Debe recuperar el aliento para no desmayarse. Se controla.

A gatas avanza hasta que consigue sostenerse de la pared y ponerse de pie. Necesita ver a dónde fue Alejandra. *Esa niña es capaz de hablarle a la policía.* No, a la policía no.

Vicky imagina la escena de una patrulla entrando al Palomar. Se estaciona detrás de la ambulancia. Las luces azules y rojas penetran parpadeantes los ventanales. Los elementos de seguridad acordonan el área y los vecinos se asoman morbosos para enterarse de lo sucedido. Los policías les hacen preguntas a ella y a la niña. Las suben a cada una por separado a un vehículo policial. Esperan su turno para declarar durante horas en el Ministerio Público.

Vas a acabar refundida en la cárcel, igual que Miguel. No. Nadie me va a creer lo que pasó y no puedo culpar a Ale. Me van a llevar a los separos y, si bien me va, en meses o quizá años saldré. Eso si don Ricardo se apiada de mí y me consigue un licenciado, piensa Vicky. Don Ricardo no permitiría que su hija se viera envuelta en un escándalo como ese, menos si se llega a enterar de que Vicky le dio acceso a Juan Pablo a su propiedad. Estaría perdida, lo más seguro era que él mismo se encargara de que toda la responsabilidad recayera en ella.

Vas a ir derechito a prisión, igual que Miguel, no le des más vueltas.

Camina descompuesta con un solo zapato hacia la casa. Un intenso ardor abrasa sus labios vaginales. Sube el escalón y abre la puerta de la cocina. La encuentra con el teléfono en la mano.

—¡No!, no llames a nadie —le dice a Alejandra, le arrebata la bocina y la azota contra la pared de azulejos.

Seguimos tiradas en el piso. Vicky dejó de rezar hace unos minutos. Suena el timbre, nos miramos asustadas.

Escóndete, estás llena de sangre, le imploro a Vicky.

Subo corriendo las escaleras, me quito los jeans y el suéter, también están manchados, me pongo la piyama y espero sentada en mi cama.

El timbre vuelve a sonar. Me asomo por la ventana de mi cuarto. Alcanzo a ver dos guardias del fraccionamiento, esperan en el porche. Escucho el sonido de voces en sus *walkie talkies*.

Me meto a mi cama y me escondo bajo las cobijas. Maté a una persona. No sé por qué lo hice. Yo no quería. Empiezo a llorar y el calor de mi aliento me obliga a descubrirme la cara. No sé por qué estoy escondida. Golpean la puerta de madera y gritan: ¡Vigilancia! Espero. No, no se van. Insisten.

Tengo la impresión de que no van a parar. ¿Qué querrán? Quizá algún vecino los llamó. Puede que el señor Mendoza haya escuchado el escándalo y lo reportó. Puede ser que haya visto todo. Desde su balcón seguro se alcanza a ver.

No.

No creo.

Pasaron casi cuatro horas. Si hubiera sido testigo, habría llamado a la patrulla inmediatamente. ¿O no? Y si mi papá llega y los encuentra allí parados esto va a ser un desastre.

Bajo despacio. Los golpes en la puerta son cada vez más fuertes. Abro solo lo necesario para asomar la cara.

Disculpe la hora, señorita, dice el de la izquierda. Es flaco y muy joven, como de la edad de Gustavo.

La molestamos porque se trata de una emergencia. Venimos a verificar si Juan Pablo Delgado se encuentra en su domicilio, dice el otro, gordo y de bigote. Se me retuerce la garganta al escuchar el nombre.

¿Quién?, respondo. Me explica que se trata de la persona encargada del servicio de lavado de autos. Se me va a salir el estómago por la boca.

No está registrada su salida a la hora límite, por lo que se activó el protocolo de seguridad, dice el gordo, estamos revisando todos los domicilios a los que el señor Delgado acude los miércoles. Alza la mirada y trata de ver hacia el interior de mi casa.

¿Está usted sola?

Considero seriamente decirles que está aquí, que está muerto en el patio, que mi perro lo atacó, que traía un cuchillo, que todo pasó muy rápido, que estaba abusando de Vicky, que yo tuve que ayudarla y lo maté. No lo había hecho a propósito, pero que allí está, que estamos bien, que pueden llevárselo. No. No tiene sentido. Nada de lo que acabo de pensar tiene sentido. No sabría ni cómo empezar a explicarlo.

La sangre lleva horas derramada en el piso. Vicky tiene razón, nadie va a creernos. Me preguntarían por qué no les avisé antes y yo no sabría qué decir.

Vuelven a preguntarme por él y me piden permiso para hacer un registro del domicilio.

Niego con la cabeza.

Vicky aparece y abre la puerta de par en par. Entra el frío y encojo los brazos. Enciende la luz del porche y me encandila. Lleva puesta ropa limpia y un rebozo morado cubriendo sus hombros.

Don Ricardo no se encuentra y me tiene estrictamente prohibido dejar entrar a nadie sin su autorización. No sé si gusten regresar mañana, dice con voz de burócrata.

Los vigilantes insisten en que la revisión es parte del protocolo y que es por nuestra seguridad. Ella repite las mismas palabras como si fuera una grabadora. Ellos terminan por despedirse cuando Vicky menciona lo molesto que estaría don Ricardo Castillo si se desobedecieran sus órdenes. En cuanto cierra la puerta, Vicky se dobla.

Ale, van a regresar, me dice aterrada y enjuga sus lágrimas.

¿Qué hacemos?, le digo.

La sigo de regreso al patio.

Me freno antes de llegar y le digo que yo no puedo regresar a ese lugar. Se acerca y me pide que le traiga el Pinol y el Cloralex. Imposible limpiar esto y menos en el estado en el que ella se encuentra. Está temblando y jadea, no sé cómo le hizo para disimular y hablar tan tranquila con los vigilantes.

Vicky, ¿estás bien?, te ves muy mal, le digo.

Solo estoy muy angustiada, ándale tráete eso, ¿sí? Córrele, no vaya a ser que regresen.

Prende la luz otra vez. Miro mis pies para no verlo a él. Abre la llave de donde le sirve agua a Tyson y saca una escoba gastada de atrás del calentador. Me doy la media vuelta. La escucho barrer el agua.

Voy por lo que me pide. Tomo los limpiadores y vuelvo a pensar en pedir ayuda. Es absurdo lo que Vicky quiere hacer. Cómo va a limpiar, ¿y el cuerpo qué?

Suelto los limpiadores en el piso y entro a la cocina. El teléfono está roto y manchado de sangre. Mojo un puñado de servilletas, lo limpio y lo cuelgo en su lugar, aunque queda chueco. Prendo todas las luces para ver si hay más manchas. Casi me desmayo cuando veo.

Hay huellas de sangre por todas partes. Las de ella un pie y una suela. Las mías, el dibujo de mis tenis Adidas. Las sigo y veo las últimas marcadas en los escalones más altos de la escalera. Suerte que los guardias no entraron.

Tengo que borrarlas. Tomo un rollo de papel de baño y limpio escalón por escalón, así hasta llegar a la cocina. Echo las bolas de papel de uno en uno al excusado y le jalo varias veces para que no se tape. No puedo pedir ayuda ahora. Si hubiera sido justo en el momento que pasó, pero ya es muy tarde. No solo lo golpeé hasta romperle la cabeza, además no intenté salvarlo. Si hubiera llamado al servicio médico justo cuando pasó, puede que no hubiera muerto. Miro el reloj en el horno de microondas, 11:20 p.m. Mi papá no debe tardar en llegar.

Corro a llevarle el Pinol y el cloro a Vicky. Aunque trato de no mirar, alcanzo a vislumbrar el agua mezclada con la sangre y ella descalza barriendo a la mitad del patio. Quiere que vigile la entrada de la casa por si alguien viene.

Espero junto a la puerta sentada en el piso helado. No puedo creer lo que está pasando. Me siento dentro de una pesadilla, como si nada de esto fuera real.

¿De verdad lo maté?

Es que por más que lo pienso, no lo creo.

Cierro los ojos y veo los suyos furiosos acercándose a mí justo antes de golpearlo.

¿Cómo le voy a decir a mi papá? Debí llamar. Debí ignorar a Vicky, debí llamar. Soy una estúpida.

Hay un muerto y millones de litros de sangre en el patio. No podemos limpiar y fingir que no pasó nada.

No puedo decirle nada a mi papá. Se va a morir cuando sepa lo que hice. No, no se va a morir, en serio, si le digo mi papá me va a matar. Cierro los ojos y veo la sangre.

Si mi mamá estuviera, nada de esto hubiera pasado. ¿Por qué tenía que irse?

Quisiera regresar el tiempo y volver al instante antes de abrir la puerta. Debí haber ido por el teléfono. No estaba tan lejos, me habría tardado unos cuarenta segundos en llegar a la cocina, dos minutos en encontrar el número de emergencias, quizá más, unos cinco o seis. Habría llamado. Los guardias se hubieran tardado mínimo diez minutos en llegar. Eso suman casi quince minutos. El tipo no estaría muerto, pero ¿y Vicky? No sé si Vicky estaría viva. Si en tres minutos la lastimó así, no sé qué habría pasado en quince. Puede que la hubiera matado y además se habría escapado. No llamé y no se puede regresar el tiempo. Y ahora soy una asesina, una homicida, una criminal.

No sé cuál de los golpes lo mató, lo que sí sé es que un segundo respiraba y al siguiente ya no. Se necesita un segundo para acabar con la vida de alguien. Así de fácil. Y yo utilicé ese segundo. Lo maté.

¿Iré a la cárcel?

Si matas a alguien en defensa propia no te pueden meter a prisión, lo he visto en películas, bueno, en puras películas gringas. No tengo idea de cómo funcionan las leyes en mi país.

No quiero ni imaginarme qué pensaría la gente. Todo el mundo en la escuela hablaría de esto y dirían que soy una *psycho*. Cuando esto se sepa, ahora yo voy a ser la "asesina del Palomar" y van a crear mil versiones de lo que pasó y yo me voy a convertir en el nuevo tema de conversación de las sobremesas para las siguientes tres generaciones, como lo ha sido el suicidio de Ramón, mi vecino, o el famoso caso de la señora Mijangos, que pasó hace años y sigue en boca de todos.

Al verme las niñas del club van a cuchichear. O quizá no, puede que desde ahora me tengan un poco más de respeto o quizá miedo. ¿Qué importa la gente? No sé por qué estoy pensando en el qué dirán. Eso es lo de menos. Me duele la panza. Tengo que acostarme en posición fetal para aliviarme un poco.

Cierro los ojos. Veo la sangre. Escucho el crujido de su cabeza. El maldito crujido. No lo voy a olvidar nunca.

Un segundo, solo se necesita un segundo para terminar con la vida de una persona.

Plástico

Vicky se quita la única sandalia que lleva puesta y la coloca en el escalón antes de empezar a lavar. En el mismo escalón en donde solo unos días antes platicaba con Juan Pablo. Ella calcula que en ese patio podrían caber dos, quizá tres autos, uno detrás del otro. El charco de sangre abarca casi la totalidad del patio. Al centro yace el cuerpo boca arriba de Juan Pablo con la pierna destrozada, ligeramente doblada hacia adelante.

Antes de empezar, retira la coladera del registro sanitario. El hueco tiene el diámetro de una naranja. Abierto y maloliente, listo para succionar. Abre la llave de nariz. El agua sale a presión y se mezcla rápidamente con la sangre viscosa. Observa los coágulos desprenderse del piso, como continentes desmembrados que resbalan hacia el desagüe; se forma un remolino sanguinolento.

Toma la escoba y empieza a barrer. Por ahora, prefiere no prestarle demasiada atención a Juan Pablo, aunque sabe que llegado el momento tendrá que lidiar con él.

Sigue adolorida. Los músculos del vientre bajo y el interior de sus muslos la tensan, la paralizan. El calzón limpio que se puso hacía poco tiempo, se siente húmedo y se pega a su piel. El impulso de ir a asearse de nuevo la invade, pero no puede perder el tiempo.

Por más que barre, le parece que la sangre, en lugar de disminuir, se multiplica. Ahora la mancha no está bien definida como al principio, sino que inunda el patio confinado en cuatro paredes: forma pequeñas oleadas rojas.

Avanza y con cada paso recuerda aquel pasaje bíblico que un sacerdote mencionó en misa, en el que Moisés golpeó el Nilo con su bastón y las aguas se convirtieron en sangre. Sus pies sumergidos en un río de sangre, asume que debe ser un castigo de Dios.

La sensación de hormigas circulando en su cuero cabelludo la obliga a rascarse con fuerza. Sus dedos escarban las raíces de su pelo. No encuentra ningún insecto.

Ya vienen, no pierdas tiempo.

Cierra la llave y espera a que el nivel del agua disminuya.

Para su sorpresa, cuando el agua se va, el patio se ve casi limpio. Apresura a usar el cloro y el detergente para borrar el velo rosáceo de la superficie. Talla las losetas de manera compulsiva como si la escoba fuera un enorme cepillo. Recoge la pala, la enjuaga y la regresa al montón de herramientas.

Se rasca de nuevo, la comezón no cesa. Sus pies chocan contra los de Juan Pablo. Lo mira de golpe, unas pinzas invisibles atenazan su garganta. La fuerza se le escapa de las piernas y, aunque trata de sostenerse con la ayuda de la escoba, cae al piso. De cerca, la carne de la pierna mordida se parece mucho a la carne que usa para deshebrar.

Hace el esfuerzo de no mirar más allá del torso. Solo las piernas, no mires más arriba, se dice. Le desamarra las agujetas y le quita los zapatos, después los calcetines, dejando al descubierto los pies amoratados. Retira con trabajo los pantalones y los calzones que el hombre había plegado a la altura de sus rodillas. Introduce la ropa empapada y los zapatos en una bolsa negra de basura. A él lo seca con una de las sábanas y con otra lo cubre.

Psst.

Escucha. Se endereza y mira en todas direcciones.

No es Alejandra. Vicky le pidió que no se despegara de la puerta a menos de que alguien hubiese llegado.

Psst.

La llaman, pero no sabe de dónde proviene el sonido. Su corazón da un vuelco. Entonces lo mira. No puede ser. Descubre su rostro. Sus dientes frontales se asoman. Los ojos aperlados abiertos como platos. La piel grisácea con sangre seca en su frente. La fugaz esperanza de que estuviera vivo la abandona.

En la televisión ha visto que para cerrar los ojos de un difunto solo hay que rozar los párpados. Lo hace y no funciona. Los jala entonces con el índice y el pulgar para cerrarlos, aplicando un poco de fuerza.

Intenta moverlo para limpiar el tramo de piso debajo de él, pero parece clavado al suelo. Lo jala de un brazo con fuerza, lo mueve apenas un centímetro y regresa a su lugar. Logra girarlo sobre su costado y alcanza a limpiar casi todo el piso. Vicky no se detiene, moja, rocía con jabón y enjuaga. Repite la acción varias veces.

Psst.

Voltea temerosa hacia la ventana de la casa de la familia Mendoza, la cual apenas alcanza a verse porque las ramas del laurel la bloquean. Apaga la luz. Alguien la llamó, está segura. El patio ahora en completa oscuridad. La ventana del vecino no muestra ningún movimiento. ¿En verdad escuchó algo?, pudo ser cualquier cosa. El viento. El perro. Un insecto.

Vuelve a encender la luz. A un lado del bóiler hay algunos cachivaches, muebles y objetos que se han ido acumulando por años. Entre ellos una manta de plástico doblada. Vicky la extiende a un lado del cuerpo. Tiene escrito un letrero con letras rojas: "Gran cena baile, reserve su lugar. Dé la bienvenida al nuevo año 1996 con nosotros, Asador de Castillo". La manta es muy grande. La dobla a la mitad y de nuevo a la mitad y con ella cubre el cuerpo.

Oye llegar el coche de su patrón.

El patio luce impecable. Lavó incluso las huellas plasmadas en el muro. Apaga el reflector y se dirige a su cuarto.

"   "

No me he movido de la puerta. Sigo sentada sobre el piso de mármol y me estoy congelando. Me arde el tobillo. Me toco, es el navajazo que me hizo él. No es más que un rasguño, como cuando por accidente rozas una rama puntiaguda. Arde.

Mi papá no ha regresado del trabajo y ya pasan de las 12:00 a.m.

Hace rato escuché las campanadas del *grandfather*, el adorado reloj de pie Howard Miller de mi papá. Es de madera, la carátula es dorada y las manecillas tienen forma de flechas garigoleadas. Papá siempre está pendiente de que marque la hora exacta. Antes de darle cuerda, siempre se lava las manos. Abre la puerta de cristal con una llavecita que guarda como si fuera la del cofre de un tesoro. Jala las cadenas que cargan los contrapesos, dorados también.

Escucho el sonido del segundero. Tic toc. Cada segundo que pasa es un segundo más de su muerte.

Escucho el coche de mi papá estacionarse en el *garage*. El estómago se me hunde. Ahora me parece que el tiempo va en cámara rápida. Oigo sus pisadas en el porche y el tintineo de sus llaves. No me va a dar tiempo de avisarle a Vicky. ¿Qué hago? No puedo verlo a los ojos en este momento. Subo corriendo a mi cuarto y me deslizo entre las sábanas de mi cama.

Como siempre, abre la puerta de mi cuarto y me hago la dormida. Me llega el olor a cochambre impregnado en su ropa por haber estado todo el día en el restaurante. Se acerca, me da un beso en la frente y no me muevo. Finjo la respiración, como si de verdad estuviera dormida. Me observa por unos segundos, luego se va a su cuarto y prende la tele a todo volumen. Debo esperar a que se duerma. Son las dos de la mañana. Todavía me tiemblan las manos. No sé cómo está Vicky. Necesito ir con ella. ¿Seguirá limpiando? Cuando apaga la tele sé que ya se durmió. Aún la escucho.

Ladridos. Corro por el jardín, paso cerca del árbol. Sigo de largo en dirección al patio. Ladridos. Vuelvo a aparecer en el punto de partida y troto de nuevo hacia el patio. Estoy agotada. La secuencia se repite. Tyson ladra muy cerca de mi oído, pero no sé dónde está. Sigo adelante y los ladridos de pronto se convierten en chillidos, son muy estridentes. Me desespera no verlo. Quiero ayudarlo. Corro con fuerza para ir más rápido, pero mi velocidad disminuye. Mis pies se entierran en el pasto, como las raíces de un árbol. No puedo dar un solo paso. Los chillidos suenan a decibeles anormalmente elevados. Aparezco frente a la casa de mi perro. Me asomo. Es muy profunda y oscura como un túnel. Entro y avanzo a gatas. El piso se siente húmedo, pequeños charcos, después chorros de sangre escurren hasta formar un río que me arrastra. El túnel se llena y quedo atrapada. Floto en la sangre. No puedo respirar. La sangre inunda mi nariz. No puedo respirar.

Abro los ojos. Son las 3:00 a.m. Me quedé dormida sin darme cuenta. Me arden la nariz y la garganta. Mi almohada está empapada de vómito.

Me lavo los dientes y me sueno la nariz. Hace mucho frío. Todavía escucho la tele prendida de mi papá. ¿Seguirá despierto? Aviento mi almohada al suelo.

¿Cómo estará mi Tyson? ¿Habrá muerto? Mi Tyson nos defendió y por mi culpa está herido. Mi perrito. Lloro por saber que está sufriendo. Aún oigo la televisión. Cierro los ojos, solo un instante.

La cara de Vicky a centímetros de la mía. ¿Me dormí otra vez?

Soy yo, hija, ven ayúdame, susurra.

Son las 4:30 a.m. Me ayuda a ponerme una chamarra y la sigo. Salimos. Todavía es de noche. Me siento atontada. Hace muchísimo frío, tiemblo.

Estamos en el patio otra vez.

No, ya no puedo con esto, le digo.

¡Shhh!

Prende la luz. Me tapo los ojos y ella retira mis manos para que vea. El patio se ve limpio, más limpio de lo normal. Y el hombre no se ve por ningún lado.

¿Cómo le hiciste?

Todavía me siento adormilada, me cuesta despegar los ojos. Dudo si regresé a mi sueño o desperté. La casa de Tyson no está inundada de sangre, ni mis piernas enterradas en el piso. Lo llamo, pero no sale de su refugio. Me acerco a él. Vicky me llama, pero la ignoro. Me asomo a verlo, su casa es como una cueva helada. Meto la mano despacio y alcanzo a tocar su lomo. Su nariz se acerca a mis dedos y los lame. Está vivo.

No te vayas a morir, chiquito, no te mueras, susurro en voz baja.

Vicky interrumpe, quiere que vaya con ella.

Ale, mira, dice Vicky y me señala la esquina donde tenemos los triques que ya no se usan. Una lona de plástico blanco extendida cubre lo que supongo que es el cuerpo.

¿Está allí?, pregunto en voz baja.

Sí.

Ayúdame a empujarlo hasta el rincón, traté de moverlo yo sola, pero está muy pesado, me dice.

Retira el plástico y debajo la sábana ensangrentada que lo tapa. Se me aflojan las piernas.

Empújalo, dice. Quiere que lo rodemos para envolverlo en la tela. Así cree que podremos arrastrarlo entre las dos. No quiero tocarlo. Vicky apoya las manos en él y yo la miro, renuente. Estiro las mangas de mi chamarra para cubrir las palmas de mis manos y me apoyo en lo que debe ser el brazo. Empujamos, está pesadísimo. Es como tratar de mover una tonelada de piedras. Rueda apenas un poco. De nuevo cuenta hasta tres y volvemos a empujarlo. Pujamos de tanto esfuerzo. Rueda otra vez.

Queda junto a unas vigas de madera que sobraron de cuando mi papá remodeló la terraza. Vicky tapa el cuerpo y las vigas con la lona. No parece que allí hubiera un cuerpo.

Necesitamos hielo.

Vicky, ¿estás loca? ¿Lo vamos a dejar aquí?

Es de mientras, me dice y camina con prisa hacia la bodega.

Cómo que de "mientras", ¿mientras qué?, le digo.

Está descalza y cojea. No me detengo a preguntarle por qué camina así. Solo la sigo.

En la bodega mi papá tiene un congelador muy grande en donde almacena un montón de carne congelada y mariscos de reserva para el restaurante. También hay varias bolsas de hielo. Llevamos tres cada quien y las colocamos sobre el cuerpo. Encima Vicky acomoda dos sillas, de cabeza, simulando que llevan allí mucho tiempo. También algunos tabiques, herramientas y una maceta. Definitivamente no parece que haya un cuerpo allí.

El cielo empieza a clarear. A las 6:30 a.m. mi despertador va a sonar para ir a la escuela, la cual en estos momentos considero un lugar lejano y sin sentido.

Regreso a mi cuarto, son las 5:40 a.m. Me acuesto. Las cobijas me quitan el frío y me acurruco para dormir de nuevo. La alarma suena en lo que a mí me parecen segundos. La apago. Suena cinco minutos después. La apago. Suena de nuevo. Me levanto. Hoy tengo examen de filosofía. No puedo faltar.

Me siento en el salón de clases. No saludo ni miro a nadie. Laila me pregunta por qué no fui al cine. Me enfermé, respondo. Cuando está por contarme cómo le fue, la maestra entra al salón y ella regresa a su lugar.

La *miss* reparte las hojas del examen alumno por alumno. Por supuesto, no estudié nada. Al tomar la página veo una mancha rojiza por dentro de la uña de mi pulgar derecho. Mi respiración se detiene. Inmediatamente lo meto la bolsa de mi pantalón. Pero sí me bañé. Siento el impulso de quitarme la mancha con la otra uña, como si fuera mugre, pero sé que no es mugre y no lo hago. Miro de soslayo a los compañeros que están a mi lado, creo que nadie se fijó. Reviso mi otra mano con detenimiento en busca de más manchas. Creí haberme quitado toda la sangre. Me pregunto si habrá salpicaduras en mi pelo que no se quitaron o, peor, en mi cara, siento la urgencia de ir a revisarme a un espejo.

Alejandra, ¿te encuentras bien? Estás pálida, me dice la maestra.

¿Puedo ir al baño?

Si no es urgente, ve cuando termines.

Leo las preguntas del examen y es como si me hablaran en chino. No sé para qué vine, si de todas maneras voy a reprobar. Me cuesta escribir mi nombre. Quizás este sea el último examen de mi vida. Si nos descubren, me van a llevar a una correccional de menores por asesinato, encubrimiento y alteración de la escena del crimen. Me urge lavarme las manos. Estoy temblando.

Releo las preguntas. Empiezo a ver motas rojas en la hoja del examen. Las sábanas salpicadas. Recuerdo ahora que lo enrollamos en una manta en la madrugada. Me tallo los ojos con fuerza.

Respondo las pocas preguntas que alcanzo a recordar y las demás las dejo en blanco. Entrego la hoja a la maestra y salgo del salón. Corro al baño y devuelvo el estómago. Jugos gástricos. Me lavo las manos y escarbo debajo de mi uña con jabón. Una maestra se da cuenta de que vomité y me sugiere que vaya a la enfermería. La enfermera me da una tableta de Pepto masticable. No me va a servir. Le pido un justificante para regresarme a mi casa.

Cuando me estaciono en el *garage*, el dolor de estómago se intensifica. Ya no sé si regresar fue buena idea.

Encuentro a Vicky en la cocina, se mueve lento y está muy ojerosa.

¿Por qué no estás en la escuela?

Le pregunto qué vamos a hacer, no sabe, yo tampoco.

Subo a mi recámara. Mi papá sigue dormido. Encuentro mi cama tendida, la ropa sucia de ayer ya no está, tampoco mis tenis Adidas. Busco huellas de sangre en la madera, no encuentro ninguna. Vicky trapeó, huele a lavanda. Me reviso el pelo, los brazos y no, ya no hay más gotas de sangre. Me acuesto. En mi discman suena mi pieza clásica favorita, el *Réquiem* de Mozart.

¿Y si vuelven los de vigilancia? Siento tensos todos los músculos de mi cuerpo. Lo maté. No puede ser cierto. Lloro. Me siento agotada, quisiera dormir, pero no puedo dejar de ver los ojos de pescado del hombre.

162

Desvío mis pensamientos hacia el beso de Gustavo o al día del cine. Solo lo logro por un par de segundos y enseguida aparece el charco de sangre que había antes de que Vicky limpiara.

Tomo una revista, la hojeo y, en lugar de las fotos de las modelos, visualizo la cara del lavacoches. Me tallo los ojos y la frente. Las manos me tiemblan.

Doy vueltas durante una hora y no puedo dormir.

Me siento angustiada. Tengo miedo de que venga la policía. El cuerpo está en el patio. ¿Qué vamos a hacer?

Nos van a descubrir.

No quiero ver a mi papá.

No quiero estar aquí.

La música clásica esta vez no me ayuda. Apago el reproductor de discos compactos.

Decido regresar a la escuela.

Antes de salir, necesito saber cómo sigue Tyson. Al vislumbrar el patio me paralizo y retrocedo. La escena de la sangre otra vez. El cuerpo aquí abajo. Corro a mi coche. No puedo controlar mi respiración.

No sé cómo voy a vivir con esto.

Visitas

Vicky apaga el cirio pascual con los dedos ensalivados. Lo mantuvo encendido varias horas. Las palpitaciones han sido constantes.

Cuando aún era de noche se colocó una gasa en el pezón. Ahora examina su herida con cuidado. Cura con alcohol la laceración. Arde. Parte de la areola se le desprendió. Debe cambiar la gasa porque se saturó de sangre. La carne viva quema. Se enreda una venda apretada alrededor del pecho con la esperanza de que la piel vuelva a adherirse.

En el lavabo talla su sandalia de plástico color lila, la otra aún no aparece. Se lava otra vez los pies en la regadera y se echa cloro.

Lo puerca no se te va a quitar ni con cloro ni con nada.

A gatas busca manchas en el piso desde el patio hasta la cocina y elimina todo rastro con Windex y un trapo que al final echa a lavar.

Espera a que el cielo se aclare un poco, necesita ver el lugar con la luz del día para asegurarse de que no haya quedado ni una gota.

Al salir el sol la temperatura desciende y sale vapor de su boca. La piel de sus manos le recuerda a la tierra cuarteada por una sequía. Las frota para desentumirlas y se echa vaho para calentarlas.

Escruta una vez más el patio. Limpia manchas en la pared una y otra vez, incluso cuando ya no son visibles. Encuentra su sandalia faltante debajo de la casa del perro. Está batida de sangre. No repara en el perro. Mira desde el fondo del patio en dirección al sitio en donde está oculto Juan Pablo. El bulto del cuerpo no se percibe a simple vista entre tantos cachivaches. Destapa el hielo, no se ha derretido, está prácticamente igual que cuando lo colocaron, lo cubre de nuevo con la manta.

Entra a la casa y oculta su zapato envuelto en periódico detrás del basurero. Son las 7:30 a.m. Bate dos huevos y los cocina revueltos con jamón para que Alejandra desayune.

Monta el desayuno sobre una manteleta. Acerca el salero y tortillas calientes. Dobla una servilleta en triángulo y encima coloca el tenedor. Sirve un vaso de jugo de manzana. La niña ya debería de haber bajado, son las 7:40 a.m. y no aparece.

Vicky abre la puerta de su recámara. La cama vacía. La ropa manchada del día anterior en el piso hecha bolas. La recoge y toca la puerta del baño.

—¿No vas a ir a la escuela? Tienes que ir, ándale que se hace tarde.

Alejandra sale del baño cambiada y con el pelo empapado. Su cara está muy blanca y tiene los ojos rojos.

—Sí, ya me voy —responde con un hilo de voz. Toma su mochila y sale de la casa desganada. No prueba el desayuno.

Vicky la alcanza cuando se echa en reversa. Toca el vidrio, Ale se asusta y baja la ventanilla.

—Todo va a estar bien, ya verás, la gracia de Dios es infinita —le dice Vicky y le da la bendición. Lágrimas brotan de los ojos de la niña.

—No, ya no estés llore y llore, se te va a notar. No le vayas a decir a nadie, hija, ni a Laila. La niña asiente y se va a la escuela.

Son las 8:15 a.m. Vicky se prepara un café con leche. Sopea un trozo de pan. Reza un poco sin lograr concentrarse en la oración. Lo que en realidad ocupa su mente es el remordimiento y el miedo. Ella provocó que la violara. Si ella no hubiera usado la poción todo estaría bien. Ella le abrió la puerta y lo dejó entrar a su cuarto. Se da golpes en la frente.

El hubiera no existe.

Nadie debe ver ese muerto. Ayúdame, Virgencita. Lava la sandalia ensangrentada que encontró y la mete al bote de basura debajo de las cáscaras de huevo.

Llaman a la puerta. Vicky va a abrir con el presentimiento de que se trata de Marcelino y, sí, allí está. La saluda. Lo acompaña Tapia, el guardia gordo de bigote que había tocado la noche anterior.

—Necesito hablar con tu patrón, llámalo —dice Marcelino imperativo.

Desde que Vicky entró a trabajar allí, la primera advertencia de la señora Margarita fue: "Nunca le digas a nadie que está dormido, aunque lo esté. Nunca".

—Está ocupado.

—Es urgente.

—Es que me regaña si lo interrumpo —responde Vicky de brazos cruzados. Marcelino se le aproxima.

—Virginia, despiértelo, es muy urgente. Le va a ir peor si no lo hace, yo sé lo que le digo —replica en voz baja.

Segunda advertencia: "No despiertes al señor. Por ningún motivo. Nada de ruido mientras esté durmiendo; nada de azotar puertas, nada de mover muebles, ni la aspiradora, ni dejar sonar el teléfono hasta que él despierte". Se lo dijo la señora Margarita de manera contundente.

Vicky acató la orden desde el primer día. Y no solo ella, en esa casa tanto Alejandra como su madre se movían con el sigilo de un gato cuando el padre dormía. Si el jardinero prendía la podadora, Vicky salía corriendo a callarlo.

Solo lo ha despertado una vez, el día que encontró a la señora tirada en el piso con el sangrado. Hoy será la segunda. Se persigna antes de tocar su puerta. Lo hace con suavidad esperando que no la oiga.

—¿Quién? —grita molesto.

—Lo busca Marcelino.

—¿Qué chingados quiere?

—No sé, está en la puerta y no se quiere ir.

Para Ricardo Castillo las ocho de la mañana equivalen a las cinco de la madrugada del resto del mundo. Vicky espera resignada la retahíla de insultos y regaños. Para su sorpresa, después de unos minutos, Castillo aparece anudando su bata de franela azul marino y baja las escaleras en pantuflas con el pelo arremolinado.

Vicky los escucha hablar desde el desayunador. Marcelino le reporta al señor Castillo la permanencia de uno de los trabajadores dentro del fraccionamiento. Asegura con una bitácora en la mano que Juan Pablo Delgado no salió ni a pie ni en ningún vehículo. Se activó el protocolo de seguridad y después de registrar los domicilios indicados sigue sin aparecer. Solicitan su autorización para registrar su domicilio, ya que hay fuertes sospechas de que el muchacho podría encontrarse allí escondido y en la visita nocturna les fue negado el acceso.

Castillo alza las cejas en señal de sorpresa y accede. Llama a Vicky y le ordena que encierre al perro. Ella no sabe dónde pretende que lo encierre, si normalmente está o en el patio o en el jardín. Y además no sabe si sigue vivo.

¿Dónde van a revisar, señor?, pregunta Vicky.

Empezaremos por las áreas de servicio, un elemento permanecerá vigilando que nadie escape por el acceso al jardín al otro extremo de la propiedad, responde Marcelino.

Inician la revisión, entrarán por la cochera, después irán a la lavandería, la bodega y al final al patio.

Vicky se adelanta y llama a Tyson, solo que el animal sigue echado sin moverse de su guarida. Con temor a ser mordida, intenta jalarlo del collar para sacarlo al jardín. Le gruñe. Retira la mano de inmediato. Con los animales malheridos no se sabe, a veces desconocen.

Mientras Vicky se encuentra en el patio, los guardias piden permiso a Castillo para revisar la habitación de la muchacha y él se los da sin consultarla. Tapia lleva una linterna en la mano. Se agacha debajo de la cama en donde ve cajas de todos tamaños. En el suelo hay ropa apilada. Marcelino se dirige al baño y de golpe abre la cortina de la regadera, como si esperara sorprender al fugitivo allí. Su cara es de decepción al encontrarla vacía con unos calzones color carne colgados de una de las llaves. Salen del cuarto.

Vicky escucha las voces del señor Castillo y los guardias acercarse. No le da tiempo más que de colocar unos cartones y una escoba atravesada en la casa del perro. Implora a la Virgen que el animal no vaya a salir cuando ellos lleguen.

De pie junto al cuerpo espera a que los hombres aparezcan. Siente las piernas flojas. Mira una vez más el lugar en donde está escondido el cuerpo. Entre los plásticos, las sillas y los cachivaches que colocó encima, a ella le parece que no se ve. ¿Lo verán ellos? Ruega a Dios y a todos los santos que no se den cuenta.

De pronto, en una esquina ve un pequeño charco de sangre con algo que parece carne y pelos. Eso no estaba allí cuando ella limpió. Quizá el perro regurgitó.

Ya vienen.

Alcanza un periódico y lo usa para envolver la carne. La esconde detrás del bóiler. Coloca más periódicos sobre la mancha de sangre y encima sitúa el plato lleno de croquetas. Se ve que el perro no ha comido nada. Ha de estar moribundo, piensa, porque siempre que le da de comer se acaba todo en segundos.

Se acercan al patio. Vicky está parada al lado del cuerpo. Su pecho retumba. Los martillazos de la construcción vecina le resultan convenientes porque cree que gracias a ellos sus palpitaciones no podrán ser percibidas por los guardias.

—No puede ser, Vicky —dice el señor Castillo enojado al ver el patio, a ella se le contrae el esfínter—, cómo puede tener este desmadre, hasta ratas ha de haber aquí.

La regaña por no deshacerse de aquellos trastos inservibles. Es casi como si el señor Castillo quisiera quedar bien con los vigilantes. Él mismo le ha pedido que guarde las vigas, las sillas y las demás cosas por si después se ofrecen. Lo cierto es que no había pisado ese patio ni una vez desde que ella empezó a trabajar allí. En dónde quería que guardáramos tanta cosa, piensa mirando al piso.

Ella asiente, no se mueve de su lugar. Marcelino echa un vistazo general. Fuera de la casa del perro y el rincón de los triques, no hay más que cuatro paredes. Camina hacia donde está ella. Se agacha, toma la lona y descubre una esquina.

Vicky se siente expuesta. Acorralada. Perdida. La sangre se le va a los pies. La lona se atora con las sillas que montó encima y solo quedan a la vista las vigas de madera. Marcelino las cubre de nuevo.

—Todo parece en orden excepto por el perro, no está ladrando —dice extrañado. Es él quien recibe las quejas por los ladridos de la mascota al menos una vez por semana. Le parece inusual tanto silencio, en especial estando ellos allí. Marcelino ordena a Tapia revisar dentro de la perrera. Castillo mira a Vicky y le pregunta si lo encerró. Ella niega con la cabeza. Tapia se acerca lento y cauteloso. Marcelino lo mira con el ceño fruncido y mira a Vicky con suspicacia.

Si el perro no estuviera tan lastimado, el cartón no serviría para nada, saldría volando con un leve empujón de hocico.

Tapia alumbra hacia adentro por una hendidura y alcanza a verlo echado con los ojos verdes por el reflejo de la linterna. Gruñe en cuanto percibe la proximidad del hombre. Tapia da un salto al escucharlo, y por poco cae de sentón. Castillo contiene la risa y pregunta a Vicky en voz baja si el perro está enfermo. Ella se encoge de hombros.

Abren el portón y continúan el recorrido rumbo al jardín. Vicky permanece en el patio y, cuando se siente fuera de peligro, expulsa una bocanada de aire como si hubiera contenido la respiración todo ese tiempo. Inhala, exhala, trata de calmarse por si regresan. No lo hacen, la revisión incluye el interior de la casa, a la cual acceden por la puerta corrediza del comedor.

Vicky regresa a la cocina. Escucha a Castillo despedirse de los guardias y cierra de un portazo. Lo oye subir las escaleras.

El timbre suena después de cinco minutos. Vicky abre. Marcelino, cruzado de brazos, la mira con el mismo ceño fruncido de hacía un rato.

—Virginia, ¿usted sabe dónde se esconde Juan Pablo?

Ella niega con la cabeza.

—¿Segura?

—Sí, señor —responde y se aprieta con fuerza las manos para que Marcelino no note su temblor.

—Sé que últimamente ustedes se han vuelto cercanos, por así decirlo —afirma y junta las palmas de las manos.

—No, señor, yo casi ni lo conozco —responde Vicky con la voz entrecortada.

Marcelino chasca la lengua y le pide que le prometa que, si sabe algo de él, por favor se lo reporte. Ella responde que sí y mira al suelo con nerviosismo.

The Promise

Los párpados me pesan y me duele la boca del estómago. La voz del profesor se oye lejana, como si viniera de otra dimensión. Tomo mis clases, pero en lugar de anotar apuntes trazo flores y figuras geométricas sin sentido.

El examen de filosofía que presenté en la mañana lo voy a tronar sí o sí. Da igual, de todas maneras, cuando mi papá se entere de lo que pasó, me va a meter a un hospital psiquiátrico. Me lo ha dicho.

Cuando mi mamá se fue yo estaba muy mal. No quería ir a ningún lado incluyendo el colegio, no comía, casi no hablaba y reprobaba todas las materias. Me amenazó con que si seguía con esa actitud me iba a meter a una "escuela de tontos" que no fuera tan cara como la mía o puede que a un manicomio.

Si estás mal de la cabeza, seguro allí te la arreglan, decía.

Cada vez que alguien se acerca a la puerta del salón, creo que es la policía que viene por mí. Sería horrible que todos mis compañeros me vieran subir esposada a una patrulla. ¿Qué pensaría Gustavo?

En el receso, Laila me cuenta emocionada que su papá le prometió un caballo de competencia para su cumpleaños.

Le sonrío como si me importara. Ahora quiere que vayamos a la cafetería porque quedó de verse con Gustavo y sus amigos.

No, gracias, le digo.

¿Te sientes mal, Alelí?

Tengo cólicos, respondo.

Me ve compasiva y me acaricia el pelo. Nada es más efectivo para que te dejen en paz que decir que tienes cólicos. No quiero que Gustavo me vea así. Tampoco estoy de ánimo para verlo coquetear con Laila. No. Imposible.

Me recargo en mi pupitre y me envuelvo en mi sudadera. Falta solo una clase para que el día termine. Muero de sueño. Empiezo a caer profunda cuando el rechinido de las sillas de mis compañeros me espabila.

El profesor de física habla de circuitos en serie, circuitos en paralelo, positivos, negativos, bla, bla, bla. Veo borroso.

Laila deja un conejito de chocolate en mi mesa. Me sonríe y le doy las gracias. De pensar en comer algo, la boca se me llena de saliva y me dan náuseas.

Nadie viene a buscarme en lo que resta del día. Suena el timbre de salida.

De regreso tomo la ruta más larga. Los semáforos en rojo. Gente cruzando la calle. Un niño avienta pelotitas al aire para que le den monedas. Un vendedor ambulante me ofrece chicles. El semáforo cambia a verde. Es increíble, muere una persona y el mundo sigue funcionando como si nada, como si no hubiera pasado. No hay policías, ni helicópteros buscándola como en las series de televisión.

Antes de entrar al Palomar, hago una parada en el minisúper y compro las ocho bolsas de hielo que Vicky me encargó.

Va a estar buena la fiesta, ¿verdad?, me pregunta el encargado.

¿Cómo dijo?, respondo desconcertada.

El vendedor mira las bolsas de hielo y se encoge de hombros.

Ah, sí, un fiestón y a mí me tocaron los hielos, le digo y sonrío con nerviosismo. Él asiente, marca el total en la caja registradora y me ayuda a llevar las bolsas a la cajuela.

Antes de estacionarme en mi casa, le doy una vuelta entera al fraccionamiento. Me da miedo regresar.

En cuanto apago el motor, Vicky sale por el hielo. Aunque todavía hace frío, el sol es intenso. Bajamos las bolsas y le ayudo a colocarlas sobre el bulto. Le digo bulto, porque ya no quiero decir: cadáver, muerto, cuerpo y mucho menos su nombre.

Vinieron a revisar los de vigilancia, me dice.

¿Y?

No lo vieron, pero don Marcelino está muy preguntón conmigo. Tenemos que pensar cómo lo vamos a sacar, a la de ya.

¿Y Tyson?

No ha salido de su casita, pero le gruñó al vigilante, así que vivo sí está. Lo malo es que no ha comido nada, tiene su plato lleno de croquetas, eso es muy mala señal, hija.

Quisiera ir a verlo, pero me da pavor ir a ese patio. No quiero acercarme ni un poquito. Debería llevarlo al veterinario.

Mi papá no se ha ido a trabajar. Son las 2:30 p.m. Subo a saludarlo para que no se enoje. No sé qué cara traigo porque en cuanto me ve, me pregunta qué me pasa.

Tengo cólicos, papi, me siento fatal, respondo.

Se apena y me sugiere que me acueste un rato. Infalible. Aunque no es del todo falso, el estómago me quema como nunca.

Han pasado casi veinte horas desde que él murió. No sé cómo le vamos a hacer. Es demasiado pesado y entre las dos no podremos moverlo. Vicky dice que pronto se va a echar a perder. No quiero ni pensar en eso.

Está obsesionada con el hielo. Me pidió que comprara otras diez bolsas, solo que no puedo ir a comprarlas al mismo minisúper porque me verían raro. Me dice que tengo que ir a diferentes tienditas y comprar de tres en tres. Compra doce de una vez, me dice.

¿Y si lo metemos al congelador de la carne?, le digo.

Se tapa la boca y me dice que no, que mi papá puede verlo allí, a veces saca paquetes para llevarlos al restaurante. Tiene razón en eso, además, necesitaríamos una grúa para moverlo hasta allí. Estamos acabadas, no le veo solución a esto.

¿Y si lo enterramos?

Alza las cejas y niega con la cabeza, dice que estoy diciendo puras sandeces, que cómo se me ocurre. Yo no digo sandeces, yo vi cómo en *Goodfellas* entierran a un tipo. Pero ya no le digo nada a Vicky. Estoy agotada. Lo único que quiero es dormir.

Ya no llores, Ale, necesitas comer algo, me dice.

Me sirve un consomé de pollo. El primer sorbo casi se me regresa, el segundo me cuesta menos tragarlo y poco a poco siento cómo el caldo apaga el incendio de mi estómago. Mastico chícharo por chícharo. El pollo de plano no me entra.

En la tarde Laila me habla por teléfono, Vicky le dice que no estoy. Acostada en mi cama intento estudiar para mi examen de literatura. *Macbeth*. Leo seis páginas y no tengo idea de qué se trata. Mi nivel de concentración es cero. Por más que leo el mismo párrafo una y otra vez no entiendo nada.

Dejo a un lado el libro. Creo que Vicky y yo solas no vamos a poder con esto, analizo a quién podría recurrir. Mi papá: descartado. Mi mamá, también. Ni siquiera sé a dónde llamarla. De mis amigas, nadie. Laila gritaría durante una hora, lloraría e iría corriendo a decirle a su mamita. ¿Liz? Puede ser, pero es injusto que la meta en un problema de este tamaño cuando quizá tampoco tenga manera de ayudarnos. Si Gustavo y yo anduviéramos, no dudaría en pedirle su ayuda, él seguro sabría qué hacer, al menos nos ayudaría a cargarlo porque es muy fuerte.

Sigo pensando que, si mi mamá no se hubiera ido, no habría pasado nada de esto. El tipo no se hubiera atrevido a entrar. ¿Qué estará haciendo mi mamá? Prometió volver. Si supiera dónde está podría llamarla, aunque fuera para saludarla.

Hace tiempo rocié un cojín con su perfume. Lo abrazo con fuerza, todavía huele a ella. Pongo un disco de éxitos de los ochenta, *The Promise*, y cierro los ojos.

Diablito

Te gusta mi verga y lo sabes, le dijo en el momento en el que la amagó. La porción de cuero cabelludo del mechón de pelo que casi le arranca le duele. La fuerza excesiva de sus brazos. La mordida en el pezón. El profundo asco en el momento en que su lengua y sus bruscas manos la recorrieron. Su cuello torcido por la fuerza con la que él presionó su cara. Los golpes. Su absoluta debilidad ante él. La impotencia. Su vagina penetrada con furia. La vergüenza. Rasca su cabeza sin parar. La irritación y el desgarre en el sexo siguen lastimándola.

Tú te lo buscaste.

Es jueves y todavía no sabe qué hacer. Vicky ha cuidado que las bolsas de hielo no se derritan. Las revisa cada dos horas religiosamente. Las que empiezan a deshacerse las introduce al congelador y las sustituye por bolsas nuevas. Mientras lo mantenga frío podrán ganar tiempo para resolver qué van a hacer con él. Las ideas de Alejandra le parecieron descabelladas y de ninguna manera solucionaban el problema. Meterlo en el congelador, qué tontería, piensa Vicky. Sin embargo, a ella no se le ocurre nada, ni siquiera ideas tontas.

Recuerda una nota que leyó en el *Alarma!*, de un señor que cocinó en pozole a su mujer. La mató, la destazó y la refrigeró en piezas. Era dueño de un centro botanero, por lo que cada día cocinó pozole con una parte del cuerpo distinta. Hasta que alguien por casualidad encontró la cabeza en una hielera y fue denunciado a las autoridades. Vicky siente escalofríos de pensar en semejante aberración.

¿Qué tal si lo hacemos en tamales?

Su angustia es cada vez mayor y se encomienda a la Virgen de los Dolores de Soriano para que aleje de ella los pensamientos malignos. Pide que la ilumine para encontrar una solución. Lo mejor sería llevarlo en el coche de Ale y tirarlo a un lado de la carretera. Hasta el momento le parece lo más factible. Tienen que intentarlo.

Alejandra regresa de la escuela y Vicky le ayuda a bajar las bolsas de hielo. Le pide hablar con ella. Se encierran en su habitación y le propone lo de la carretera. Alejandra asiente y se ponen de acuerdo en la hora en la que es menos factible que las descubran. Lo primordial es que don Ricardo no esté en la casa. No debe haber trabajadores en la obra de al lado ni tampoco gente caminando ni haciendo ejercicio cerca de la casa. Ni muy tarde ni muy temprano.

—Como a las 9:00 p.m., a esa hora todo el mundo ve la tele o está cenando —propone Alejandra.

Va a estacionarse de reversa justo frente a la reja de la cochera para tapar la visión y además acercar el coche lo más posible a la casa.

A las 8:00 p.m. se encuentran listas para la maniobra. Vicky echa un vistazo a la calle. Una vez en el patio la niña se pone unos goggles, una bufanda que le cubre la boca y unos guantes que usa cuando va a esquiar.

—¿Por qué te pusiste eso? —le pregunta Vicky.

—No quiero tocarlo, ni verlo —responde Alejandra.

Vicky retira las sillas, el tapete, las bolsas de hielo y la maceta que había colocado encima del cuerpo. Respira profundo y despliega la lona. Las vigas de madera y el envoltorio quedan al descubierto. La sábana adoptó un moteado color marrón. Sin destaparlo, se acomodan una en cada extremo para cargarlo.

Psst.

—¿Oíste?

—¿Qué?

—Que si escuchaste un ruido, así, psst. ¿Lo oíste?

La niña se retira los gogles y la mira confundida.

—Olvídalo —le dice Vicky.

Hacen el esfuerzo por cargarlo. Ninguna de las dos eleva el cuerpo más de tres centímetros del piso. Lo intentan tres veces más sin éxito. Alejandra propone arrastrarlo en lugar de levantarlo. Se paran del mismo lado y tiran las dos a la vez. El cuerpo se mueve y con todo el esfuerzo posible lo arrastran hasta el escalón. Les toma veinte minutos moverlo unos seis metros. Una vez frente al escalón deben levantarlo. Repiten la primera maniobra que habían intentado antes. Elevan los extremos tres centímetros y medio, el escalón mide dieciocho. Imposible.

Tratan de subirlo arrastrándolo y lo único que sale de su lugar es la sábana. Parte del cadáver queda expuesto, las aterroriza. Hinchado, con el tejido necrosado y gelatinoso.

Alejandra se da la vuelta y se tapa la boca para no gritar. Vicky se apresura a cubrirlo de nuevo. Son casi las diez de la noche y no han pasado del escalón. Falta librar el escalón, recorrer el pasillo y subir dos escalones más para llegar al coche. Y meterlo a la cajuela. ¿Cómo van a alzarlo tanto? Alejandra se rinde y le dice a Vicky que así no.

Con mucho esfuerzo logran regresarlo a su lugar junto a las vigas de madera, aunque ya no tan bien alineado como se encontraba antes. Tienen que empujarlo de nuevo hasta que más o menos logran disimularlo. En cuanto lo hacen, Alejandra sale corriendo.

Vicky se queda a acomodarlo, le echa la lona y el tapete encima. Le tiemblan las manos. Va por nuevas bolsas de hielo, las tiende sobre el cuerpo y regresa a su habitación.

Cuando Vicky fue la encargada de limpiar la vecindad, uno de los cuartos lo habitaba doña Chachis, una señora que no podía caminar. No tenía recursos para comprar una silla de ruedas. Su hija la visitaba los fines de semana y le llevaba comida y medicinas.

Vicky sentía misericordia por ella porque siempre estaba sola. Lo único que hacía era ver la televisión postrada en una cama. Para ir al baño usaba una andadera y muchas veces se hacía encima antes de llegar.

A veces le gritaba a Vicky para que la ayudara a moverse, pero si permanecía mucho tiempo con ella, la corría, la insultaba y le decía que no quería verla ahí. Vicky no se ofendía, sino que sentía lástima; el encierro y además el no poder moverse amargaban a la señora Chachis.

Un Viernes Santo Vicky pidió un diablito prestado y unas rejas de refresco vacías en la tienda de la esquina. Ayudó a la señora a que se sentara sobre las rejas de plástico y con mucho trabajo la señora obedeció sin saber por qué se lo pedía. Vicky inclinó el diablito y la acarreó hasta la entrada de la vecindad. La señora iba gritando, pero al encontrarse frente a la Procesión del Silencio, sus gritos cesaron y contempló el desfile con lágrimas en los ojos.

Al terminar, Vicky la regresó a su casa y le ofreció a doña Chachis que, si quería, otro día podía llevarla a pasear.

—A mí no vuelvas a sacarme de mi casa, vete a chingar a tu madre o a ver a quién —exclamó la mujer con hosquedad y regresó la mirada al televisor. Desde ese día corrió a Vicky cada vez que se acercaba a ayudarla.

Vicky se pregunta si podría mover el cadáver en un diablito o una silla de ruedas. Aunque levantarlo seguiría siendo el problema.

Enciende el cirio pascual. Se arrodilla. Las plegarias a la Virgen de Soriano comienzan a parecerle insuficientes. No obtiene ninguna respuesta, ningún consuelo, ningún atisbo de ayuda. Imagina la cara de Juan Pablo agusanada. Necesita que la Virgen la escuche y no parece hacerlo. Siente frío. No distingue si se debe a la temperatura en la habitación o el peso del miedo. Abre la puerta del buró. La urna de su madre la acompaña en silencio. La guarda de nuevo.

Sopla y extingue la flama de la veladora. Visualiza las imágenes de Jesucristo en la cruz y el Sagrado Corazón. Se concentra y con la máxima fe posible se dirige a Dios. Le suplica, le exige de manera desesperada que la ayude. Y de pronto, otra imagen aparece en su lugar: los ojos rojos iluminados de la Santa Muerte que vio en el local de Yolanda. Vicky sacude la cabeza y abre los ojos asustada. Los vuelve a cerrar y la siniestra calavera sigue allí, casi sonriendo. Esa es la imagen que Dios le envió, no el Diablo, Dios, piensa.

Vicky entonces reúne toda su devoción y reza una oración sustituyendo el nombre de la virgen por el de la Santa Muerte:

Ante ti vengo mi Santísima Muerte con la fe de mi alma a buscar tu sagrado consuelo en mi difícil situación; no me desampares, señora, en las puertas que se me han de abrir, sea tu guadaña poderosa la que las abra para darme la tranquilidad que tanto ansío.

Streets of Philadelphia

Empecé con dolor de estómago, diarrea y vómito desde hace tres días que murió el lavacoches. Y voy de mal en peor. Cuando estoy estresada es común que me duela la panza, pero esto que siento ya no es normal.

Vicky me trae un té de manzanilla tras otro, ya mejor los tiro en el lavabo porque no me sirven. Ella está convencida de que los tés son milagrosos y que tomándolos en cantidades industriales lo curan todo.

Mi dolor no lo va a aliviar un té porque lo que me está acribillando el estómago es que maté a un hombre y que ese hombre sigue en mi patio y que cada vez que me acuerdo me incendio y me deshago por dentro.

Trato de dormir, pero no logro conciliar el sueño. Todo lo que me da miedo, todo lo que me da asco, todo lo que me causa dolor circula por mi mente como en un desfile de tétricos carros alegóricos. Es como si mi cerebro se hubiera vuelto en mi contra para atormentarme y disparara ráfagas de imágenes horribles.

Al sentir una náusea repentina meto la cara al basurero de plástico blanco. Lo traje del baño porque no he parado de volver el estómago en toda la noche. Ya no tengo fuerzas para levantarme al baño cada cinco minutos.

Hay un recuerdo en particular que me ha angustiado por años y que justamente hoy me ha rondado como si fuera un zancudo de esos que se acercan al oído cada vez que empiezas a quedarte dormida.

Antes de que mi abuelo falleciera, mi papá y yo íbamos a la Ciudad de México una vez al mes a visitarlo. Y cada vez que lo hacíamos, veía camiones transportadores de cerdos en la carretera. Me acongojaba verlos amontonados, chorreados de excremento y orines y encima me parecía trágico saber que iban directo al matadero. Procuraba mirar hacia otro lado y sentía un profundo alivio al haberlos rebasado.

Esa tarde no fue la excepción. Recorríamos la autopista Querétaro-México a alta velocidad como cada mes. A un volumen moderado en las bocinas del auto sonaba *Streets of Philadelphia*, de Bruce Springsteen, nunca se me va a olvidar. Estaba a punto de quedarme dormida, debíamos de haber ido a unos 130 kilómetros por hora y mi papá de repente pisó el freno para bajar la velocidad casi a cero. Chicoteé con todo y cinturón de seguridad.

El tráfico estaba detenido. Para variar mi papá se puso histérico y se metió por el acotamiento para rebasar por la derecha a la mayor cantidad de vehículos posible. Siempre ha sido muy cafre para manejar. Libró una larga hilera de coches, autobuses y camiones. Hasta que no pudo avanzar más y quedamos varados junto al motivo del atolladero. Un olor a estiércol comenzó a colarse por las ventilas.

Un federal de caminos hacía señales para que los coches tomaran una desviación. Mis ojos no tuvieron tiempo de esquivar la imagen. Había un accidente, un tráiler de cerdos se había volteado. Me agaché para no ver. Demasiado tarde. Ya tenía grabada en la retina la escena parcial de lo ocurrido. Papá dijo: en la madre, con cara de horror. No resistí el morbo y me asomé otra vez. Vi a uno de los cerdos prensado entre el tráiler y lo que quedaba de un Tsuru. Su piel rosada y sangrienta asemejaba a la de un ser humano. Todavía movía las patas y abría los ojos con desesperación. Sentí un vacío infinito en el estómago. Me estremecieron los chillidos de los demás cochinitos que habían quedado vivos.

Estaban todos revueltos como si fueran animalitos de juguete y alguien hubiera agitado la caja. Algunos estaban desmayados o muertos. La gente de un poblado cercano aprovechó el accidente para robarse lo que podía, algunos señores arrastraban al animal completo, otro prefirió cortar una pata a machetazos.

Había un cerdo ileso parado sobre el acotamiento, como estatua, imagino la confusión del pobre animal. Sus ojos, sin duda, son los más tristes y tiernos que he visto. Me miró por un segundo. Movía la cabeza de un lado a otro para espantarse las moscas que se le pegaban a la sangre que salía por su nariz. Quise bajarme del coche para abrir los corrales y liberar a los demás sobrevivientes. Quería que escaparan y fueran libres en el campo, aunque fuera para morir.

El recuerdo de ese día se volvió un ingrediente esencial y recurrente en mis pesadillas. Por un tiempo creí haberlo suprimido de mi memoria, pero, desde que murió el lavacoches, mejor dicho, desde que lo maté, la imagen de los cerdos regresó y al imaginarlos, lo imagino a él. Aquí abajo en el patio, tan cerca. A veces creo percibir el estiércol otra vez y me quiero morir. Y escucho los chillidos otra vez.

Me siento muy mal. Ya no aguanto el dolor. Ya no me importan las cosas terribles proyectadas en mi mente. Necesito descansar, cierro los ojos, aunque signifique hundirme en mis pesadillas.

Escombro

Es viernes, ya es hora de que Alejandra se vaya al colegio. Vicky se asoma a su recámara y la ve acostada. Está dormida. Le abre la cortina y le dice que se levante, que ya es tarde, que si se apura todavía alcanzará a llegar a sus clases.

A lado de la cama encuentra el cesto de basura en donde se ve que volvió el estómago.

—Ale, hija, despierta —le dice Vicky. La niña entreabre los ojos. Intenta incorporarse y se marea al hacerlo.

—¿Te sientes mal?

La niña dice que sí y Vicky vuelve a cerrar las cortinas. Tira el contenido del bote al inodoro y lo enjuaga para volver a dejarlo a su alcance. Una hora después Vicky regresa y cuando le pregunta cómo se siente, Alejandra da arcadas y expulsa un líquido amarillento con sangre.

Por tercera vez, va a despertar al señor Castillo. Da tres golpes firmes en su puerta, esta vez sin temor a ser regañada. Él responde con un grito.

—Señor, Ale se puso mal.

Castillo llega en bóxers a ver a su hija. Percibe el olor de los jugos gástricos en cuanto entra a la habitación. Le toca la frente sudorosa. La destapa, está empapada en vómito. La niña apenas reacciona. Ordena a Vicky que la cambie de ropa y que le ayude a bajar porque va a llevarla a urgencias.

Alejandra está muy débil, casi no coopera para vestirse. Vicky le quita la piyama y le enfunda una playera gris y unos pants negros.

—Tengo mucho frío —dice la niña.

Alejandra baja las escaleras con la espalda encorvada. Con un brazo rodea los hombros de Vicky, con el otro se cubre el vientre. Antes

181

de subir al coche de su padre vomita en el pasto. Vicky la ayuda a sentarse en el asiento del copiloto y cierra la portezuela.

Castillo sale con una camisa a cuadros y un pantalón beige. Sube a su Grand Marquis blanco y pisa el acelerador. Vicky ve el auto alejarse desde la mitad de la calle.

Permanece allí unos minutos frotándose las manos sin saber qué hacer. Le preocupa la salud de la niña, sí, pero más le preocupa el muerto y saberse sola con el problema.

Uno de los albañiles le pide que se mueva para dar paso a un camión de redilas que trae madera a la construcción. Ella se hace a un lado y contempla al enorme vehículo ingresar al terreno.

Aunque la obra se encuentra justo a lado, hacía tiempo que Vicky no le prestaba atención y le parece como si la casa hubiera sido erigida de la noche a la mañana. La última vez que se asomó, hace quizás un par de meses, apenas se percibían los muros a la mitad de la planta baja y ahora la residencia de dos pisos luce lista para recibir los últimos acabados.

Los trabajadores descargan la madera del camión, otros arman una estructura de varillas. Hay carpinteros, electricistas, pintores y plomeros.

El residente de obra da instrucciones mientras mira un plano y consigna a un grupo de albañiles a terminar a más tardar hoy a las 4:00 p.m.

—El lunes a las 8:00 a.m. colamos. Urge. No me vayan a quedar mal, que vamos bien retrasados.

Vicky mira con curiosidad en dirección a lo que señala el arquitecto. Ella ve un hueco en el suelo que parece un cuarto solo que a tres metros debajo de la tierra. Alrededor del cuarto hay una zanja un poco menos profunda en la que también puede verse parte de la estructura. A Vicky se le hace raro que haya un cuarto bajo tierra a media cochera.

El mismo trabajador que le pidió que se moviera, vuelve a solicitarle que se retire del paso porque va a salir el camión que entró minutos antes con el material.

—Oiga, ¿qué va a ser eso? —le pregunta al muchacho.

—¿Eso?, el sótano —responde y echa a andar una compactadora.

—¿El sótano?

El albañil ya no la oye por el escándalo de la máquina. Vicky le toca el hombro y se lo pregunta otra vez. Este apaga el motor para poder escucharla.

—Sí, esos son los muros de contención, ya el lunes colamos —responde y vuelve a prender la compactadora. Vicky de nuevo escruta el hueco y comprende que la cubierta del sótano será el piso de la cochera. Alrededor del sótano rellenan con tepetate para nivelar y una vez completada la preparación, verterán concreto en la zanja y el resto de la superficie. Se sienta en un rincón de la obra como hipnotizada. Ni el sol, ni el polvo, ni el ruido le impiden observar atenta.

Vicky sigue con los ojos a un peón que recorre la obra. Recopila el cascajo y la basura en una carretilla. La llena y con mucha dificultad lleva el contenido para vaciarlo en una pila de escombro a pie de banqueta. Un camión de volteo vendrá más tarde a retirar los desechos.

Vuelve a llenar la carretilla, apenas puede moverla. Esta vez en lugar de llevar los desechos hasta la pila, mira en todas direcciones y cuando cree que nadie lo mira, arroja el contenido en la zanja que rodea al sótano. Le echa dos paladas de tierra y continúa con la recolección.

Vicky vuelve a sus labores de la casa. Le cuesta mucho no pensar en el cuerpo y en la idea que acaba de inocularse en su cabeza.

Procura mantenerse ocupada, aunque no deja de darle vueltas al asunto. Mientras, lava las sábanas y la ropa de Alejandra y aspira los sillones. Tiende las camas. Prepara comida que nadie se come. Checa el hielo cada dos horas. Piensa en cómo aterrizar su idea. Es lo más sensato que se le ha ocurrido en todos estos días.

Cuando dan las seis de la tarde, hora de salida de la construcción, uno a uno los albañiles y contratistas se retiran del lugar. Algunos en vehículos, otros a pie. Una vez que la obra se encuentra vacía, Vicky regresa. Hay un tapial de madera en el perímetro de la construcción, cerrado con un alambre a manera de cerrojo, lo desamarra con ambas manos e ingresa.

Mira hacia el hueco del sótano. Está conformado por madera de cimbra y un entramado de varillas que reforzarán un muro de contención muy ancho y profundo alrededor del sótano. Una capa de concreto la va a sepultar una vez que viertan el colado. Aquí podemos echar a Juan Pablo, dice en voz baja. Palpitaciones y un cosquilleo en el pecho le confirman que esta será la salida.

Vicky merienda un pan con jamón y café con leche. Alejandra no ha regresado del hospital. Son las 11:00 p.m. Ojalá don Ricardo le informara cómo está la niña.

Ya parece que te va a informar, eres la sirvienta, que no se te olvide.

Regresa al patio a revisar el hielo por última vez antes de acostarse. Ha tenido que reutilizar las que estaban a medio derretir porque Alejandra no pudo traer más. Compró dos en el minisúper y fabricó más llenando bolsas con agua que para estas horas ya estarán congeladas. Antes de encender la luz ve que algo se mueve entre las sombras.

Psst.

Le falta el aire al oírlo. Cada vez está más convencida de que alguien la llama. No es imaginación suya. No sabe si es Ramón o un vecino que la espía o quién. Pero no puede dejar que la domine el miedo.

Enciende la luz y encuentra a Tyson olfateando debajo de la manta.

—¡Chsst! ¡Sácate! ¡Órale, sácate!

Lo espanta con una escoba y el perro se mete a su casa. Le llama la atención que no parece malherido. Vicky acomoda la lona, vuelve a colocar las sillas encima del cuerpo y cambia el hielo asegurándose de que quede cubierto para el resto de la noche.

Sola en su habitación siente desasosiego, por un lado, la preocupación de tener el cadáver allí le está carcomiendo los nervios. Sin embargo, hay algo más, es un dolor profundo que no puede quitarse. El daño que ella sufrió no ha muerto, quizás esté más vivo que nunca. Aunque Juan Pablo falleció, no murieron con él sus golpes ni el recuerdo de su penetración, ni el dolor que le causaron sus insultos. Teme que esas sean huellas que jamás se borrarán.

Cuando pase el temblor

Abro los ojos, estoy en una cama de hospital. El suero conectado a mi brazo. Mi papá habla con un doctor.

Está deshidratada y es muy probable que tenga una úlcera. Una vez que se desinflame va a necesitar una endoscopía, le indica.

Yo no sé qué es eso, pero mi papá se ve preocupado. Al verme despierta se acerca. Me siento atontada y tardo en enfocarlo. Está muy ojeroso y despeinado.

¿Cómo te sientes, hijita?, me pregunta.

¿Y Vicky?

Qué importa Vicky, ¿cómo te sientes tú?, dice mosqueado. Por su respuesta sé que no nos han descubierto.

Gastritis aguda. No había visto un cuadro tan severo en una persona menor de treinta años. Por lo regular, una crisis como esta la detona el exceso de estrés o un elevado consumo de alcohol, comenta el doctor dirigiéndose a mi papá.

Vas a pasar la noche en observación y mañana puedes irte a tu casa, guapa. Solo estás deshidratada, el suero te va a levantar así, me explica el médico y da un chasquido con los dedos.

Ya me siento bien, le digo.

Cómo no, dice con una risita burlona, te suministramos un bombazo de un antiácido, más un desinflamatorio, más un inhibidor para las náuseas y una buena dosis de Valium para que descanses. Por eso tienes tanto sueño.

Mi papá solicita un Valium para él, el doctor le guiña un ojo y le dice que se lo mandará con la enfermera. Papá se recuesta en un sillón junto a mi cama. Tiene los brazos cruzados y empieza a roncar casi en cuanto cierra los ojos. Olvidó quitarse sus lentes. Si supiera que en el patio de su casa hay una persona muerta, no podría dormir.

Me angustia regresar a mi casa. Aquí me siento segura, lejos de la gente, lejos de la escuela, lejos del bulto y de Vicky. No tengo que hacer nada, ni siquiera tengo que comer, porque tengo el suero conectado. Quisiera quedarme hasta que todo pase.

Toco mi tobillo, arranco una parte de la costra del rasguño que me hizo el tipo. Empiezo a sentirme relajada como si cada nervio de mi cuerpo se desconectara. Cierro los ojos y duermo.

Al día siguiente, aún de madrugada, una enfermera entra con un carrito más ruidoso que una matraca. Me toma la presión y me retira el suero. Un poco más tarde entra el doctor, me da de alta y le entrega una receta a mi papá. Le da indicaciones de cómo debo continuar el tratamiento. Hace énfasis en que es muy importante mi alimentación y le da una hoja con la dieta que debo seguir.

Por primera vez en días no me duele nada ni tengo náuseas. Sentirse bien es lo mejor del mundo. Lo malo es que debo volver.

En el camino de regreso mi papá trata de conversar conmigo. Comenta del clima, amaneció tan frío que se formó una ligera capa de hielo en el parabrisas. Respondo con monosílabos y miro hacia afuera.

¿Por qué estás tan estresada?, se anima a preguntar.

Estoy en exámenes, respondo sin verlo a los ojos.

Alejandra, no te preocupes tanto por la escuela, dice con la voz aterciopelada que usa cuando les habla a sus clientes.

¿No dices siempre que la escuela es lo más importante? ¿No que si repruebo me vas a mandar a la escuela de tontos? Me enoja que ahora se haga el amigable y el comprensivo cuando siempre ha sido estricto y mala onda conmigo. Como si no se acordara de que el mes pasado me dijo que era una *junior* inútil por sacarme dos sietes. No digo nada.

Alejandra, solo quiero que estés bien y que tengas tu futuro asegurado, eso solo se logra con educación, pero no a costa de tu salud, me dice y me da la mano.

Asiento con la cabeza.

Sé que lo de tu mamá te afectó mucho, pero tienes que aprender a vivir sin ella, me dice con la voz casi quebrada.

Sí, papi.

Antes de entrar al fraccionamiento vemos a mucha gente amontonada en la caseta. Es sábado, los sábados no dejan entrar a proveedores, por lo que es obvio que no son trabajadores.

Hay tres mujeres, niños y varios hombres discutiendo con Marcelino y otros seis guardias que se mantienen firmes con macanas en las manos para impedirles el paso. Mi papá mira la escena de reojo.

La maldita presidencia de colonos me tiene harto. Puros problemas. Esa gorda lleva días necia con que Juan Pablo, el lavacoches, sigue adentro. Quiere ver los videos de seguridad, me dice mi papá y señala con la mirada a una señora gorda parada junto a Marcelino. Esa señora debe ser la esposa del lavacoches. Unos niños corretean junto a ella. Se me anuda la garganta.

¿Hay videos de seguridad?, le pregunto. Si hay una grabación en donde el tipo entra a mi casa y nunca vuelve a salir, ya valimos.

Hay cámaras, pero solo son para vigilar en tiempo real. No graban. Ese sistema lo instalaron hace diez años, está más obsoleto que nada. Además, solo hay cámaras en las avenidas principales.

Me descansa el alma al oírlo.

Entonces, ¿no saben qué pasó con él?, le pregunto sin lograr mirarlo a los ojos. Creo que si lo hago va a saber que oculto algo y me va a cachar.

No sabemos. Lo más seguro es que se haya escondido en un coche o que se haya saltado una barda, yo qué sé. A mí se me hace que tiene algo que ver con el intento de robo en casa de los Yáñez.

Ni sabía que habían intentado robar. Qué miedo, viven atrás de mi casa. Por lo visto este fraccionamiento no es el "oasis de seguridad" que siempre han anunciado. Robos, violaciones, asesinatos y nadie se entera de nada.

Lo primero que veo al entrar a la casa es a Vicky, sonríe al verme y me abraza con los ojos llorosos.

Mi papá le dice que ya estoy mejor y le da la hoja con la dieta que me indicó el doctor. Le ordena pechuga de pavo y pan tostado para mi desayuno. Y que no lo molesten porque necesita dormir.

Sube las escaleras y desde arriba me llama, quiere que me acerque. Lo veo viejo, como si le hubieran salido mil canas en tres días.

Sus ojos se ven cansados. Por un instante siento ganas de abrazarlo y de contarle todo. Me da un beso en la frente y me dice que no se me ocurra volver a enfermarme, que si vuelvo a hacerlo me mata. Me río porque creo que está bromeando. Se mantiene serio. Entra a su recámara y cierra la puerta.

Mi cama huele a ropa limpia. Vicky cambió las sábanas y en mi buró dejó una rosa amarilla en un vaso. La cortó del rosal que cuida como si fuera su hijo. La escucho subir por las escaleras.

¿Cómo estás? Te ves hasta chapeada, pareciera que no te pasó nada, me dice sorprendida.

Trae la charola con mi desayuno y la coloca sobre mi cama. Cierra a medias las cortinas porque el sol entra directo a esta hora.

Me pusieron un catéter con suero, por eso ya me siento bien, le digo y le muestro el parche en mi muñeca. A ella no le caería nada mal que le conectaran un suero. Se ve fatal. Su piel se ve descolorida y tiene pellejos en los labios de tanta resequedad.

Ale, tengo algo que decirte, susurra. Siento un vacío en el estómago, porque sé de qué va a hablarme.

Ya sé lo que vamos a hacer con él, me dice al oído.

Aunque no percibo dolor, los músculos de mi estómago se contraen y escucho con atención.

El lunes van a colar. Lo vamos a meter al hoyo.

¿Qué es colar?

Colar es echar cemento. Sí, le van a echar cemento a todo y allí lo vamos a meter. Lo vamos a arrastrar a ver cómo, pero lo vamos a llevar hasta allá, ¿entiendes? Ya sé que el otro día no lo pudimos mover.

Lo van a ver los albañiles.

No, los albañiles no lo van a ver porque le vamos a echar tierra encima. Ven te enseño. Me lleva a la obra y señala el lugar.

Allí, ¿ves? Lo vamos a tapar con tepetate, de esa tierra que está al ladito, nomás lo jalamos con una pala y se la echamos encima para que no lo vean.

Está muy difícil.

No está tan difícil.

¿Cómo sabes?

Sé que van a colar porque pregunté, por eso sé. Tenemos que hacerlo de noche, mañana a más tardar.

Está muy pesado.

Sí, ya sé que está bien pesado.

No vamos a poder.

Sí, sí vamos a poder Dios mediante, ya deja de decir que no, increpa.

Lo único que puedo pensar es que es la idea más viable que ha surgido hasta el momento. Sepultarlo en el concreto. Sí, lo vi en una película, no recuerdo en cuál. Por primera vez creo que podría funcionar. Quisiera adelantar el tiempo como si mi vida fuera un video y brincarme esta parte. Presiono *play* y escucho mi disco de Soda Estéreo.

Sepultura

Gruesas gotas de sudor resbalan por su frente a pesar del frío. Siente la nuca y las manos húmedas. Vicky repasa cada detalle de su plan con nerviosismo. Un impulso de abandonarlo todo y escapar aparece en sus pensamientos, pero solo dura un instante.

Es sábado. 11:00 a.m. Ale y Vicky acordaron trasladar el cuerpo el domingo a las 8:00 p.m. Pensó que Ale se encontraría débil y que el esfuerzo podría hacerle daño. Pero tras escuchar su idea, la adolescente afirmó sentirse mejor.

Vamos a necesitar otra sábana, piensa Vicky. La que lo envuelve debe estar tiesa y pestilente. Busca en el clóset de blancos una cobija limpia y grande para enrollarlo en ella. Palpa las pilas de sábanas dobladas y escoge una azul con floripondios verdes perteneciente a la cama del señor Castillo. Toma también una linterna que guardan al lado de los focos de repuesto. Se frota las manos. Se le empiezan a desprender pellejos de tanto sudor o quizá de tanto lavarlas.

Extrae de la secadora las prendas que lavó hace días. Casi nunca lava su ropa junto a la de sus patrones. La señora Margarita le pidió que por higiene no lo hiciera. Esta vez hizo una excepción y lavó su ropa mezclada con la de Alejandra. *Esa* ropa, la que estaba manchada de sangre, la que traían puesta *ese día*.

Examina con detenimiento la blusa y el pantalón de la niña, no hay rastro de manchas. Dobla las prendas y enseguida saca su falda. Al verla siente angustia, no volverá a usarla jamás. La dobla y la echa al basurero, al hacerlo recuerda haber guardado algo en el bolsillo. ¿Seguirá allí? La extiende y mete la mano en el lado derecho. No lo encuentra. Intenta del otro lado y tampoco. Revisa el interior de la secadora sin éxito y después introduce casi medio cuerpo para alcanzar el fondo de la lavadora. Allí está. Lo sostiene con los dedos y lo mira de cerca: El pedazo de cráneo de Juan Pablo. Aún tiene piel y pelos pegados, la sangre desapareció.

Se dirige a su cuarto con el hueso entre el índice y el pulgar. Busca el costalito rojo donde Yolanda le entregó los ingredientes para preparar las gotas. Cuánto se arrepiente de haberse untado esas malditas gotas. Nada de esto estaría pasando. Introduce allí el hueso y rompe en llanto.

No sabe qué hacer para llenar las horas. Habría preferido un día atareado, aunque por su estado de ansiedad no se siente capaz de cocinar ni un huevo frito. Comienza a rezar y a la mitad de la oración la idea de sepultar a Juan Pablo bajo el concreto le parece imposible de realizar. Un disparate ridículo y riesgoso. Cualquiera podría verlas acarreando el cuerpo. ¿Y si no logran moverlo como en el primer intento? ¿Y si mejor confiesa todo y termina de una vez? No. Se convence a sí misma de que no le quedan más alternativas. Los días avanzan y el olor a muerto es cada vez más intenso y evidente.

Ya es de noche. La tensión de su cuello la fuerza a girar la cabeza en ambos sentidos. Siente un débil latigazo. Faltan veinticuatro horas para que Juan Pablo desaparezca para siempre.

Regresa al patio por enésima vez a inspeccionar el hielo. Lleva consigo la sábana y la linterna y las coloca sobre el lavadero. El olor a putrefacción impregna el ambiente. Se ve obligada a contener la respiración y, en las tinieblas, percibe que algo se mueve.

—¿Tyson? —susurra. Otra vez ese perro curioso. A tientas roza el interruptor de la luz y lo acciona. Encuentra las sillas tiradas, las bolsas de hielo en el piso y al perro encaramado en el cuerpo por debajo de la manta. Alcanza a ver sus patas traseras y el rabo.

Vicky quita la manta de golpe y ve que el perro mordisquea el cadáver con frenesí. El aire se le va. Le cuesta mantenerse de pie. Se sostiene ayudándose de la pared porque las piernas no le responden. Escucha crujidos similares a los que oye cuando alimenta al perro con huesos de pollo. En cuanto recupera el equilibrio da palmadas y grita, toma una escoba y la blande como si fuera a pegarle para tratar de ahuyentarlo. El animal no se mueve, le gruñe y le pela los dientes. Vicky se queda como estatua y el perro sigue masticando. Se dirige lento al lavadero para llenar un balde de agua y se la vacía encima. El perro reacciona, se sacude y se mete a su casa. Desde allí la observa agazapado, pendiente de cada movimiento que ella realiza.

Vicky de nuevo contiene la respiración porque el olor es repulsivo. Ve el cuerpo parcialmente devorado. El vientre incompleto, con gran parte de las vísceras carcomidas. Larvas blanquecinas se retuercen en las cuencas de los ojos y la boca, como granos de arroz en movimiento. En lugar de muslos, queda apenas un amasijo de huesos y tendones, los músculos han desaparecido.

Mira horrorizada el plato a tope de croquetas. El perro se ha alimentado del cadáver durante días.

Vuelve a cubrir el cuerpo con el plástico. Sus manos y piernas tiemblan sin control. Por más que trata de no aspirar, el aire fétido se cuela por sus fosas nasales. El agua escurrida en el piso adquirió un tono marrón. Siente arcadas. Mira de soslayo y percibe el movimiento del perro que se encuentra de nuevo a solo unos pasos del cadáver. Quiere regresar a comérselo. Nunca antes le había tenido miedo. Tyson la mira con el ojo que le queda, del otro lado, una gruesa costra como parche.

Vicky no puede moverse. No sabe si después de haber probado la sangre y la carne de un ser humano sería capaz de atacarla. El perro bobalicón que perseguía mariposas en el jardín, ahora le parece una bestia feroz. ¡El jardín!, piensa.

Camina lento hacia el portón y le chifla. El perro ladea la cabeza y levanta las orejas.

—Tyson, ¿quieres salir? —le dice fingiendo la voz amable y amorosa que usa siempre que va a sacarlo. El rottweiler mueve el rabo animoso y ella le abre la puerta. En automático el perro corre hacia el pasto y ella cierra el portón apenas desaparece.

Inhala esta vez con fuerza.

Psst.

Se le eriza el vello del cuerpo. Juan Pablo debe de estar frenético.

Vicky se encuentra en el fondo del patio, tendrá que atravesarlo y pasar al lado del cuerpo para regresar a su cuarto. Su respiración es entrecortada y su miedo crece con cada centímetro que avanza. Da pasos lentos y entrecierra los párpados. Una ráfaga de aire le hiela las vértebras de la espina dorsal. Sabe que es él, puede sentirlo. Cierra los ojos. Se va a tientas pegada a la pared. Está muy cerca de él porque el olor se intensifica conforme avanza. Presiona su pecho con la mano, los latidos golpean y teme no poder soportarlos.

Padre Nuestro que estás en el cielo, santificado sea tu nombre… su pie choca con el escalón. A partir de ahí corre hasta encerrarse en su recámara. Al entrar tropieza y su cuerpo se estremece en un sollozo.

Su madre alguna vez le advirtió que cuando alguien muere de manera violenta o con algún pendiente, el alma no puede irse de este mundo. Permanece y se manifiesta por medio de ruidos, voces o sueños. El alma no descansará hasta que se enmiende la ofensa o se le dediquen suficientes oraciones y misas. Vicky ya perdió la cuenta de cuántas misas le ha dedicado a ella, ahora será necesario pedir por él.

Se pregunta si podrá encomendarle el eterno descanso de Juan Pablo a la Santa Muerte. Y es que ya no se atreve a hablarle a la Virgen de los Dolores de Soriano. Una Virgen buena y misericordiosa no va a socorrerla después de haber recurrido a una bruja y a pociones. No va a favorecer a una asesina, ni tampoco contribuirá a ayudarla a desaparecer un cuerpo. Por eso no la escucha. ¿O será que Dios la está castigando?

¡Ya!, no chilles, ¿qué no ves que ahora que el perro le arrancó tantos pedazos el difunto pesa menos?

Los ojos de Vicky se abren como si quisieran salirse de sus órbitas. Se cubre la boca con las manos y debajo de sus dedos se le escapa una sonrisa. Tuvo que ser la Santa Muerte quien envió a Tyson a comer del muerto. Entre más lo piensa, más certeza tiene de ello. La está cuidando. Sí, eso debe ser, *Ella* me está cuidando, *Ella* sí me escuchó, piensa convencida. Saca la estampa de la Virgen de Soriano del portarretratos y la guarda cara abajo en el cajón de su buró.

Domingo. Desde muy temprano, Vicky sale a asear el patio antes de que el sol empeore el tufo. Se protege la nariz y la boca con un trapo amarrado detrás de la cabeza. Después de limpiar, rocía insecticida sobre el cuerpo, la manta y a su alrededor para disminuir la cantidad de moscas que revolotean por allí. Se rasca el cuero cabelludo. Puede que algunas de las moscas se le hayan metido en el pelo y no encuentren la salida porque siente cómo le caminan en la piel. La comezón no se detiene y se rocía insecticida también en la cabeza, como si se tratara de fijador. Se le desencadena una ráfaga de estornudos y tos. Le arden los ojos.

El tiempo transcurre aún más lento que el día anterior. Son las doce apenas. Vicky se mete a bañar. Por más que se enjabona siente las patitas en el cráneo y el olor a muerto no se le quita. Se embadurna cloro en la piel dejándola áspera y agrietada.

El reloj avanza y su respiración se vuelve más pesada como si con cada hora el aire aumentara su densidad. Faltan cuatro horas para desaparecerlo.

Cerca de las 5:00 p.m., Alejandra aparece en su cuarto. Al igual que en el primer intento, trae puestos los guantes de esquiar y la bufanda.

Juntas se dirigen a la obra. Vicky desamarra el alambre retorcido de la improvisada puerta y entran a la propiedad. Se dirigen hacia el sótano. Alejandra mira el área que el lunes será recubierta con varios metros cúbicos de concreto.

Reconocen el terreno y retiran los tabiques, botes y polines de madera que podrían entorpecer su paso.

El recuadro en donde pretenden arrojar el cuerpo será un grueso muro de contención para el sótano. Una estructura de varillas y madera lo conforma.

Vicky dobla con mucho esfuerzo la malla metálica que cubre la zanja y la detiene con objetos pesados y unos botes para que no regrese a su lugar. También colocan dos palas junto al montículo de tepetate.

—Podríamos usar esta carretilla para acarrearlo, ¿no? —sugiere Alejandra. La niña la toma por las agarraderas y la rueda, aún estando vacía, la carretilla es pesada y difícil de maniobrar.

—Deja eso allí —increpa Vicky.

—Ok —cede desanimada Alejandra. Vicky presagia que el cuerpo pesará menos, pero no quiere explicárselo a la niña, no ahora.

Regresan a la casa y se dirigen directo al patio. Cuando Alejandra detecta el corrosivo olor a descompuesto se aprieta la nariz con fuerza. Intenta no respirar y cuando ya no puede más lo hace por la boca. No soporta la peste. Se enreda la bufanda alrededor de la cara para mitigar el hedor sin conseguirlo.

Vicky extiende la sábana de flores en el suelo. Alejandra la reconoce, recuerda haber dormido en ella decenas de veces cuando era niña a lado de su madre. Le clava la mirada con recelo y se la arrebata. Forcejean. Vicky le explica que es la más vieja que encontró, que la necesitan. Ale la suelta y la mira con tristeza o quizá con resignación.

Empieza a oscurecer. Vicky no se atreve a retirar la manta que cubre a Juan Pablo. No quiere que la niña lo vea carcomido y agusanado. Quiere esperar a que esté un poco más oscuro, aunque no por completo, debe existir un poco de visibilidad sin la necesidad de encender el foco. Comienza a rezar el rosario para ganar tiempo. Alejandra resopla.

—¿Vas a rezar, en serio?

—Es su entierro —pretexta Vicky.

—Yo no voy a rezar.

—Pues no reces.

Alejandra se le queda mirando, agacha la cabeza y se persigna. A lo lejos, se escuchan las primeras campanadas de una iglesia llamando a la misa de las siete. En minutos llega la noche y la temperatura desciende.

Según Vicky, lo primero que deben hacer es cambiar el cuerpo a la sábana seca. Lo destapa, en la penumbra no alcanza a distinguirse la mutilación ni las larvas. Vicky se coloca los guantes de hule que usa para limpiar los retretes. Coloca un pie en cada lado de la cabeza, se agacha y mete las manos debajo de las axilas del hombre y hace el esfuerzo por levantarlo. Aún es muy pesado para ella sola.

—Ayúdame, hija.

Alejandra no puede evitar llorar. Su llanto es silencioso, casi imperceptible. Contiene la respiración, se para junto a ella y lo sostienen cada una de un brazo. Tiran y sorprendentemente lo levantan. Logran moverlo a la sábana de flores. Vicky lo enrolla y hacen la prueba de jalarlo. Lo arrastran con cierta facilidad, es notorio que pesa mucho menos. Alejandra la mira con los ojos muy abiertos, le pregunta por qué. Vicky permanece callada.

Lo deslizan por las baldosas y al llegar al escalón lo suben sin mayor dificultad. Llegan al pasillo que remata en la cochera. Los autos estacionados bloquean la vista desde la calle. Antes de salir, Alejandra se asegura de que no haya nadie afuera. Se siente débil y todavía mareada. Apenas salen y el aire se vuelve respirable otra vez.

Arrastran la sábana a lo largo de la cochera, pero una vez que llegan a la banqueta, se torna casi imposible moverlo. La fricción aumenta, el bulto se atora en las piedras y parece como si pesara veinte kilos más. El paso se vuelve lento. Vicky musita padrenuestros desde que comenzaron a jalar. Los faros de un coche se aproximan. Apenas van a la mitad del camino. No tienen tiempo de esconderse, menos al bulto. Vicky se acuclilla y se cubre el rostro. Se encuentran expuestas en plena banqueta sin nada que las oculte. Alejandra permanece de pie. El conductor del auto baja la velocidad y gira la cabeza hacia ellas, acelera y sigue de largo.

—¿Nos vio? —pregunta Vicky.

—Sí, sí nos vio.

—¿Qué hacemos? —responde Vicky, angustiada. El pecho comienza a dolerle.

—¡Shhh!, Vicky, no llores así, te van a oír los vecinos —murmura Alejandra y mira el auto alejarse. Espera que no se frene y se eche en reversa. Quizá la persona que iba manejando llamará a vigilancia en cuanto llegue a su casa. Alejandra insta a Vicky a continuar jalando para que con suerte alcancen a llegar a la obra antes de que algún vigilante llegue a revisar.

—Hubiéramos traído la carretilla, ya no puedo más —dice Alejandra ya sin aliento. Es demasiado tarde para eso. Pasan varios minutos. No hay movimiento en la calle. Continúan jalando, hasta que centímetro a centímetro se acercan a la construcción.

De pronto el arrastre vuelve a ser sencillo, la arena regada favorece patinar el cuerpo en el pavimento. Alejandra empuja la puerta de triplay y por fin entran.

—Vicky, cálmate, ya llegamos.

Glassworks

Vicky está mal, tiembla como perro chihuahua. No sé cómo calmarla. Temo que le dé uno de sus ataques. No estamos para eso. Cierro la puerta de la obra y la abrazo.

Yo también tengo mucho miedo de que nos cachen, le digo para tratar de consolarla. Nos apretamos una a la otra. Yo también estoy temblando, ya no sé si por abrazarla o porque mi cuerpo vibra por sí mismo.

El señor que iba manejando el coche era el señor Mendoza, el viejo calenturiento que se mete con la chavita de mi edad que trabaja en su casa. Se me quedó viendo y me sonrió. Puede que él no me ubique. ¿Por qué habría de hacerlo?, nunca nos hemos visto de cerca. A lo mejor no se fijó que íbamos cargando un bulto sospechoso y solo volteó porque es un rabo verde. Debe ser por eso.

Vicky saca de su mandil una linterna y la enciende. La luz es tenue, solo alumbra a centímetros de nuestros pies. Al menos servirá para no tropezarnos. Nos acercamos al hoyo. Lo distingo gracias a que Vicky dejó allí tres botes alineados. No hemos avanzado gran cosa cuando la linterna parpadea y se apaga.

Préndela, le digo a Vicky.

Ya no sirve, responde acongojada.

Está oscuro como cueva, no veo nada. Otro motor se acerca con lentitud. ¿Serán los de vigilancia? Respiro rápido con la boca abierta.

Escóndete, le digo a Vicky.

Doy un paso precipitado y me pego con un fierro en la rodilla. Cojeando entro a la casa, aún no tiene puertas ni ventanas. Huele a yeso fresco. Voy muy despacio porque no quiero caerme. Mis ojos se adaptan a la oscuridad y empiezo a diferenciar las paredes de los vanos. Vicky viene detrás de mí. Nos escondemos en un baño. El escusado todavía está envuelto en plástico. Vicky empieza con sus rezos y me pone nerviosa. Trato de escuchar si el coche se fue o si se estacionó.

Vicky, ¿puedes rezar en silencio?, le susurro porque sus cuchicheos no me dejan oír. Se oyen ladridos a lo lejos, creo que es Tyson. En donde estamos no hay ventanas hacia la calle, no puedo ver luces ni nada que me indique si alguien llegó o no.

Pasan diez o quince minutos. Tengo la impresión de que llevamos mucho tiempo ocultas y no hay ni un ruido. Siento las piernas acalambradas por estar encogida. Salimos y todo parece en calma. Pensé que habían llegado los de vigilancia.

El follaje de los árboles impide que la luz del alumbrado de la calle llegue a hasta donde estamos. Vicky encuentra el camino hasta el bulto y me guía hacia él. Con la punta de los pies reconocemos la zanja y lo rodamos hasta que cae. Produce un ruido sordo.

Mientras le arrojamos tierra para ocultarlo me pregunto qué estaría haciendo ahora mismo si esto no hubiera pasado. Quizá vería una película en mi cama o me estaría pintando las uñas, sí, eso. Los domingos me pinto las uñas. Hoy no. Hoy estoy aquí con una pala en la mano tratando de esconder un cadáver y me parece irreal.

A veces, por instantes tengo la sensación de que no lo maté, como cuando tienes una pesadilla muy vívida, despiertas y sientes alivio de saber que nada de lo que estabas viviendo era de verdad. Solo que en cuanto empiezo a sentir alivio me cuesta comprender que esto no es una pesadilla, sí está sucediendo, y aún no ha terminado. Puede que nunca termine.

Estoy sudando, aviento la bufanda y los guantes. Me duelen las manos, ya me cansé de tanto palear la tierra. No tenemos manera de saber si el bulto ya está cubierto porque está muy oscuro. La linterna ya no prendió. Es posible que hayamos tapado una sección del cuerpo y la otra no. Vicky me dice que ya es suficiente.

¿Cómo sabes?, le pregunto.

No sé, responde, mañana debemos regresar en cuanto amanezca, antes de que lleguen los trabajadores para ver que no se asome nada.

Ok, respondo. Me cuesta creer que lo hayamos logrado, es decir, traer el cuerpo hasta este punto sin ser sorprendidas. ¿Por qué hoy sí pudimos y el otro día no? No entiendo si prácticamente hicimos lo mismo, ¿qué cambió? No hicimos nada diferente.

Salimos con cuidado, en la calle no hay nadie. El riego de las plantas se activa. Vicky salta y me aprieta el brazo.

¿Oíste eso?, me pregunta aterrada.

Sí, es el riego, respondo. Me mira desconcertada como si no entendiera mis palabras y luego mira sobre su hombro como si tuviera a alguien detrás.

El riego automático del pasto, Vicky, ¿qué te pasa?

Asiente en silencio y mira el piso. Entramos a mi casa por la cochera.

Nos vemos a las 6:30 a.m., me dice.

Hasta mañana, nos despedimos y arrastra los pies hacia su cuarto. La sigo con la mirada. No está bien. Aunque todo lo que está pasando es extraño y retorcido, puede que ella me note rara a mí también. No debería extrañarme verla actuar así, lo que acabamos de hacer es un delito y ella me ayudó a perpetrarlo. Siento un nudo en el estómago que me oprime y me lastima.

Son casi las 12:00 a.m. Tengo tierra hasta en las pestañas. Mis tenis están llenos de arena. La tele de mi papá en el noticiero, como siempre a todo volumen.

Antes de salir le di las buenas noches y le dije que me iba a dormir temprano. Acomodé almohadas debajo de mis cobijas para simular mi silueta por si se asomaba. Si hubiera entrado a darme un beso se habría encontrado con la cara de un conejo de peluche gigante, suerte que no lo hizo.

Me quito la ropa en el baño. El piso se llena de tierra, me recuerda a cuando de niña regresaba de jugar del arenero. No me había dado cuenta de lo adolorida que tengo la espalda hasta que me agacho para lavarme la cara. Estoy rendida.

Espero que mañana nadie vea el bulto o peor aún que nadie lo huela. Esa peste no es fácil de disimular. No sé si la cantidad de tierra que le echamos encima fue suficiente.

Intento calmarme con música, pongo el disco de Philip Glass. Me acuesto en mi cama con el pelo terregoso, ni siquiera me queda energía para quitar las almohadas ni el conejo de peluche y me hundo en un sueño profundo.

Vacío

La habitación en penumbra. Siente su cuerpo cubierto de tepetate y los insectos caminan en su cabeza a pesar del insecticida que se roció horas antes. Frente al espejo desliza los dedos y palpa cada centímetro de su cuero cabelludo en busca de los bichos. Se esconden, piensa.

Una aguda punzada le atraviesa el pezón. Se descubre el pecho y retira la curación. Comenzó a arderle desde que empezaron a arrastrar a Juan Pablo. Una costra se formó en la herida de la areola y de un extremo supura líquido sanguinolento. Entra a la regadera, el agua caliente cae sobre sus hombros. Se desprende la costra con la uña, una parte cae y emite un gemido. La sangre se diluye en el agua.

Se talla el cráneo, vigorosa. Se sienta en el tapete de hule y se restriega la piel con un zacate. Empieza por los brazos, el abdomen y las piernas. Las abre ligeramente y se enjabona el sexo con delicadeza. Se forma espuma en su abundante vello púbico y pronto el agua se la lleva. Limpia con cuidado los labios vaginales internos, el escozor que siente desde el día de la violación no ha disminuido. Asume que se lo merece y lo acepta como un sacrificio ofrecido a la Santa Muerte. Te ofrezco mi sangre y mi dolor, Santa protectora. Ayúdame mañana, ayúdame mañana, mi Santa Señora.

En cuanto amanece va a la construcción. Alejandra no aparece a la hora acordada y Vicky resuelve no esperarla. Nadie ha llegado todavía, debe aprovechar el tiempo. Verifica que el cuerpo esté bien oculto. Le da vueltas y lo observa desde distintos ángulos. Parte de la sábana de flores alcanza a distinguirse y el penetrante hedor se percibe desde lejos. Toma una pala y arroja más tepetate. Los motores de los coches que circulan por el fraccionamiento la obligan a mirar hacia la puerta cada dos minutos.

Alejandra llega corriendo a ayudarla y se alarma al percatarse de lo visible del cuerpo. Entre las dos tiran más tierra.

—Ya vámonos, déjalo así, ya van a llegar —dice Alejandra con la respiración acelerada.

Vicky niega con la cabeza y continúa echando tepetate. Hay ruido y movimiento en la calle, coches, voces, personas haciendo ejercicio, perros paseando.

—Ya vámonos, ya vámonos —suplica Alejandra.

Vicky acomoda la pesada malla de metal en la posición original. Ale acomoda la herramienta en donde la encontraron. Salen por la puerta, primero la niña, Vicky segundos después. Quizá las hayan visto. En la avenida principal, albañiles, jardineros, choferes, mozos y sirvientas caminan rumbo a sus trabajos.

Con el pretexto de barrer la banqueta, Vicky permanece vigilante afuera de la casa. Los trabajadores de la construcción arriban a la obra cerca de las 7:40 a.m. Se preparan para recibir la revolvedora de concreto. El residente llega a las 7:55 a.m. Casi veinte personas entre albañiles, electricistas y el arquitecto observan la zanja con un plano en las manos.

Alejandra se acerca a Vicky y le pregunta si ya terminaron.

—Cómo crees, si apenas van a empezar, mejor métete —le dice exasperada.

Nadie parece haber notado el olor ni el abultamiento en el fondo de la zanja aún. Vicky se frota el pezón con fuerza, se lastima a propósito e implora a la Santa Muerte: que no se den cuenta, Santa protectora, ayúdame, poderosa señora.

A las 8:05 a.m. llegan dos pipas con el concreto premezclado. El conductor de la primera desciende y se dirige al maestro de obras para que le confirme la orden.

—Siete metros cúbicos de concreto de $250m/cm^2$ de resistencia —lee en voz alta y asiente.

Conectan tubos y mangueras al vehículo. Justo antes de dar la señal para el vaciado del material, el arquitecto alza la mano y detiene el colado.

Algo anda mal.

El maestro de obras le chifla y hace señales con los brazos al chofer para que no vierta el concreto.

Ya lo vieron, ya lo vieron. Vicky regresa a la casa con el pecho a punto de estallarle.

—¿Qué pasó? —pregunta Alejandra.

—Ya lo vieron.

—¿Cómo?, si lo cubrimos perfecto, ¿estás segura?

Vicky empieza a llorar desconsolada y recita una oración.

—¿Estás segura?

—No sé —contesta Vicky entre sollozos. Su aliento pestilente obliga a Alejandra a retroceder y a cubrirse la nariz. Vicky no se da por aludida, llora y reza.

—Vamos a ver.

—No, hija, cómo se te ocurre.

—Al árbol, desde allí se ve.

Va detrás de ella y, antes de abrir la puerta, Tyson aparece detrás del ventanal.

—¡No abras! —grita Vicky y detiene la puerta corrediza. Alejandra, extrañada, le pregunta por qué, Vicky niega con la cabeza y mira a Tyson con horror.

—¿Qué diablos te pasa?

—Ve tú, mejor aquí te espero —sugiere Vicky con la voz entrecortada.

Alejandra no comprende la razón, pero no hay tiempo, sale y le da una palmada al perro en el lomo y este la sigue contento, moviendo el rabo. Vicky lo apunta con la mirada, temerosa de que pueda atacar a la niña. No lo hace, la espera sentado, como siempre y mira hacia arriba. Jadea con la lengua de fuera mientras ella trepa el árbol con destreza. Transcurren varios minutos.

El hormigueo del cráneo de Vicky una vez más la incomoda, es como si los insectos hubieran despertado de su letargo para mordisquearla con sus diminutos dientes. La idea de larvas arremolinadas en su cuero cabelludo la asalta. Quizá las moscas anidaron en ella, igual que lo habían hecho en el cuerpo. Introduce los dedos en los surcos de sus mechones sin encontrar nada.

Oleadas de ardor en su pezón, media sonrisa se le dibuja en el rostro, sabe que así se comunica con su protectora. Quizá sea una señal de que la oyó y sea su manera de responder que todo va a estar bien.

Alejandra regresa a la sala. Le dice que no alcanza a escuchar lo que dicen los constructores. Retiraron la malla que tanto trabajo les costó acomodar. Algunos albañiles acarrean varillas.

—Vicky, tienes sangre en la blusa —señala Alejandra. Vicky baja la mirada, un círculo rojo se marca en su blusa de rayas. Se abotona el suéter y asiente. Tyson en la terraza las observa desde afuera, se para en dos patas y araña el cristal. Vicky brinca del susto y le da la espalda para no verlo.

—¿Por qué le tienes miedo a Tyson?

Vicky se cubre la frente con una mano y con la otra se envuelve el vientre. Niega con la cabeza.

—¡Ya dime qué te pasa, carajo!

La mujer busca cómo decírselo sin aterrorizarla. No hay manera y se lo dice sin preámbulo.

—Tyson… se lo comió.

Alejandra frunce el ceño y la observa sin comprender. Poco a poco su rostro se descompone. Recuerda la diferencia de peso, lo liviano que era el cuerpo al moverlo.

—¿Cómo que se lo comió?

Vicky no sabe cómo explicárselo.

—Lo mordisqueó, se comió sus tripas, le arrancó parte de las piernas.

Alejandra ve al perro y la ve a ella. Lleva sus manos a las sienes y los ojos se le inundan de lágrimas. Abre la boca y articula palabras sin voz. Niega con la cabeza. Alejandra se resiste a creer las palabras de Vicky.

—¿Cómo sabes?

—Porque lo vi.

—¿Por qué lo dejaste?

—¡No me había dado cuenta!

Alejandra da vueltas en el vestíbulo, de pronto escuchan el estruendo de un motor afuera. Esta vez es Vicky quien sale para ver qué está pasando.

Los albañiles han retirado el tapial para dar acceso a la maquinaria. El sonido del bombeo es ensordecedor. El olor a diésel y el humo de los vehículos la abruman. Cruza la calle y desde allí alcanza a ver a once albañiles ataviados con botas de plástico y palas en las manos que esperan de pie sobre el armado.

La espesa mezcla gris emerge de la enorme manguera como lava. Conforme sale, la distribuyen de manera homogénea en la superficie. El segundo camión se conecta a las mangueras y vacía los cuatro metros cúbicos restantes. El área de la zanja es la última en ser cubierta. Atareados, los trabajadores extienden el concreto con palas. Uno de ellos se encuentra exactamente encima del cuerpo, sus botas están cubiertas de mezcla. Los últimos restos de concreto son vertidos como escupitajos a través del enorme conducto. Alejandra, desde la cochera, le pregunta con señas qué está pasando.

Una vez vacíos, los camiones se retiran del lugar dejando una estela de humo.

Ahora tres personas a gatas sobre largueros de metal dan el terminado definitivo con barras metálicas.

A las 11:46 a.m., el cuerpo de Juan Pablo es sepultado bajo el concreto. La plataforma de concreto está consolidada y espera a fraguar.

—Ya terminaron, nadie se dio cuenta —dice Vicky aliviada. Suspira e intenta abrazar a Alejandra.

—¡No me toques! —le dice la adolescente y sacude los brazos para que la mujer tome distancia.

Hurt

La imagen de Tyson devorando el cadáver me corroe. La sangre, la carne y las venas del hombre que maté, flotando en su estómago, ¿ya lo habrá digerido por completo? No sabía que un perro doméstico fuera capaz de algo así. Si me muriera, tal vez me comería a mí también. No puedo tenerle miedo, es mi perro. No me haría daño a mí, imposible.

Si mi papá supiera lo que hizo, le daría un balazo. En su clóset guarda una pistola, un día estuvo a punto de matarlo. Mi papá regañó a mi mamá en la terraza y la sacudió del brazo. Al verlo, Tyson se acercó, le gruñó y le peló los dientes. Mi papá entró disparado a la casa y subió corriendo por su Beretta. Mi mamá y yo le suplicamos que no lo sacrificara. Desde ese día, sacarlo del patio está prohibido. Solo permite que permanezca en el jardín cuando vamos de viaje, para que cuide. A la gente que viene a mi casa, le digo que mi perro está encerrado porque destruye los mosquiteros. Mentira, mi papá le tiene pavor. No lo mató ese día solo porque creyó que sería ideal para proteger la casa. En eso tenía razón.

Quizás es lo que yo debería de hacer, sacrificarlo. Es que, por más que le doy vueltas, me cuesta justificarlo, se comió a un ser humano. Punto. Qué horror. No puedo pensar en otra cosa. Trato de convencerme de que, para un perro, un filete de res o un brazo humano es prácticamente lo mismo, carne fresca. No puede comprender la diferencia. ¿O sí?

No sé cómo sobrevivió a la puñalada en el ojo. Creí que se iba a morir. Ni al veterinario lo llevé y aun así se recuperó rápido. Ayer lo curé. No se dejaba, pero con un algodón logré limpiarle las costras que tenía pegoteadas y se le cayeron. Ahora se ve como si le hubieran borrado el ojo, casi como si hubiera nacido así.

Si Vicky me hubiera dicho antes que se había comido el cuerpo, no me habría atrevido a tocarlo siquiera. Mientras lo curaba, movía su rabito y me lamió las manos como siempre. Siento un escalofrío al pensar que su saliva estuvo embadurnada en mi piel. Quién se iba a imaginar que el tierno cachorro que me trajeron los Reyes Magos iba a terminar comiendo carne humana.

Ese año bajé las escaleras tempranísimo, traía puesta mi piyama de Hello Kitty, me acuerdo perfecto. La emoción que sentía antes de ver los regalos abajo del árbol de Navidad era más o menos igual a la que siento cuando voy a ver a Gustavo.

Dejé bajo el árbol uno de mis zapatos de charol negro, los más elegantes que tenía. Lo limpié con papel de baño mojado para que brillara. Ese año escribí mi carta desde octubre, solo quería un perro y nada más.

Mis papás todavía estaban dormidos. Bajo el árbol había una carta en donde Melchor me pedía que buscara mi regalo en la terraza. Salí por el ventanal, estaba helando. Mis calcetines resbalaban en el mármol. No sé cuánto tiempo llevaba Vicky esperándome allí. Ella fue la encargada de entregarme la caja envuelta para regalo como si la acabara de encontrar por casualidad. Abrí la tapa y allí estaba, un cachorrito negro con café que me lamió las manos en cuanto lo toqué. Era muy tierno, movía su colita y temblaba de frío.

Había pedido un pomerania porque Laila tenía uno blanco precioso que se llamaba Max. Este no se parecía para nada a Max porque era un rottweiler. Mi papá odia los perros falderos, dice que son maricones y escandalosos. Este, en cambio, iba a ser un perro guardián que serviría para custodiar la casa.

Mi papá siempre ha tenido delirio de persecución, cree que todo el mundo quiere robarlo, le pone candado, reja, llave y protecciones a todo. Nuestra casa es la única del Palomar que parece cárcel, y mira…

Dos condiciones: se va a llamar Tyson y no entra a la casa, ¿entendido?, sentenció mi papá cuando fui a enseñarle a Scooby a su cuarto.

Papi, pero se llama Scooby, rezongué.

No, se llama Tyson, como el boxeador y ya sácalo porque lo mato si se caga aquí adentro.

Esa misma tarde mi mamá me llevó con el veterinario para vacunarlo. Le revisó la panza en la que tiene un número tatuado. Es el pedigrí, dijo. Él lo atendió durante años hasta que un día lo mordió y nos dijo que si no era con bozal ni nos molestáramos en llevarlo. Tyson nunca se dejó poner el bozal, así que nunca volví a llevarlo ni con él ni con ningún veterinario.

Mi mamá lo paseaba, era a la única persona a la que le hacía caso. A mí me choca pasearlo porque no puedo controlarlo. Es muy fuerte y mal educado. Si no viviera como prisionero en una cárcel, no sería tan agresivo. Lloro al reconocer lo mal que lo he tratado y lo negligente que he sido al permitir que viva así. Johnny Cash y su voz triste me acompaña.

Candil

Ha pasado una semana desde que sepultaron a Juan Pablo. Vicky se devana los sesos con su recuerdo. Es un pensamiento repetitivo y cáustico. Empeoró cuando Alejandra le informó que la familia del muchacho estaba instalada en el acceso. Haber dejado a los niños huérfanos de padre le escoce el alma, noche y día. Juan Pablo viene a su mente a la menor provocación, al ver las cubetas, al encender la aspiradora, al limpiar los vidrios, cuando pasa por el patio y sobre todo al ver al maldito perro. La huella fantasmal de los moretones en su cuerpo se lo recuerda también.

Se siente nerviosa y observada, es como si él la siguiera a donde quiera que va. A veces, juraría que puede sentir su aliento soplarle en la oreja.

Anoche despertó con el cuerpo paralizado. El pecho aplastado con los pulmones comprimidos. Abrió los ojos, estaba despierta, de eso está segura. La oscuridad era como un puño que amenazaba con golpearla. Lo escuchó llamarla varias veces: *Psst, psst.* Quiso gritar, también su voz estaba estrangulada por esa fuerza invisible. Sintió una mano apretar su garganta. Su respiración se restringió al mínimo, cerró los ojos y comenzó a rezar. Rezó sin parar hasta que lentamente recuperó el control de sus extremidades. Me estoy volviendo loca, pensó.

Loca naciste y loca te vas a morir.

Mezcla el café de manera mecánica. Una telenovela la acompaña de fondo, pero no le presta atención.

Una hormiga negra camina sobre la cubierta de la cocina y ella la mata con el dedo. Enseguida descubre otra y otra más. Las aplasta una por una con el pulgar, pero son muchas. Sigue la trayectoria de la fila interminable que entra por una hendidura del muro. Sale de la cocina al patio para seguir el rastro hasta topar en la barda que colinda con la casa nueva. La casa donde está *él*.

Psst.

—Eres tú, ¿verdad? —dice Vicky en voz alta y mira en todas direcciones. Restriega su cuero cabelludo que no ha dejado de acribillarla por tanta comezón. Tiene costras por los profundos rasguños que se ha ocasionado. Las manos le tiemblan.

Va por el insecticida y rocía el camino de insectos desde la barda hasta llegar a la cocina, en donde echa los últimos residuos de Baygon.

El olor le produce picazón en la nariz. Estornuda. Regresa a su banco y le da tragos a su café. En la televisión escucha la canción que Juan Pablo silbaba. *Cómo te voy a olvidar*, cantan. Es una canción pegajosa, cada vez que la oye se queda dos o tres días zumbándole en los oídos. La aborrece.

Bebe el resto de café en su taza y la enjuaga. Apaga la televisión, se dirige por la escoba, jorobada. Ojea por encima del hombro y musita un padrenuestro, más por costumbre que por otra cosa, porque ya está cansada de rezar.

Barre la calle. Debe hacerlo diario por culpa de los ficus, a los que se les caen las hojas a puños y ensucian la entrada de la casa. No había barrido en varios días porque no se sentía cómoda afuera. De reojo, mira a la casa vecina. Le parece muy diferente porque retiraron el tapial que bloqueaba la vista. Justo a un costado de la cochera, en donde yace el cadáver, sembraron pasto y trasplantaron una enorme palmera de al menos veinte años de edad. Alrededor colocaron arbustos con vistosas flores rojas.

Continúa barriendo hasta llegar a la banqueta vecina y se detiene al encontrarse justo enfrente de la entrada. No hay cortinas, ni autos estacionados. Camina de puntitas sobre la cochera. Se acerca a la ventana, se asoma. Está vacía.

La puerta de madera tiene un vitral con motivos geométricos, gira el picaporte y entra. Huele a barniz. El vestíbulo luce un blanco y bruñido piso de mármol. Una cinta amarilla impide el paso hacia las zonas con piso de madera. En lo alto, un enorme candil se descuelga desde plafón a doble altura, adornando el espacio con cientos de cristales. Algunos muebles todavía envueltos con cartón y plástico estorban en los corredores.

Gira a la derecha y llega a la cocina. Intuye que el acceso al sótano debe encontrarse cerca. Abre una puerta: la despensa. En otra una bodega y en la tercera un baño. Regresa al vestíbulo, unas escaleras suben a la planta alta y otras conducen al piso inferior.

Baja despacio. La temperatura desciende bruscamente. Es oscuro como una caverna. A tientas busca el interruptor y enciende la luz. Brillantes colores, dibujos de animales y personajes de Disney decoran las paredes. Una pequeña mesa roja con cuatro sillas rosas y azules. Un escenario con telón y luces. La alfombra verde brillante simula ser pasto. En la esquina, un librero achaparrado y sillones miniatura ostentan una biblioteca y del otro lado hay un caballo de juguete para mecerse.

Vicky se orienta de acuerdo con la posición de la calle. Infiere que, detrás del muro pintado de negro, pensado para fungir como un enorme pizarrón, se oculta el cuerpo incompleto, mordido y desangrado de Juan Pablo. Roza la lisa y fresca superficie del pizarrón con la palma de la mano. Acerca la cara hasta pegar la mejilla.

—Prometo rezar por ti cada día de mi vida, te lo suplico, déjame en paz, por favor —susurra.

¡Psst!

Escucha, esta vez a un volumen alto, y el sonido se repite en un eco que a ella le parece infinito. Vicky siente tanta presión en el pecho que podría explotarle allí mismo. Enseguida un golpe muy fuerte de cristales rotos retumba en la casa. Se encoge en cuclillas y se cubre la cabeza con los brazos.

Una hormiga recorre su frente, se la sacude y la mira caminar en la alfombra. La sensación de patitas caminando en su cuero cabelludo se intensifica. Se sacude el pelo y diez o veinte hormigas caen en la alfombra. Abandona su escondite y al subir al vestíbulo, el candil está hecho añicos en el suelo. Sale corriendo sin cerrar la puerta.

A primera hora de la mañana saca dinero de una de las cajas de zapatos. Una parte la guarda en el monedero y la otra dentro de su escote.

211

Se dirige a la parroquia cercana y solicita un novenario a nombre de Juan Pablo Delgado. Aunque la persona detrás del escritorio no es una señora mayor, usa las gafas en la punta de la nariz. Vicky le entrega cien pesos.

—A partir de mañana se hará la mención, ¿en misa de siete está bien?

Vicky asiente.

La mujer apunta el nombre de Juan Pablo Delgado en cada página de la agenda hasta completar los nueve días. Saca un bloc de recibos de un cajón y anota la cantidad con número y letra. Le pregunta a Vicky a qué nombre hace el recibo. Vicky le dice que debe irse y que no necesita recibo.

Después irá al mercado Escobedo para hacerle una visita a Yolanda.

Forever Young

Cuando era niña me basaba en la fecha de mi cumpleaños para entender la dimensión del tiempo. El antes y el después. El 11 de marzo de 1994, el día que mi mamá se fue, se convirtió en mi nuevo parteaguas para todo. Me preguntaba si mi mamá ya se había ido o no como referencia. Ahora creo que, sin duda, mi nuevo punto de partida será el 6 de noviembre de 1996: el día que maté a un hombre. Creo que debería nombrar este día con un pseudónimo. El día de la pala, no. El día del ataque. No. El día del asesinato. No hay otra manera de nombrarlo, por mucho que me duela decirlo. Soy una asesina, a las cosas hay que decirles por su nombre, es lo que dice mi papá. Siento la saliva como nata en la garganta. Sé que después de esto nada podrá causar un mayor impacto en mi vida.

Hoy es sábado. Han pasado diez días ya. Los sábados solía ir al tenis con Laila. Al terminar íbamos al vapor, nos bañábamos, nos arreglábamos y la perdedora del día invitaba el desayuno en el restaurante del club. Normalmente paga ella porque siempre le gano. Hoy por primera vez desde el día del asesinato voy a jugar tenis. Laila me llamó y quedamos de vernos en las canchas.

Me siento fuera de lugar. No debería hacerlo, ni jugar tenis ni volver a salir a la calle. Yo ya no soy yo. Ahora soy alguien que hizo algo muy malo y no merece que le pase nada bueno. Saco unos pants de mi clóset, hace mucho frío como para usar shorts. Me visto. Meto una muda de ropa y un suéter a mi maleta.

No. No puedo ir.

Suelto la maleta. Doy un salto a mi cama y me cubro con las sábanas. Quizá si me quedo así, mis pulmones y mi estómago dejen de sentirse menos comprimidos. Me he tomado todas las medicinas que el doctor me recetó y no termino de curarme.

El tiempo lo sana todo, dijo Vicky ayer que me vio llorando. Me dio un té y ahora sí me lo tomé. No sé cómo se atreve a darme consejos si ella todo el día trae cara de angustia y se rasca la cabeza como perro sarnoso.

Ale, tengo algo que decirte, dijo mientras yo le daba el primer trago a mi té.

Al principio, yo quería que fuéramos novios, confesó. Escupí la manzanilla al escucharla.

¿Andabas con ese tipo?

No, yo no…

¿Maté a tu novio?, le reclamé furiosa.

¡No!, Alejandra, ese hombre no era mi novio, gritó Vicky. Había rabia en sus ojos, como el día que me apretó.

Vicky, eso cambia todo, le dije a punto de llorar.

¡No era mi novio!, entiende, ese desgraciado no era nada mío, nunca vuelvas a decir eso, me amenazó.

Nos quedamos en silencio. Cerró la puerta y no volvió a mencionar nada. La idea de ellos dos juntos me carcome y me hace sentir náuseas. Espero que diga la verdad.

Aviento las sábanas y me levanto. Necesito salir. Bajo las escaleras corriendo para no tener que hablar con Vicky. Estoy furiosa con ella. Nunca mencionó que tuviera algo que ver con él. Es increíble que me haya ocultado algo tan importante. Podría ser el fin de mi vida, ¿y todo para qué?

Me echo de reversa para salir del *garage*. Freno antes de incorporarme a la calle. A mi derecha, la casa nueva se ve reluciente. Parece una de esas mega casas que publican en la revista *¡Hola!*, con todo y palmera y sus florecitas. Evito mirar hacia allá. Tengo palpitaciones y piso el acelerador para largarme ya de aquí.

¿Por qué te tardaste tanto?, me reclama Laila con su raqueta en la mano. Parece que ella no tiene frío porque lleva puestos unos minishorts supercortos y un top. Se ve perfecta, *as usual*. Claro, como Gustavo también viene al club los sábados, Laila no pierde oportunidad para lucirse, así le dé pulmonía.

Estira los brazos hacia un lado y hacia el otro para calentar. Está lista para empezar el partido. Yo me siento entumida y sin energía. Meto dos bolas en el bolsillo de mi pantalón y me posiciono en mi lado de la cancha. El sol radiante baña mi cuerpo, aunque el viento es helado y hace que me escurra la nariz.

Laila saca primero. Respondo y cae fuera de la línea.

Quince cero favor mío, grita Laila.

Tres golpes ella, tres yo y la pelota se me escapa en el cuarto.

Pierdo el set. Me toca sacar, es bueno, me la regresa y le pego tan mal que la pelota sale volando por encima de la valla.

Cero treinta, anuncia.

La saliva sigue remolineándome en el gaznate. Alguien me pasa otro par de pelotas. Sostengo una en alto, la lanzo por encima de mi cabeza y antes de dar el raquetazo rompo en llanto. Es incontrolable. Odio que la gente me vea llorar, pero juro que no puedo contenerme.

Laila corre a consolarme.

¿Qué te pasa, Alelí?

No puedo hablar, se me atragantan las palabras y las lágrimas. Sentadas en la arcilla, me abraza y yo con los brazos flojos no dejo de berrear. Las jugadoras en la cancha de al lado se acercan a preguntar en qué pueden ayudar. Creen que me lastimé. Laila les da las gracias y les dice que estoy bien, amable y linda como es ella.

Vámonos, susurra.

Me lleva al fondo del vestidor de damas y entre los casilleros me deja llorar a pierna suelta hasta que solo doy suspiros.

¿Ya me vas a decir qué te pasa? Es por tu mamá, ¿no?, pregunta y me pasa un Kleenex.

Ajá, miento.

Pobrecita, dice.

Pobrecita, ¿yo?, pienso.

¿Cómo te caería un sábado de *movies*? Le digo a mi mamá que nos pida pizzas, rentamos tres pelis en Blockbuster y nos comemos un kilo de chocolates, ¡di que sí!

Ok, respondo.

Aunque no tengo ganas de nada, su plan suena bien. Ya que Laila me ve tranquila nos despedimos.

Te espero en mi casa, me dice desde su coche.

Llamo a mi papá desde el teléfono de la recepción del club y le pido permiso de ir a casa de Laila y, cosa rara, accede sin hacérmela de tos.

El viento congelado me pega en la cara. Entro a mi coche. Está calientito porque me estacioné en el sol y me reconforta. Prendo el motor, pero no me muevo todavía. Permanezco allí, en el radio suena una estación de música de los ochenta. *Every Breath You Take*, me fascina. La escucho con los ojos cerrados. Subo el volumen. Poco a poco mis manos entran en calor.

A media canción alguien golpea con el nudillo la ventana del copiloto. Es Gustavo, trae puesta su ropa del gimnasio. Abro los seguros y se sube. La canción termina y empieza *Forever Young*, me pone la piel de gallina porque es una de mis canciones favoritas. Me mira, estoy nerviosa, debo traer una cara espantosa de tanto llorar. Me pide que me acerque a él, me estruja entre sus brazos y me da besitos en la comisura de los labios.

Dale a mi casa, niña, me dice serio, como si me lo ordenara y yo obedezco. En el trayecto permanecemos callados. La canción termina y empieza otra que no había oído nunca. Llegamos y me señala el lugar que debo ocupar en el estacionamiento.

Entramos a su casa. Me lleva de la mano, subimos las escaleras. Nunca había entrado, pero conozco perfecto el lugar. Lo he visto miles de veces. Huele a pino. Ya pusieron el árbol de Navidad y eso que todavía estamos en noviembre. Miro el enorme laurel de mi jardín a través del ventanal.

Su habitación es más grande de lo que yo había percibido. No hay nadie en su casa. Cierra la puerta y me recuesta a su lado en la cama.

Estás temblando, tranquila, me dice.

Me besa despacio y me acaricia la cara con el pulgar. Miro de reojo hacia mi casa y siento como si el árbol nos observara atento. Sonrío por dentro de imaginarme espiándonos. Me encantaría verme desde allá.

Nuestros besos dejan de ser lentos, se vuelven más húmedos y la respiración de los dos se acelera. Besa mi cuello y la piel se me eriza. Acaricia mi pecho. Gustavo me mira como si pidiera permiso y no digo que no. Se quita la camiseta y yo la blusa.

Estás preciosa, me dice al oído.

Me baja un tirante. Me tenso. Nunca había llegado tan lejos con nadie. Baja el otro tirante y me desabrocha el brasier. Quedo al descubierto y me cubro las bubis con las manos. Nota mi incomodidad y jala una cobija para taparnos. Recorre mis pezones con la lengua, al hacerlo, todo mi cuerpo se sensibiliza. Acaricio su pelo.

El techo del cuarto es de madera, hay un ventilador. Los pósters de las bandas de rock. Su lengua sigue en mis pezones. Nos reflejamos en la tele en donde ve videos. Sus besos regresan a mi boca. Baja mis pants.

No, le digo.

Confía en mí, susurra.

Sonríe y sigue besándome. Huele delicioso, a ropa limpia y a loción. Avienta mis pants al piso y me baja los calzones despacio. Más besos. Me acaricia con los dedos, es increíble. Siento la necesidad de abrir las piernas. Más besos. Sus dedos resbalan porque estoy húmeda y los mueve en círculos lentos. Es delicioso. Me pierdo en lo que siento. Una punzada muy intensa como descarga me electriza completa y después algo dentro de mí explota. Pequeños calambres entre las piernas. Nunca había experimentado algo así. Ya no aguanto que me toque. Tengo ganas de llorar otra vez, pero esta vez sí me contengo. Sus ojos cercanos a los míos. Su boca me roza el mentón.

¿Te *veniste*?, me pregunta al oído. Me da pena su pregunta y escondo la cara debajo de la almohada.

¿Sí o no?, insiste sonriendo.

No sé, respondo.

Me muero de pena. Ni siquiera andamos. ¿Qué va a pensar de mí? Me quita la almohada de la cara y me acaricia.

Estás guapísima, me fascinas, dice y me besa otra vez.

Se baja los pantalones y también los calzones. Siento el roce de su piel en todo el cuerpo. Me estremezco. Se acomoda entre mis piernas.

No puedo creer lo que está pasando. Gustavo Santini sobre mi cuerpo. Presiona su pene contra mí. Estamos a punto de hacer el amor. No lo puedo creer.

Veme a los ojos, me dice. Me duele, todavía no ha entrado y ya no resisto. Empujo su cadera hacia atrás.

Aguanta un poco, mi niña, dice y me chupa el lóbulo de la oreja. Más besos. Me rindo. Presiona otra vez con más fuerza. El dolor que siento es intenso pero soportable. Entra en mí.

¿Estás bien?

No te muevas, respondo.

Se queda quieto. Lo siento dentro de mí. Mis piernas lo abrazan con fuerza y comienza a moverse muy despacio. Me escucho gimiendo.

¿Te duele mucho?, pregunta preocupado, ¿quieres que pare?

No. No pares, le digo.

Me besa y se mueve adelante y atrás. Duele, pero siento rico. Todo mi cuerpo se calienta. Empiezo a llorar, solo que no es de tristeza, es entre felicidad y desesperación. Me abandono. Se mueve un poco más rápido y me llena de besos. Ya casi no me duele.

Me voy a venir, dice agitado.

Se sale y siento gotas de semen caliente que caen en mi ombligo. Me da otro beso y se acuesta a mi lado boca arriba. Resopla. Alcanza una caja de Kleenex de su buró y se limpia. Sigue agitado. Me pasa uno a mí. Es muy pegajoso y siento que lo tengo embarrado por todas partes. Después de limpiarme como diez veces me paro envuelta en la cobija al baño. Hago pipí y al limpiarme noto sangre y un flujo viscoso. ¿Será semen?

Regreso a acostarme. Se pone los calzones y sonríe con las manos en la cintura.

¿Te gustó?

No le contesto. Me siento feliz y apenada y quiero vestirme, pero no quiero que me vea. Se acuesta frente a mí y me rodea con los brazos, me encojo como si me guardara en él. Lloro en silencio. Me da besos y me acaricia la espalda.

Fue tu primera vez, ¿verdad?

Sí.

Me gira, me abraza de cucharita mucho rato, me hace a un lado el pelo y me da besos suaves en la nuca.

Prende la tele. Vemos una película vieja y se queda dormido. Por primera vez en días o quizá en años, me siento feliz. No me cambio por nadie. Yo no me duermo, no quiero perderme ni un segundo de su cuerpo. Me quedo quieta para no despertarlo, me gusta sentir su respiración. Quisiera que este momento no se terminara jamás.

La película termina y en el noticiero de las dos anuncian que el secuestro de un avión Boeing 767 de Ethiopian Airlines, por hombres armados con cuchillos, termina en la muerte de ciento veintitrés pasajeros al estrellarse en el océano Índico.

Imagino cómo se verán ciento veintitrés cadáveres. Ciento veintitrés muertos flotando en el mar y mis órganos del cuerpo se sienten comprimidos, y la angustia regresa, ahora con más potencia.

Consulta

Al salir del Palomar, Vicky pasa de largo sin mirar la casa de campaña en donde ha dormido la familia de Juan Pablo. Se aleja y se detiene en la banqueta de enfrente a observarlos. Se imagina diciéndole a la mujer que su esposo la había golpeado y violado, que los moretones en sus piernas se los había hecho él. Es un pensamiento tonto, pero ganas no le faltan.

¿También le vas a decir que te untaste toloache?

Al ver a los niños, su coraje se convierte de nuevo en culpa. Camina apresurada hacia la parada del camión. El colectivo hará veinticuatro paradas antes de llegar al mercado Escobedo. Vicky recarga la cabeza en la ventanilla y musita una y otra vez su solicitud a Yolanda. Va a pedirle que le ayude a que Juan Pablo la deje en paz.

Se endereza sobre su asiento y dice en voz alta: Vengo a pedirle un favor. No, un favor no. Tengo un problema, sí hasta allí va bien, mi problema es un hombre que falleció… o podría decir espíritu o fantasma. Descarta mencionar la palabra *fantasma*, eso no se oye bien, murmura. La gente en el transporte se le queda viendo, pero ella absorta en sus cavilaciones no lo nota y continúa hablando sola hasta que llega a su destino.

Al bajar del camión, la reciben las jaulas de canarios, cotorros y gallinas. El vendedor le ofrece un pajarito amarrado de un hilo a su dedo y se lo acerca, el aleteo espanta a Vicky.

—No, gracias —responde y acelera el paso.

Naranjas, sandías, aguacates y manzanas en simétricos montículos. El aroma a piña recién partida le acaricia la nariz. Conforme avanza por los pasillos, los olores cambian: manteca, caño, barbacoa, cloro, pollo crudo, mandarinas y de vez en vez se asoma el permanente hedor a podrido.

Sus sandalias rechinan al contacto con el piso pegajoso. Los corredores atestados. La gente con prisa va y viene con bolsas retacadas de mercancía.

La fila en el local de Yolanda da la vuelta hasta el siguiente pasillo. Tardará por lo menos dos horas en entrar, puede que más. Toma un turno y se forma, resignada. Ahora, predomina el olor a pan recién horneado que proviene de la panadería a pocos metros de allí. Repasa una vez más lo que le dirá a Yolanda.

Después de una hora de espera, Vicky al fin se acerca al local. Mary, la niña que atiende, se encuentra atareada: surte, cobra, prepara pociones y vende amuletos. Al fondo, las lucecitas de los ojos de la Santa Muerte observan a Vicky como si la saludara. Esta vez no siente miedo, aunque la calavera sigue pareciéndole siniestra, ahora es su aliada.

Vicky le pregunta a Mary si tiene estampitas para rezarle a *Ella*, y le señala la calaca con la mirada. Se da cuenta de que todavía no se atreve a pronunciar su nombre delante de la gente. La niña le muestra un altero de imágenes y oraciones amarradas con ligas. La etiqueta con el precio de las estampitas es de cinco pesos. Vicky sortea entre santos, vírgenes y ángeles hasta encontrar una de la Santa Muerte. En ella se esboza la calavera con un manto, de un lado sostiene un mundo y del otro una guadaña. La toma y saca una moneda de cinco.

—Esa es a veinte —aclara Mary.

Vicky inserta la imagen en su monedero y paga. La fila parece no avanzar en más de treinta minutos. Presiona con las manos su zona lumbar. Tanto tiempo de pie le provoca ramalazos de ardor en la espalda. La cabeza le aguijonea a la altura de las sienes.

Yolanda la llama al cumplirse las dos horas cuarenta y nueve minutos de espera, justo cuando Vicky estaba a punto de renunciar e irse. El intenso olor a copal la abruma al ingresar al cubículo. Una veladora blanca ilumina la cara de la chamana.

—Hola otra vez, linda, ¿en qué te puedo servir? —dice con voz aguardentosa.

—Señora Yolanda, el hombre del amarre falleció y no me deja en paz —espeta Vicky. No dijo buenas tardes, ni recurrió a ninguna de las frases que había confeccionado antes de llegar.

—Te lo advertí, ¿sí o no? —dice Yolanda mientras enciende una segunda veladora, solo que esta es de color púrpura. Vicky cabildea la manera de explicarle lo que pasó sin que se le escape información comprometedora. La mujer la observa impaciente.

—Es que me llama y se me sube en las noches —increpa Vicky.

Yolanda la escruta con el ceño fruncido, inclina la cabeza hacia adelante y chasca la lengua en señal de desaprobación. Una sonrisa torcida le distorsiona el rostro y suspira de manera teatral.

—¿Cómo murió, linda?

Vicky no logra articular frase, su nerviosismo le impide pensar en otras palabras que no sean: lo matamos. Vicky sospecha que, aunque no ha dicho nada en voz alta, Yolanda puede escucharla.

—Mmm, con eso, ni yo puedo ayudarte, linda. ¿Algo más?

Vicky se ve tentada a exigirle que la ayude, a decirle que se está volviendo loca, que no soporta su presencia, que quiere matarlo de nuevo, que necesita que se vaya.

Yolanda se cruza de brazos y se recarga en el respaldo de su sillón. Fija la vista sobre el hombro de Vicky, como si mirara a alguien y da un guiño al aire. Vicky siente una respiración cerca del oído y de pronto una diminuta hormiga camina por su mejilla. La aplasta con un dedo. Se encuentra aterrada y le dan ganas de salir corriendo, pero permanece impávida.

—¿Algo más, linda?

—¡Ayúdeme, por favor! —le implora Vicky. Yolanda niega con la cabeza y llama al siguiente turno. La cortina se abre de golpe. Vicky sale del cubículo cabizbaja, le tiemblan las manos. Se dirige a la salida y Mary la detiene para cobrarle la consulta.

—Trescientos, más lo que quedó a deber la vez pasada, serían seiscientos.

—No, es que no me ayudó en nada —responde Vicky.

—La pura consulta vale trescientos, ya si se le receta algo más, es aparte.

Vicky siente que la sangre le hierve. Se niega a pagar y da un paso adelante, la niña le prensa el brazo y le repite la cifra a pagar.

—Si no, arréglese con ella —dice y señala el cubículo.

Lo que menos quiere Vicky es volver a hablar con Yolanda, teme que la corpulenta mujer lea sus pensamientos o que la maldiga, si no es que ya lo hizo. Se jalonea para zafarse, pero Mary la pellizca y no la deja ir.

El mercado comienza a girar lento y poco a poco gana una velocidad similar a la de los juegos mecánicos de las ferias. El tufo a basura satura el ambiente. Un dolor intenso le hiende el ojo y le invade la cabeza por completo. Su visión se torna borrosa. La luz violeta se acerca a Vicky flotando como nube por encima de la gente, se desploma y comienza a convulsionar.

Mary, la observa sin expresión. Una señora en la fila grita, ayúdenla. Nadie mueve un dedo. El barullo obliga a Yolanda a salir del cubículo. Se acerca y le clava los ojos a los fisgones que rodean a la desmayada. La fila de pacientes desaparece y se convierte en una circunferencia de gente en torno a Vicky. Con un gesto, Yolanda le ordena a Mary que cierre el local. Mira a Vicky despatarrada en el suelo con la falda gris mojada de orina y se retira parsimoniosa del lugar.

Big My Secret

Me habría quedado a vivir en el cuarto de Gustavo para siempre, pero cerca de las tres de la tarde me pide que me vaya. Sus papás no tardan en regresar a comer. Se despide cariñoso, pero con prisa.

No me atrevo a ir a casa de Laila después de lo que acaba de pasar. Regreso a la mía y me recuesto. Debo hacer pipí como cinco veces seguidas y aún siento ganas de hacer. Me duele un poco al limpiarme. Mis calzones están manchados de sangre. Resulta que era cierto lo del himen roto. Revivo cuadro por cuadro cada segundo que pasé con él, los besos, las caricias, nuestra desnudez. Me beso la mano como si esta fuera su boca y me abrazo. El teléfono suena. Son las cuatro.

¿Qué no vas a venir?, la pizza ya está helada. Te estamos esperando, dice Laila molesta. ¡Ups!, olvidé decirle que no iba a ir.

Sorry, es que me siento mal, le digo con voz quejosa.

Nada te costaba avisarme, Alejandra, y me cuelga. Primera vez que no me dice Alelí. Debe estar furibunda.

Desde mi cama alcanzo a ver el *fairway*. Está nublado. A lo lejos un carrito de golf. El viento sacude los árboles, me hipnotizan.

Estoy segura de que ninguna de mis amigas ha perdido la virginidad todavía. La mayoría, ni a novio llega, son bien ñoñas. Todas menos Laila, ella tuvo novio desde los doce, su primer beso fue a los trece y su ex le tocó una bubi el año pasado. Ella me lo contó, pero de ahí a tener relaciones con alguien, hay una diferencia abismal.

A los quince casi dieciséis, lo peor que te puede pasar es quedar embarazada. La hija de unos amigos de mis papás se embarazó a los catorce y fue un drama mundial.

¿Cómo es posible que una niña de esa edad ande de acostona? No solo salió golfa la niña, ¡increíble que no se haya cuidado!, dijo mi mamá escandalizada cuando se enteró. "Que no se haya cuidado" era su eufemismo para evitar decir que no usó condón. Es una niña educada, ¿cómo es posible?, repitió consternada como veinte veces. Obvio, lo que quería era asegurarse de que me llegara el mensaje de "ni se te ocurra hacer lo mismo". En lugar de hablarme claro y decirme, no vayas a tener relaciones antes de casarte y si lo haces no olvides usar condón.

Hoy, Gustavo y yo no usamos condón y no por falta de información, simplemente no se me ocurrió y a él menos. Si yo me embarazara, mi papá me molería a golpes y me correría de la casa y me volvería a moler a golpes. En ese orden. Trato de recordar cuándo fue la última vez que me bajó. Hace dos semanas… no, hace tres, fue antes de lo del lavacoches. No me acuerdo.

Además, no estoy muy segura de en qué parte del ciclo es cuando el esperma es capaz de fecundar; según yo, es a la mitad. Lo que no sé bien es cómo se cuenta. ¿El día uno es cuando te baja o cuando te termina de bajar? Quisiera haber puesto más atención el día que llevaron al ginecólogo a la escuela para la clase de sexualidad. Estábamos todos muertos de risa y bromeando. Y yo que pensaba que ya lo sabía todo.

Antes de ir a trabajar, mi papá viene a mi cuarto a despedirse. Me toca la frente y pregunta cómo me siento. Creo que le preocupa que vuelva a darme el patatús.

¿No ibas a ir con tu amiga?

Siempre no, papi. Se sienta en mi cama y me pregunta si quiero comida del restaurante.

No, gracias, papi.

¿Lloraste?

Tengo cólico, respondo.

Y de nuevo el recurso del cólico funciona perfecto.

A ver si regresando vemos una película, dice. Me arropa y me da un beso. Su olor a loción estará en mi cachete por horas, no sé por qué se pone tanta. Hace mucho que no vemos una película juntos. Desde que regresé del hospital se ha portado buena onda. Si supiera que hoy perdí la virginidad, se moriría, con lo celoso que es. Y si supiera que maté a un tipo se volvería a morir. Le daría un infarto o un aneurisma o algo así. Sin temor a equivocarme, debo de ser una de las peores hijas de la historia.

Cuando mi papá no está de mal humor, no es tan malo, hasta me cae bien. El otro día me platicó de cuando iba a la universidad. Estudió administración en la Ibero. Me contó de sus profesores y me presumió que el suyo fue el mejor promedio de su generación.

¿Ya sabes qué vas a estudiar?, me preguntó entusiasmado.

Dentro de un año me toca decidir a qué carrera quiero entrar y tendré que estudiar como loca para algún examen de admisión.

Se puso feliz cuando le dije que quería estudiar Mercadotecnia en el Tec de Monterrey. De inmediato asumió que podría encargarme de los anuncios y de las relaciones públicas del restaurante. Ni muerta trabajaría con él, he visto cómo trata a sus empleados y no, gracias, paso. Además, confieso que la que quiere estudiar merca en el Tec es Laila, no se me ocurrió otra respuesta. No quería ver su cara de decepción otra vez y que me sermoneara con el cuento de siempre: no tienes aspiraciones, estás muy consentida, yo a tu edad ya trabajaba y hasta me pagué la carrera con mi sueldo. Ya me lo sé de memoria.

Vero, la psicóloga de la escuela, nos aplicó un test vocacional y los resultados arrojaron que bien podía ser apta para Leyes, Medicina o Comunicación. *Really?*

Yo quería estudiar música, pero mi papá me dijo una vez que esa no era una carrera. El dichoso test me dejó más confundida de lo que estaba porque ninguna de las opciones me llama la atención para nada. Y si saliera embarazada, *forget it*. De todos modos, ya ni siquiera sé si quiero ir a la universidad, para qué, de todas maneras, no creo que yo pueda ser funcional después de lo que hice.

La música era una de las pocas cosas que me unía a mi mamá. A ella también le habría gustado estudiar en un conservatorio, pero para mis abuelos un conservatorio era sinónimo de perdición y pecado. Lo único que le permitieron fue aprender a tocar el piano. Tocaba muy bien, su favorita era *Big My Secret*, la tocaba casi diario.

Una de mis cajas de música, la de carrusel, reproduce esa misma melodía. Cuando recién se fue, le daba cuerda todo el tiempo. Ahora no lo hago porque me duele mucho escucharla.

Critico a la mamá de Laila por cursi, pero lo que sea de cada quien, ella sí se desvive por su hija. La llevó a un recorrido por las mejores universidades del país, en Monterrey, Puebla y en la Ciudad de México. La ha metido a cursos de inducción con todo y que todavía falta un buen para que Laila entre. Y yo aquí tomando puras malas decisiones.

Llamé otra vez a mis tías para pedirles el teléfono de mi mamá. Necesito hablar con ella. Sé que escucharla me haría bien. Las dos me dijeron que no lo tienen. Siempre dicen eso. No les creo nada.

Todo mal. Cómo pudo dejarme así, sin un número, una dirección, algo. Mi mamá nunca ha confiado en mí. Yo jamás le habría dado su teléfono a mi papá, nunca le habría revelado su ubicación. No soy tonta. Es entendible que mi mamá tenga miedo de que mi papá se le aparezca a armarle un pancho o pegarle o peor. Pero ¿y yo qué? Quizás, en realidad a la que no quiere ver, es a mí.

Araña

Vicky abre los ojos, tendida boca arriba en pleno mercado. Distingue los pies de la gente, huaraches, tenis y botas lodosas la rodean y la miran con curiosidad.

—Ya despertó —dice una voz masculina. Vicky se incorpora y se arrastra hasta recargar la espalda en la cortina metálica del local de Yolanda. Un policía se le aproxima acompañado de un joven que lleva en la mano un botiquín. El muchacho se hinca en el suelo para tomarle la presión y escucha sus latidos con un estetoscopio.

—Inhale —indica a Vicky mientras toma el tiempo en su reloj de muñeca—, exhale.

Con una pequeña linterna examina sus ojos.

—Me pasa muy seguido, es una enfermedad que padezco desde niña, no es de cuidado —le dice Vicky.

El paramédico saca unas pinzas, alcohol, gasas y vendas de su maletín. Le limpia la frente y a Vicky le arde.

—¿Puede decirme su nombre? —pregunta el policía, quien sostiene la credencial del Palomar cerca de sus ojos.

—Virginia Méndez López.

—¿Sabe usted que día es hoy?

—Sábado.

—¿Puede decirme la fecha exacta?

—24 de noviembre de 1996.

El muchacho mira la falda de soslayo y Vicky percibe la humedad de su orina. Se siente avergonzada. Se levanta del piso. El paramédico le sugiere que vaya a un hospital a realizarse una tomografía ya que podría presentar una contusión. Ella lo ignora.

Percibe los sonidos magnificados. El cuchillo golpeando contra la tabla del carnicero, el grito de un cargador, el chirriar de una cortina de metal cerrándose. Atarantada, va hacia la parada del camión, la luz intensa del mediodía la lastima, lleva un ojo cerrado y el otro abierto. Siente las miradas de la gente como flechas. La mancha de orina es circular y se le marcó por delante y por detrás a la altura del pubis y, además, huele mal. Quisiera tener algo con qué cubrirse. Mientras espera el camión, una niña de unos siete años la observa con morbo.

—Amá, ira esa señora, se hizo de la chis —le dice con sorna a su madre y apunta a Vicky con el dedo índice. La mujer gira a la niña por los hombros y le dice que se calle. El sol le taladra la mollera a Vicky.

Revisa su monedero y lo encuentra vacío. ¿Se gastó el dinero? No recuerda cuánto traía. ¿Le pagó a Mary? Siente como si su cerebro estuviera adormecido. Le angustia no traer dinero. Se lleva las manos al pecho y solloza. De pronto recuerda que metió un billete en su corpiño. Se palpa y lo halla. Siente la garganta seca y rasposa. Necesita tomar agua.

El colectivo viene lleno, varias personas bajan y no alcanza a subirse. Se encamina hacia el sitio de taxis. Recoge del piso un cartón para taparse la mancha. Espera que el chofer del taxi no vea que su ropa está orinada porque no la va a dejar subirse. No lo hace, se limita a preguntar a dónde quiere que la lleve.

Una vez en la caseta del Palomar, el taxista se muestra renuente a formarse en la fila de vehículos de visitantes porque es muy larga. Le pide a Vicky que se baje allí mismo. Está extenuada, le paga la tarifa completa con tal de no discutir con él.

Camina apesadumbrada y, al llegar al acceso peatonal, se vuelve a encontrar al grupo de personas que había visto en la mañana, solo que ahora gritan consignas. No pasa mucho tiempo para que Vicky ubique a la esposa y a los niños, que juegan a empujarse entre la gente. ¡Queremos a nuestro Filipino! ¡Queremos a nuestro Filipino! Vicky se tapa los oídos al cruzar la aglomeración. Entre empujones y rechiflas, se cuela hasta el acceso. Seis vigilantes resguardan el acceso peatonal para no permitir que se acerquen a la puerta de cristal templado, ya que horas antes le lanzaron huevos e intentaron entrar por la fuerza.

Aliviada de librar el tumulto, observa con fatiga la infinita hilera de árboles del camellón que aún debe recorrer para llegar a la casa. Está a punto de acostarse a descansar un poco en el piso. Sus pies son como dos yunques y le cuesta mantenerse erguida. Marcelino la ve desde la oficina y nota la gasa en su frente. Se aproxima a ella y le pregunta qué le pasó.

—Me caí —responde con parquedad.

—Si gusta, la puedo llevar al domicilio —dice señalando el Tsuru blanco con el logotipo del Palomar en la portezuela. Muy a su pesar, acepta. Exhausta se deja caer en el asiento. Del espejo retrovisor cuelga un rosario de madera y de la perilla del radio un aromatizante de cartón con un dibujo de una muñeca enojada y la leyenda "La Chica Fresita". Los asientos queman y el tablero emana calor.

—Sabe, Virginia, hemos buscado a Juan Pablo por todo el fraccionamiento. Su paradero es un misterio.

—Ajá —responde y abre la ventanilla para tomar aire.

—La misa diaria es un hábito que me inculcaron desde niño. Asisto sin falta a la parroquia de Lomas del Carmen, aquí cerca, y de allí me vengo al trabajo —platica Marcelino con voz ceremoniosa. Vicky lo escucha con fastidio. Se masajea las sienes con los dedos. Necesita su medicina para el dolor.

—Lo curioso es que el padre ha estado pidiendo por el eterno descanso de Juan Pablo Delgado, ¿usted sabe algo de eso?

Vicky pela los ojos sin quitar las manos de su frente. Un fuetazo en el pecho la golpea. Respira profundo para no revelar su nerviosismo.

—No, señor, ¿yo qué voy a saber?

—Verá, pregunté en la sacristía quién había solicitado las misas. Muy amable, la señorita que atiende me dijo que había sido una muchacha de unos treinta y tantos años, de pestañas largas y el cabello trenzado.

Vicky sin querer toca la punta de su trenza y la estira. La suelta en cuanto es consciente de hacerlo.

—También me comentó que la muchacha no había querido dar su nombre. ¿Está segura de que no sabe nada, Virginia?

—Yo no sé nada de eso.

Marcelino se frena en el acceso principal de la casa de los Castillo y ella se apresura a bajar del coche. Él la sigue con calma hasta la puerta.

No te vas a salir con la tuya, ya dile dónde está…

—Los familiares del desaparecido están muy angustiados, Virginia. Usted imagínese, no saber nada de su ser querido. Llevan más de una semana durmiendo a la intemperie en busca de una respuesta. No tardan en mandar a la guardia municipal a desalojarlos. ¿Se le hace a usted justo?

Puras preocupaciones contigo y ahora también se las das a otras familias.

Vicky abre la reja y repite serena que no sabe nada al respecto y le agradece el aventón.

—Sé que usted, Virginia, es una buena persona. No tenga miedo de hablar. Si posee información para dar con su paradero, cuenta con mi absoluta discreción.

—Sí, señor, si sé algo yo le aviso.

Vicky entra a la casa y cierra. Marcelino clava la mirada en ella hasta perderla de vista. Entra directo a buscar a Alejandra. Llorando le dice que Marcelino sospecha de ella. La niña trata de calmarla, pero ella misma está alterada.

Alejandra le pide que le repita las palabras exactas de Marcelino. Cuando Vicky menciona las misas, Ale se exaspera.

—¿Un novenario? Vicky, cómo se te ocurre, no vuelvas a pararte en esa iglesia. Nos van a cachar por tu culpa.

Vicky le explica lo que su Tata le contó una vez acerca de las almas en pena, también le confiesa haber percibido la presencia de Juan Pablo en la casa. Alejandra niega con la cabeza y le asegura que esas cosas no existen. Vicky se encoge de hombros, no espera convencerla de nada.

Esa chamaca con trabajos cree en Dios.

No quiere discutir con ella y se queda callada.

—Y, ¿qué te pasó en la cabeza?

—Me caí en el mercado.

—Tuviste un ataque, ¿verdad? Tienes que ir al doctor, no estás bien —le dice con preocupación.

Vicky insiste en que los doctores le dan desconfianza. Alejandra le explica que necesita atenderse, que su mamá una vez le dijo que su enfermedad mal tratada podía ser mortal. Mortal. Esa palabra retumbó en sus oídos. No se quiere morir.

Pasaron dos semanas más para que Vicky al fin decidiera ir al doctor. Revisa la agenda de la señora Margarita. Busca el número de aquel médico al que una vez vio en compañía de su Tata. Margarita les hizo el favor de llevarlas a una clínica particular y se encargó de pagar la consulta. Hace exactamente diecinueve años, días después del penoso evento del 20 de noviembre. No sabe si aún estará activo después de tanto tiempo.

De acuerdo con los síntomas descritos, en aquel entonces el médico la diagnosticó con epilepsia y le recetó un medicamento que atenuaría las crisis. Desde entonces no ha vuelto. Nunca le dijo que podía ser mortal. Por qué la señora Margarita le habrá dicho semejante cosa a Alejandra.

Tenía dieciséis años, quizá no se lo dijeron por prudencia y por eso su mamá no la dejaba salir ni a la esquina. Puede ser que toda su vida haya estado en peligro y ella ni en cuenta.

Se acuerda de que el doctor tenía un nombre raro, pero no da con él, confía en que al leer su nombre reconocerá al menos el apellido. Después de revisar dos páginas enteras dedicadas a médicos, dentistas y hospitales se da por vencida. Hace memoria y recuerda que guardó la receta de aquel día en la misma caja de zapatos en donde está el acta de defunción de su madre.

Saca todas las cajas porque la que busca está refundida contra la pared. Al fin da con ella, es una caja de corcho que alguna vez albergó una botella de vino. Adentro, la receta de papel azul claro escrita a máquina con el teléfono y el nombre: Dr. Barinagarrementería. ¿Cómo se iba a acordar?, piensa. Le pide ayuda a Alejandra para que le agende una cita porque a ella le da vergüenza llamar.

—¿Me acompañas?

Alejandra acepta con la condición de que le ayude a comprar unas cosas en la farmacia.

—¿Qué ocupas, hija?

—Promete no regañarme, *please* —le dice la niña mientras mira el suelo. Vicky asiente al verla tan afligida.

—Necesito una prueba de embarazo.

—Hija, ¿qué hiciste? Estás muy jovencita para esas cosas.

—No me regañes, me lo prometiste.

El consultorio es un tanto lúgubre, la persiana de la pequeña ventana está cerrada. El doctor revisa su expediente sentado en su escritorio, detrás de él hay un librero de madera oscura con figuras de cráneos y cerebros de plástico. Un cartel con la publicidad de un medicamento. Libros. La luz blanca de la lámpara en el techo parpadea de vez en cuando. Mientras lee el documento, Vicky ve una araña mediana descolgarse desde el techo hasta posarse sobre el hombro del doctor.

—Su dosis debió ajustarse desde hace años, estaba usted tomando lo mismo que le receté a los dieciséis. Pudo haber tenido consecuencias graves, Virginia —comenta molesto. El médico niega con la cabeza y escribe notas en su expediente. Vicky agacha la cara con timidez.

El Dr. Barinagarrementería la pesa, la mide, le toma la presión, revisa sus ojos. Al igual que el paramédico del mercado, el hombre escucha sus latidos con un estetoscopio, le pide que tome aire y lo expulse después de tres segundos. Ya no ve la araña.

Regresan al escritorio. Él la interroga a consciencia, desde cuándo fue su última menstruación hasta con qué frecuencia evacúa. La araña aparece de nuevo, camina por su bata blanca, pasa por su cuello y se mete en el pelo entrecano del pecho del hombre. Le extraña que no sienta las patas de la alimaña. Él toma nota en una hoja de papel.

Le pregunta cuáles han sido sus molestias durante las últimas tres semanas. Las patas de la araña emergen de la coronilla del hombre. Vicky vuelve a fijar su atención en ella.

—Dígame, además de los dolores de cabeza, ¿ha sufrido usted de alucinaciones, ansiedad o insomnio? —pregunta el médico. No parece darse cuenta de la presencia de la araña, se pregunta si debería avisarle, podría sufrir una picadura. Ver al animal le despierta la comezón en el cráneo.

—¿Me escuchó?

—¿Mande?

—¿Que si ha sufrido de alucinaciones, ansiedad o insomnio?

—No, doctor —responde Vicky, necesita rascarse y salir de allí. La araña avanza con dificultad a través del copete esponjoso del médico y este sigue sin inmutarse.

—Con la nueva dosis, los dolores de cabeza y las convulsiones deben disminuir casi a cero —le dice mientras teclea en una ruidosa máquina de escribir. La araña cae en el escritorio y camina hacia una pila de papeles.

Vicky asiente. El doctor extrae la receta del carrete de la máquina de escribir, garabatea su firma y se la entrega a Vicky.

—No olvide que tiene que venir a checarse por lo menos una vez al año, sin falta —su voz es grave y golpeada, Vicky la percibe como un regaño. El doctor abre la puerta y al fin la deja salir.

En cuanto cierra la puerta, Vicky se rasca compulsivamente. La mirada inquisidora de la secretaria la fuerza a detenerse. La receta se ondula por la sudoración en sus manos. Alejandra en la sala de espera la acompaña a la salida. En el estacionamiento, Vicky respira agitada, como si se estuviera recuperando de un ahogamiento. Alejandra intenta tranquilizarla.

Vicky olvidó preguntarle al médico por qué la señora Margarita había dicho que su padecimiento podía ser mortal. No importa. Agradece que don Ricardo le haya dado dinero para cubrir el costo de la consulta y las medicinas, pero no quiere volver a ese consultorio ni ver a ese señor.

Pega la nueva receta del Dr. Enrique R. Barinagarrementería en el espejo de su baño. Ahora recuerda haber leído en letras rojas y subrayado el nombre "Barinaga" en la primera página de la agenda. Cómo iba a saber si no decía nada más. Allí estuvo anotado todo el tiempo.

Everybody Hurts

Vamos a los tacos, tú manejas, propuso mi papá cuando regresó del restaurante. Me pasé todo el día dormitando y viendo la tele. Mi comida de hoy fueron dos rebanadas de jamón y una rebanada de pan Bimbo, así que cuando mencionó la palabra tacos salté de la cama como resorte.

Los sábados en la noche hay poco tráfico, así que aprovecho para conducir lo mejor posible para que no me regañe.

Hoy es la fiesta de Miriam Ramírez, una de las golfistas nefastas y, obvio, no me invitó. A Laila sí porque juegan golf juntas. Miriam es de la generación de Gustavo, él también va a ir. Así que, mientras todo el mundo está pasándola bomba, yo me dirijo a cenar tacos con mi papá. Deprimente. Hace más de tres semanas que estuvimos juntos. Gustavo y yo hablamos por teléfono solo dos veces en todo este tiempo. No nos habíamos vuelto a ver más que de lejos. En las llamadas hablamos lo que había hecho durante el día, cómo le había ido en el examen y de sus entrenamientos, ni pío de lo que pasó entre nosotros.

Al salir del fraccionamiento, vemos que hay unas personas durmiendo en el pasto, junto al minisúper. Son los manifestantes que reclaman al lavacoches. Armaron casas de campaña improvisadas con plásticos y les pegaron cartulinas que dicen: ¡Queremos a nuestro Filipino! Se me revuelve el estómago.

Me preocupa esta gente, insisten. Piensan que el lavacoches está dentro del Palomar, tanta ha sido su necedad que empecé a creerlo. Lo buscamos por todas partes, hasta en los lagos. No está y no nos creen. Ha de andar prófugo o se hizo el desaparecido para sacarnos dinero, así se las gasta esta gente. Ya mi compadre los manda a la fregada el lunes, por fin, dice mi papá aliviado.

Su compadre, el exgóber, el papá de Emi, el todopoderoso que con una llamada es capaz de mover al ejército si es necesario. Se me va el aire al recordar una vez más que yo maté a Juan Pablo.

¿Has hablado con tu mamá?, pregunta de la nada. Espero que no me haya invitado a cenar para hablar de ella, aunque en este momento cualquier tema es mejor que el del lavacoches.

Hace mucho, papi.

¿Y?, dice casual, como si estuviéramos hablando de una amiga. Como si ya no le afectara. Sé que cuando se arranca los padrastros del pulgar está preocupado o nervioso y es lo que ha hecho todo el camino. A mí no me engaña.

Nada, papi, respondo igual de tranquila.

Me estaciono frente a la taquería. Hay mucha gente. En cuanto nos sentamos, un mesero con la ceja rasurada en forma de rayo nos entrega la hojita con el menú y un lápiz. Papá apunta cuatro tacos al pastor, un chicharrón de queso y un agua mineral para él. Y sin preguntarme, pide una orden de bistec y un Sidral para mí.

Papi, no se me antoja eso, yo quiero una gringa y un agua de horchata.

Pero si los de bistec son tus favoritos.

Eran, a los ocho años, le digo.

Papá corrige el pedido y se lo entrega al mesero.

Sobre uno de los refrigeradores de refrescos hay una tele sin volumen. Reconozco de inmediato la película, *Pretty Woman*. Es la única película en la que coincido en gusto con Laila.

Manejas bien, dice mi papá.

Gracias, respondo atenta a la tele.

Entonces no te has vuelto a comunicar con tu mamá.

No, papi.

El mesero trae el plato con mi gringa, el queso derretido escurre por un lado. La baño en salsa verde y la devoro antes de que mi papá termine su segundo taco. Me mira recargado en su mano, parece divertido. Estoy batida de salsa, me limpio con varias servilletas. Me clavo en la película. Adivino los diálogos. Va en la parte en donde Julia Roberts compra ropa en Rodeo Drive y regresa, súper elegante, con la vendedora nefasta que la había tratado mal y le dice: *Big mistake. Big! Huge!* Me encanta, podría verla mil veces.

Se ve que ya te sientes mejor, dice papá al ver mi plato vacío.

Ajá, lo miro a los ojos menos de un segundo y le sonrío.

¿Quieres algo más? Una gringa es muy poquito.

No, gracias, ya estoy llena. Sigo atenta a la tele.

Mi papá ordena la cuenta y la traen en una charola con un puñado de dulces Acuario de varios sabores. Papá me la extiende para que los tome.

O qué, ¿ya tampoco te gustan?

Sí, papi, los amo.

Los guardo en la bolsa de mi chamarra. Quito la envoltura al de cereza y lo saboreo en el camino de regreso.

Llegando al Palomar veo las casas de campaña otra vez. Me pregunto si las personas que están allí tendrán frío, a dónde irán al baño, ellas no estarían ahí si no fuera por lo que hice.

Al bajar la velocidad para estacionarme en el *garage*, vemos la nueva casa de al lado iluminada, parece de anuncio.

Les quedó padre, ¿no?, comenta mi papá.

No respondo, siento latidos en la garganta, el estómago y la cara.

Me parece una casa demasiado grande para una pareja tan joven. Tienen hijos chiquitos, comenta.

Me bajo corriendo y me encierro en el baño. Papá toca la puerta y me pregunta si estoy bien, balbuceo un "ajá" para que no se dé cuenta de que estoy llorando.

Desde el día en que dejé plantada a Laila, el día del club, se ha portado seria y cortante. Cuando se porta así, lo normal es que yo me deshaga en atenciones. Esta vez no he hecho mucho esfuerzo por contentarla. Estoy cansada de que quiera ser el centro de atención.

He ido a la escuela, he tomado mis clases y de vuelta a mi casa. No he tenido humor para nada más. No me ha bajado. Ya debería haberlo hecho. Y para acabarla de amolar, hace mil años que no sé nada de mi mamá. No dejo de pensar en el avión que se estrelló hace poco, ¿qué tal si ella iba a bordo? Me duele el estómago de pensarlo.

Mi papá instaló un identificador de llamadas y cada vez que suena el teléfono corro a contestar en ese aparato. Dejé una libreta y una pluma a lado por si ella llama, ahora sí, aunque no quiera, voy a apuntar su número. No sé por qué Gustavo tampoco me marca. ¿Habré hecho algo mal? Subo al árbol y lo enfoco, está echado en su cama sin hacer nada. Tiene el teléfono al lado y no se le ocurre hablarme. Y yo no me atrevo a llamarlo, porque si quisiera hablar conmigo él ya lo hubiera hecho. Me duele el corazón de tristeza.

Muero por saber qué pasó en la fiesta de anoche. Le marco a Laila para que me cuente cómo estuvo la fiesta de Miriam. Por muy seria que esté, el chisme es su pasión.

Hola, le digo y cuelga.

Vuelvo a llamar.

Laila, ¿me oyes?

Cuelga.

Marco otra vez y suena ocupado. Miro por los binoculares y veo a Gustavo dormido en su cama. Podría llamarme, ¿por qué no me habla?

Conviví con Laila un día antes en la escuela y, sí, seguía enojada, pero por lo menos me hablaba. Hasta desayunamos juntas en nuestra hora libre. No es para que me cuelgue el teléfono.

Voy a su casa y toco el timbre. Abre la muchacha uniformada de azul marino y delantal blanco.

Hola, Panchis, ¿cómo estás?, la saludo como siempre.

No está, dice seria.

Yo sé que sí está, dile que venga, porfis, insisto.

Cierra la puerta en lugar de dejarme pasar y sale Laila con los ojos llorosos.

¿Qué haces aquí?, Alejandra, me pregunta con la voz quebrada.

¿Qué te pasa?, le pregunto.

Ya me enteré de lo que pasó entre Gustavo y tú.

¿De qué hablas?, Laila.

¡No te hagas pendeja!, me grita. Laila no grita y jamás dice groserías. Baja los escalones y me empuja.

Gustavo se lo contó a Emi, Emi a Poncho y Poncho a Miriam. ¡Te acostaste con él en su cuarto el día que no llegaste a mi casa! Por cierto, ya lo sabe toda la escuela.

Al escucharla siento como si una capa de piel se me cayera. No digo nada, mi cuerpo se incendia por dentro, no solo el estómago, también el cerebro, los ojos y todo lo demás.

¡Qué poca madre!, sabías perfecto que Gus y yo estábamos a punto de andar, dice apuntando su dedo muy cerca de mi nariz.

Laila, nunca quise… perdóname.

Y yo como estúpida esperándote con pizza y películas, se me acerca y me empuja otra vez.

Él empezó, le digo para justificarme. Me ve con asco.

Eres una zorra, igual que tu mamá, porque eso es lo que todo el mundo dice, ¿eh? Que ella los abandonó a ti y a tu papá para escaparse con un tipo.

Laila, no te metas con mi mamá.

Es lo que dicen y tú eres igual. Vete, no quiero volver a verte, dice y azota la puerta.

Tanto que mi papá se esmeró en fingir cuando le preguntaban por mi mamá. Él pensaba que le creían el cuento de que se había ido a España. Ni fiesta de quince años pude tener y todo para qué. Ahora estoy segura de que la gente nos preguntaba por ella solo por el morbo de ver nuestras caras de tontos.

Saliendo de ver a Laila fui a buscar a Gustavo. Quería reclamarle y gritarle. Apenas abrió la puerta y me suplicó en voz bajita que nos viéramos más tarde porque, como era domingo, su hermana estaba de visita con su esposo y sus hijos. Me sentí ridícula, fuera de lugar y tonta. Se apareció en mi casa hasta las diez de la noche. Yo ya estaba en piyama.

¡Emiliano es un pendejo!, me prometió que no le iba a decir a nadie, me dijo indignado.

¡Tú no debías decirle a nadie, a nadie!

Se arrodilló y me abrazó las piernas, me pidió perdón como veinte veces. Se levantó y con las manos en mis mejillas me pidió una oportunidad de arreglar las cosas.

Niña, eres preciosa, y no solo por fuera, me fascina tu forma de ser y me encantó hacerlo contigo. Me encantas, perdóname, por favor, dijo y me dio un beso largo y húmedo. Me derretí y lo abracé. Me limpió las lágrimas y me prometió que él se iba a encargar de desmentir el chisme y que además le iba a partir la cara a Emi.

Te amo, le dije sin pensar. Sonrió.

Gracias, respondió y me besó otra vez.

Se fue dando brincos y de lejos me lanzó otro beso. Lo que no me quedó claro después de hablar con él es si ya éramos novios o no, si seguiríamos viéndonos o no. No le dije que no me había bajado por temor a que dejara de hablarme de nuevo. Ya encontraré el momento.

El lunes, en lugar de asistir a la escuela, acompañé a Vicky al doctor. No me atreví a encarar a mis compañeros, no después de lo que dijo Laila. Espero en la sala del consultorio del Dr. Barinagarrementería. Hojeo las revistas médicas, son aburridas. La secretaria se lima las uñas.

Vicky sale del consultorio con dos recetas en la mano. Se acerca al escritorio de la secretaria para pagar. Parece como si tuviera pulgas porque no para de rascarse.

Salimos de la clínica. Está muy alterada, como asustada, respira agitada y le pido que se calme. A veces no sé qué hacer con ella, es como si perdiera el control y ya no fuera la Vicky de siempre. Como si el adulto responsable fuera yo y no ella.

Una vez en el coche, le doy dinero para que se baje en la farmacia a comprar sus medicinas y lo que le encargué. No me atrevería a comprar una prueba de embarazo yo sola. Me daría mucha pena hasta con la persona que atiende.

Una vez en mi casa subo a mi cuarto y, antes de cerrar la puerta, Vicky entra. Le pido que me deje sola, pero me dice que me espera ahí, que está con el Jesús en la boca.

Me encierro en el baño. Abro el empaque de la prueba marca Predictor. Leo las instrucciones. Debo hacer pipí sobre un palito de plástico. Por más que trato de evitarlo, me mojo la mano. Tomo un pedazo de papel de baño, me limpio y seco la prueba. La coloco encima del tanque del escusado. Espero. Una de las líneas ya es magenta. No quiero ver.

¿Qué pasó?, pregunta Vicky desde afuera.

Todavía no sé, yo te aviso, respondo impaciente.

Una vez que se cumplen los quince minutos sugeridos, respiro profundo, cierro los ojos y coloco la prueba frente a mí. Cuento hasta tres y los abro. En teoría, una rayita significa "no embarazo", dos rayitas "felicidades, usted está embarazada". La primera línea ya la había visto dibujada desde hace rato. La segunda, no sé, alcanzo a distinguirla borrosa, allí está y es rosa pálido. Espero cinco minutos más. Permanece del mismo color. Regreso al instructivo y busco qué significa la rayita rosa pálido. No dice nada. Al final en las letras chiquitas sugiere "en caso de existir dudas repita la prueba".

Ale, ¿qué pasó?, insiste Vicky.

Salgo del baño frustrada y le enseño la prueba.

Tú, ¿qué ves, una o dos?, le pregunto. Inclina la cabeza y se rasca el cuero cabelludo. Tampoco sabe.

En una revista *Cosmopolitan*, leí que se recomienda hacer por lo menos tres pruebas caseras si se sospecha de embarazo. Son justo las que compré, tres. Le entrego a Vicky la primera y entro al baño con las otras dos cajas. Todas terminan igual: una línea rosa fuerte, la otra, rosa pálido.

Vas a tener que sacarte sangre, me dice.

¿Me acompañas?, respondo con la voz quebrada.

Vamos mañana, hija.

Me quiere abrazar. Le pido que me deje sola, enciendo el estéreo a todo volumen y pongo mi canción favorita de R.E.M, *Everybody Hurts*.

Tengo adoloridas las bubis, dicen que es un síntoma de embarazo. Me escondo debajo de mis cobijas, pero no puedo huir de mi cerebro y llega todo al mismo tiempo. Los cuchicheos y las caras burlonas de mis compañeros que me esperan en los pasillos de la escuela. Maté a una persona y, aunque nadie se entere, nunca voy a volver a respirar con tranquilidad. Creo que ya ni siquiera extraño a mi mamá. Pienso en el avión en el que a lo mejor iba y que explotó. No me ha bajado. Me quiero morir.

Mochila

Vicky envuelve las pruebas de embarazo en servilletas, no quiere tirarlas en el basurero dentro de la casa y arriesgarse a que Castillo las vea. Las introduce en una bolsa blanca y sale a desecharlas en el contenedor que se encuentra en la cochera.

Allí es exactamente en donde Juan Pablo la atajó aquel día. Mira hacia atrás y se ve reflejada en la carrocería de la camioneta negra que era de la señora. Baja la mirada y algo junto a la llanta trasera llama su atención. Se acuclilla y jala la correa que se asoma: la mochila del Atlante.

Se le aflojan las piernas y cae al tratar de dar un paso atrás. Verla es casi como verlo a él. Mira en todas direcciones con nerviosismo y abraza la mochila como si fuera un bebé. Rumbo a su habitación, el rottweiler la intercepta. Olfatea el bulto y salta para tratar de arrancárselo. Lo esquiva temerosa. Entra a su cuarto y se encierra con llave. Tyson ladra desde afuera. Arroja la mochila sobre su cama y camina de un lado a otro.

Gracias, Diosito, por no permitir que la hallaran. Gracias, poderosa Santa Muerte, reza en voz alta. Tiene el pulso acelerado.

Echa eso al basurero, que te van a cachar.

Niega con la cabeza y regresa a la cochera determinada a tirarla a la basura. El perro la acosa. Le lanza un mordisco a la tela, pero Vicky la alza por encima de su cabeza para que no la alcance.

Destapa el contenedor, la arroja y le da un manotazo a la tapa. Se da la media vuelta dispuesta a volver a sus ocupaciones.

De pronto, recuerda a los muchachos que recolectan la basura. Ha visto que antes de vaciar los botes, pepenan lo que les parece útil. Los ha visto rescatar desde frascos de perfume vacíos hasta un sartén sin mango que ella desechó por órdenes de la señora. No puede arriesgarse a que la encuentren. La saca del basurero, la sacude y regresa a su cuarto.

La búsqueda de Juan Pablo Delgado se detuvo en el fraccionamiento. Fue exhaustiva, incluso contrataron buzos para buscarlo en el fondo de los lagos del campo de golf y los parques. Pensaban que podía haberse ahogado en uno de ellos.

También desalojaron del acceso a los manifestantes, en su mayoría familiares de Juan Pablo. En la caseta de vigilancia todavía hay un cartel con su fotografía en blanco y negro con la leyenda: Desapareció el 6 de noviembre, si lo ha visto favor de llamar a…

Sostiene la mochila y con las yemas de los dedos roza el bordado del Atlante. Abre el cierre y la voltea al revés para vaciar el contenido sobre su cama. Cae una esponja percudida y dos trapos que huelen a humedad. Una envoltura de Sabritas a medio terminar, migas de cacahuates japoneses y frituras sobre la colcha. También dos tazos, las fichas de plástico con dibujos animados que aparecen en las bolsas de botanas, y un bote de almorol casi nuevo.

Abre el cierre interior. Hay una botella de champú, la destapa y el intenso olor a alcohol produce ardor en sus ojos. También encuentra unas llaves y una cartera azul de tela. Despega el velcro y la despliega, de un lado, la foto de sus hijos, dos niños regordetes con el pelo de soldado raso. Uno de ellos es sorprendentemente parecido a Juan Pablo, debe ser el mayor. En la otra mica, el retrato de la mujer que también vio afuera del residencial.

Busca en los demás compartimentos, encuentra un escapulario verde, *tickets* doblados, un recibo de luz y la cartilla del servicio militar. En la foto luce más joven, la compara con la foto del hijo, son prácticamente iguales. Un escalofrío le eriza la piel. Coloca el recibo de la luz en su buró y guarda todo lo demás en la mochila. La envuelve en una bolsa negra y la esconde debajo de su cama.

Psst.

Vicky mira sobre su hombro. Su frecuencia cardiaca se eleva. A lo mejor Juan Pablo se enojó porque encontré su mochila, piensa. Se sienta en la esquina y recarga la espalda contra la pared.

Psst.

¡Ya!, por favor, ¿qué más quieres? Llora y escruta con detenimiento cada centímetro de los muros, de los muebles y los pliegues de la cortina en busca de cualquier indicio de la presencia del hombre. No encuentra nada extraño salvo sombras que, al poco tiempo de observarlas, adoptan formas reconocibles.

Una mano detiene a la otra para no temblar, después de un par de horas su cabeza se ladea y se queda dormida sobre sus rodillas.

Despierta entumida alrededor de las cuatro. Estira su espalda con contracturas. Un ligero tronido le causa alivio y poco a poco recupera el movimiento. Se mete a bañar, debe ir con Alejandra al laboratorio de análisis clínicos.

Vicky visualiza a Alejandra con una barriga de embarazo. Yo con gusto cuidaría al bebé mientras ella va a la escuela, piensa. Sin embargo, le preocupa la reacción de don Ricardo ante un embarazo no deseado.

Se viste y se peina de raya en medio con una trenza. Son las cuatro veinte. Como es su costumbre cuando debe esperar, enciende el cirio y comienza a rezar el primer rosario. No sabe si este acto ofenderá a la Santa Muerte o si, en todo caso, su venerada Virgen de los Dolores de Soriano ya nunca más la escuchará por su reciente traición. Decide continuar sus rezos y adormilada farfulla los avemarías.

Alguien intenta abrir su puerta. Vicky se sobresalta y sostiene un zapato como arma.

—¿Quién? —pregunta con la voz temblorosa.

—Soy yo, ¿puedo pasar? —responde Alejandra.

Entra aún en piyama. Vicky está hincada con el zapato en la mano y la veladora encendida.

—¡Ya me bajó! —le dice y la abraza. Salta de gusto sobre la cama que rechina.

—Bájate de ahí que se va a romper —le dice Vicky, sonríe y aprieta el rosario con la mano en señal de agradecimiento.

—¿Por qué estás vestida? —pregunta Alejandra.

—Para ir al laboratorio.

—Faltaban tres horas.

Alejandra sale del cuarto y desaparece en la oscuridad. Vicky se arrodilla y saca la imagen de la Virgen y la coloca a un lado de la de la Santa Muerte.

Amanece. Vicky lee por enésima vez el recibo de la Comisión Federal de Electricidad a nombre de Juan Pablo Delgado. No logró conciliar el sueño después de la visita de Alejandra en la madrugada. Esconde la mochila debajo de su cama y se dispone a salir.

Son las 7:30 a.m. Para llegar al domicilio, Sastres 22b, San Pedrito Peñuelas, debe tomar el colectivo número diecisiete, lo sabe porque ha visto el letrero de San Pedrito Peñuelas escrito con pintura en el parabrisas de esa ruta.

Sube y pregunta al chofer de la unidad qué tan lejos se encuentra, él responde que solo son ocho paradas. Vicky hace cuentas y, según sus cálculos, ocho paradas deben de tomar como máximo unos treinta minutos.

El sol de la mañana entra de lleno por las ventanillas y calienta sus manos entumecidas por el frío. Vicky baja en cuanto el chofer le anuncia con un grito: ¡Peñuelas! El camión arranca y la deja en medio de una nube de humo. La calle desierta. Una barda saturada con varias capas de grafitis. En la acera de enfrente hay una miscelánea de nombre Lulú. Entra y pregunta por la calle Sastres.

—No sabría decirle —responde la encargada.

En lo alto de las bardas busca los señalamientos de las calles. Solo la avenida principal tiene nombre. Pregunta a un vendedor ambulante de escobas que empuja un carrito.

Le señala hacia la izquierda. Camina varias cuadras hasta que ve escrito el nombre de Sastres con brocha. La calle carece de pavimento y banquetas. Cuesta arriba, las piernas empiezan a pesarle y la respiración se le dificulta. La pendiente es muy pronunciada. Perros callejeros toman el sol echados en el piso de tierra. Cables se descuelgan de los postes de luz y de teléfono enredándose de un lado a otro de la calle como telarañas. La numeración de las casas a medio construir es confusa. Después del ciento uno continúa el trece y enseguida el ciento diez. No logra descifrar la secuencia, tampoco tiene la certeza de llevar el rumbo correcto. Locales con las cortinas de metal cerradas y rayoneadas. Hay dos naves industriales abandonadas.

Necesito hacer del baño, piensa. No ve ningún sitio a dónde ir y continúa su camino. Al cruzar la calle, la numeración comienza a ser ascendente y ordenada: catorce, dieciséis, dieciocho y así sucesivamente.

Se detiene en una casa cuya fachada de tabique no abarca más de tres metros de frente. Varillas y alambres sobresalen de la superficie. El zaguán que alguna vez fue de color crema está teñido de óxido que apareció en los huecos de la pintura descarapelada. Hay un letrero, es el mismo que ha visto en la caseta de vigilancia del Palomar con la foto de Juan Pablo a blanco y negro. A un lado de la puerta, hay un medidor de luz con una protección de herrería y con gis lee 22b.

No va a tocar. La curiosidad de saber dónde vivía Juan Pablo la arrastró hasta aquí. Solo quería ver por dónde caminaba todos los días. De pronto comprende que su presencia allí carece de toda lógica. Aun así permanece afuera de la vivienda por varios minutos.

Escucha voces de niños acercarse. Un balonazo golpea el portón por dentro y ella brinca asustada. El zaguán se abre y dos niños la miran extrañados. Son sus hijos. Cierran y sin dirigirle la palabra se alejan persiguiendo el balón calle abajo. Suda y al mismo tiempo siente un escalofrío recorrer su espina dorsal.

Gira sobre sus talones y los sigue. Le cuesta mantener el paso. Se alejan con rapidez. Siente el ardor de una ampolla recién aparecida en su pie izquierdo. Llegan a una cancha de futbol terregosa. A un lado de la portería se encuentran con tres muchachos que aparentan quince o dieciséis años. Uno sube y baja en una patineta e intenta una y otra vez girarla en el aire mientras salta. Los otros dos fuman y los saludan con un choque de puños. Ella, oculta detrás de una barda, los observa.

—Psst, escucha a centímetros de su oído.

Un sobresalto. A su lado, un individuo de dientes ennegrecidos despide un intenso olor a sudor y orina. Vicky comienza a caminar tan rápido como puede, enchueca los pies para que las sandalias no se le salgan, pero termina por quitárselas y se echa a correr con estas en las manos hasta llegar a una calle transitada. Alcanza a divisar una parada de camión. Atraviesa la avenida y un automóvil está a punto de arrollarla, pero este frena en seco y Vicky continúa corriendo. Sube al primer camión que se detiene. Agitada, avista por la ventanilla para comprobar si el hombre está cerca. Ignora que él no hizo el menor intento por perseguirla.

El autobús avanza durante varios minutos y se aleja del área conurbada. Vicky no se fijó qué ruta tomó. Se encuentra en una zona industrial en donde jamás había estado. Necesita ir al baño de manera urgente. Confundida, observa las calles y no reconoce ninguna. Postes de luz, banquetas, fábricas, semáforos y coches. Las profusas ganas de defecar y orinar la obligan a bajar en la siguiente parada. Camina varias cuadras en busca de un lugar en donde pueda liberar su esfínter. Llega a un terreno baldío, se baja las pantaletas y se acuclilla. Respira aliviada. Ve hormigas muy cerca de sus pies y se desbalancea. La orina le escurre y chorrea sus muslos. No tiene con qué limpiarse. Toma un trozo de plástico polvoriento con el que se trata de asear un poco sin conseguirlo. Se endereza, se sube los calzones y se revisa la falda, la tranquiliza ver que no se ensució tanto.

Camina desorientada sin encontrar la parada del camión. Le pregunta a un señor que se encoge de hombros y la ignora. Solloza y recita fragmentos de oraciones. No recuerda cómo rezar el avemaría, se angustia.

Dios te salve María…

Dios te salve María…

No puede acordarse. Camina sin parar hasta encontrarse en una carretera. Agita la cabeza y se rasca. Gira y regresa, se percata de que va en sentido opuesto. Vuelve a ver el baldío y después de un rato al fin da con la parada del camión. No comprende por qué no la vio antes.

Sube y baja de varios colectivos hasta que logra encontrar el camino de regreso al Palomar. Temblando, se arrodilla al llegar a la casa, en total le llevó más de seis horas volver.

Recuerda las caras de los niños. No pasan de diez o doce años. Deben estar esperando a que, en cualquier momento, su padre entre por la puerta despintada, piensa. Se talla los ojos y se rasca la cabeza. Vienen a su mente los golpes y la brutalidad del hombre penetrándola. El dolor y la sangre. La imagen del perro masticando sus entrañas la acosa. La quijada le castañea.

De nuevo, intenta recordar el avemaría y no logra recordar los versos. Respira agitada y la comezón no la deja.

Si midiera en línea recta, sin tomar en cuenta muros ni desniveles, desde el lugar en donde quedó encofrado el cuerpo hasta su cuarto debe de haber unos treinta metros de separación. No más. Solo treinta metros entre el cadáver y ella. Es una distancia tan corta que imagina a las hormigas que aparecen en la cocina carcomiendo los ojos del cadáver. Las hormigas encuentran la manera de entrar, buscan una grieta, una rendija, no importa que se trate de un bloque de concreto.

Gusanos saliéndole del paladar, los dientes verdosos y la piel acartonada como de momia. Así lo imagina, día y noche.

Justo antes de entrar a casa de los Castillo, su angustia se dispara. Levanta la mirada y contempla la mansión. La palmera. Las flores rojas. ¿El candil seguirá roto? Dos coches estacionados y dos triciclos a media banqueta. Parece habitada.

Agacha la cabeza y observa las grietas en el pavimento. Miles de hormigas salen del fondo de la tierra a través de ellas, vienen del infierno, piensa.

Psst.

Allí está, puede sentirlo. La presión en el pecho le restringe el aire de los pulmones. Taquicardia. Ninguna oración le viene a la mente. Solo visualiza gusanos, hormigas y carne podrida.

En su habitación la Santa Muerte y la Virgen de los Dolores de Soriano la esperan y le sonríen cínicas desde el altar. Las arroja al suelo. El vidrio de los portarretratos se rompe. Mira en todas direcciones. Las paredes respiran. Puede percibir cómo se inflan con cada inhalación.

Las hormigas entran por debajo de la puerta. Las pisotea. Toma una toalla del baño, la empapa y la coloca en la hendidura para impedirles el paso. Se moja la cara con agua helada y se quita la ropa que le pica como si los insectos caminaran debajo de la tela. Advierte que no están debajo de la ropa, sino debajo de su piel. Ahora las ve entrar por la abertura entre el muro y la ventana.

Sale de la casa y corre por el arroyo de la avenida sin rumbo, agita los brazos y grita: ¡Déjame en paz! ¡Déjame en paz!

Feeling Good

En la madrugada fui al baño adormilada y en mis calzones vi una mancha rojiza. Separé las rodillas y vi mi sangre menstrual teñir de rojo el agua del escusado. Sentí un consuelo indescriptible. De inmediato corrí a contarle a Vicky, la pobre estaba con el Jesús en la boca, como ella dice. Me dormí otro rato porque era muy temprano.

Me levanto para ir a la escuela, aunque no quiera, es inevitable. Hoy es mi último examen. Vicky no está para darme de desayunar, lo cual es rarísimo. De todas maneras, no tengo hambre, muero de nervios.

Al llegar a la escuela siento las miradas aguijoneándome. No me quito los lentes oscuros y camino lo más rápido que puedo hasta mi salón. Me siento en la esquina de hasta atrás. Laila me mira de reojo y se sienta en el lugar de siempre. Se secretea con una compañera que voltea a verme y sonríe burlona.

Presento el examen de biología. Es fácil, esta vez contesto todo y creo que correctamente. Salgo del salón y me refugio en el baño. No salgo de allí hasta la siguiente clase. Cuando paso por el pasillo, siento la cara caliente, sé que estoy roja, cuando tengo pena se me pone como jitomate. No miro a nadie, solo al piso. Me dan ganas de llorar.

Liz Quintana me saluda y me regala una Tootsie. Me mira con cara compungida. No la veía desde la fiesta de Emi.

Sí, ya me enteré. No te preocupes, al rato se les olvida, me dice y me da un abrazo.

Me paso el día entero tratando de esconderme, hasta que por fin es la hora de la salida.

Cuando regreso, Vicky sigue sin aparecer. Los platos de la cena apilados en el fregadero. Mi cama deshecha. Ropa en el piso. Salgo a darle agua y comida a Tyson. Vicky no está en su cuarto. Es la hora de la comida y no hay nada preparado. Me hago unas quesadillas y me voy a mi recámara. Abrazo el cojín con perfume de mi mamá y me pongo a llorar.

Me despierta el teléfono, es Marcelino, el de vigilancia. Pregunta por mi papá, le digo que no está.

Tenemos bajo resguardo a su empleada doméstica, ya que fue encontrada corriendo por la avenida en ropa interior. La reportaron algunos vecinos por el escándalo que hacía, me anuncia Marcelino.

Manejo rápido rumbo a la caseta. Vicky sentada en la oficina cubierta con una cobija de lana. Solo trae brasier y calzones. Me aterra verla así.

Vicky, ¿qué te pasa?, le pregunto y tomo su mano.

Me persigue, Ale, no me deja en paz, Juan Pablo no me deja en paz, susurra.

¡Shhh!, la callo. Por suerte no hay ningún guardia presente. Cómo se le ocurre decir eso.

Vámonos a la casa, no hables.

Marcelino se me acerca y dice que necesita hablar con mi papá de manera urgente, que no puede dejarla ir.

Señorita, considero que no es seguro que usted permanezca sola con ella, espeta.

Está enferma, respondo.

Aun así, es necesario que su padre venga.

Sí, señor, en cuanto llegue le aviso. Déjeme llevarla a mi casa, no está bien, le digo angustiada, por favor.

¿Virginia no le ha comentado nada en relación con Juan Pablo Delgado? ¿Recuerda algo que haya mencionado?, cualquier detalle nos ayudaría.

Niego con la cabeza. Vicky tiembla mucho, estamos a cinco grados, ya se le ven los labios morados. Le insisto a Marcelino nos deje ir y después de mucho insistir, accede.

Acompaño a Vicky al coche, no puedo creer que saliera sin ropa. Tiene de nuevo esa mirada perdida que me da terror. No sé qué hacer, quizá Marcelino tiene razón y no es seguro que esté con ella. No podía dejarla allí diciendo incoherencias o, peor aún, hablando de cosas que nos pueden poner en peligro a las dos.

Vicky no quiere entrar, asegura que Juan Pablo está adentro. Me asusta. No sé qué decirle para que entre en razón. No es normal que se comporte así.

Le pregunto si ya se tomó la medicina que le mandó el doctor, dice que sí, pero que le hizo daño y que ya no se la va volver a tomar.

Vicky, ¿cómo que te cayó mal? Te la tienes que tomar a fuerza. Mira cómo estás, te va a dar pulmonía. Estás temblando, tienes las manos congeladas, necesitas darte un baño con agua caliente y vestirte, le insisto.

La convenzo de entrar y se sienta en el banquito de la cocina. Le traigo un camisón y se lo enfundo. No para de decir "Dios de salve María y la gracia, Dios te salve María y la gracia", da miedo. No sé qué hacer.

Le preparo un té de manzanilla y le da sorbos.

Todo va a estar bien, Vicky, si te tomas tu medicina te vas a sentir mejor, ya verás, le digo.

Él vino y trató de ahogarme mientras dormía, dice Vicky con los ojos pelones.

Son pesadillas, increpo.

No, él vino, de veras.

Está muerto, ¿recuerdas?, le digo.

Me sonríe, le da otro trago a su té y no dice nada.

Vicky, ¿ya te acordaste?

Dice que sí con la cabeza y lava su taza en el fregadero y lava también los platos que había de la cena de ayer. Rocía la cubierta con limpiador y seca con un trapo. Parece como si hubiera vuelto a la normalidad. Me ofrece de cenar, ¿quieres huevo revuelto o quesadillas? Nada, le digo.

Me quedo parada observándola un rato. Me dice que si no quiero nada ya se va a dormir porque está muy cansada. Me da las buenas noches y la bendición como siempre. Pasa a un lado de Tyson y ya no le da miedo. Un día antes no podía ni siquiera verlo. La sigo y escucho que cierra su cuarto con llave. No sé qué voy a hacer si Vicky sigue mal. Nos van a descubrir.

Cuando hablaba del fantasma de mi vecino, Ramón, el chavo que se suicidó, pensaba que solo eran chismes que le habían contado sus amigas. Nunca pensé que de verdad creyera que esas cosas eran reales. Tengo mucho miedo de que le cuente a alguien lo que pasó. Apagó la luz. Permanezco media hora afuera de su cuarto y no escucho ni un ruidito.

Subo y prendo la tele, no encuentro nada que ver. Me acuesto en mi cama. No tengo nada de sueño, siento mucha energía, como ganas de correr o de gritar. Me hormiguean las manos. Estoy intranquila. Me asomo a ver el cuarto de Vicky y sigue en silencio. Voy al jardín y subo al árbol. Saco los binoculares. Gustavo cena con sus papás. Apunto hacia su recámara, la lámpara de su buró está prendida. Contemplo su cama, las mismas cobijas de rayas grises con blanco con las que me tapó.

Lo que pasó hoy en la mañana me tiene mal. En el receso vi a Laila y Gustavo juntos en la cafetería. Laila fue la primera en verme y, en cuanto lo hizo, su voz chillona y lucida vociferó: es oficial, ¡ya andamos! Miriam y otras dos arpías se acercaron a felicitarlos. Como si ser novios fuera la gran cosa. Yo estaba pagando mi desayuno en la caja registradora.

En cuanto hicimos contacto visual, Gustavo le soltó la mano a Laila y desvió la mirada hacia otro lado. Idiota. Fingí ignorarlos y me fui a comer mi sándwich a una de las jardineras afuera de la cafetería. Desde allí los observé y se me retorció el hígado al verlos acaramelados. Se daban besitos y arrumacos como tórtolos. Me sentí menos que un pedazo de estiércol.

Lo de Gustavo fue una estupidez épica. Todo. Desde el cine hasta el día en que hicimos el amor. Para él era un juego, no entiendo por qué no me di cuenta. Así fue todo el tiempo, invitaba a Laila, llamaba a Laila, no a mí, a ella. Qué estúpida he sido. Estoy cansada de sentirme avergonzada, de tener miedo, de sentirme mal, de que la gente me vea y murmure.

Lo único bueno es que están a punto de terminar las clases.

Por un lado, me voy a ahorrar ver a estos dos, pero por otro, cuando pienso en estar metida aquí en mi casa todo el día me entra una angustia galopante. Significa que estaré recordando de tiempo completo al hombre que maté en mi patio.

¿Me acostumbraré algún día?

Ya no estoy bien en ninguna parte.

Desde que Laila y yo nos distanciamos, Liz Quintana y yo volvimos a ser uña y mugre. Fue mi mejor amiga toda la primaria y secundaria. Dejé de llevarme cuando entré a prepa porque empecé a juntarme mucho con Laila y no la soporta. Liz es muy distinta, nada presumida, usa el pelo cortito y nunca se maquilla. Opuesta a la pose de princesita que tanto detesto de Laila.

Liz me ayuda a distraerme, pero es momentáneo. Aunque me ría, la constante compresión de estómago me mantiene consciente de lo que hice. Ya no aguanto.

Vero, la psicóloga de la escuela, lo notó porque me mandó llamar. Morí de pena porque hasta ella estaba al tanto de lo que pasó con Gustavo y también de los chismes sobre mi mamá. Fue muy dura. Estuve a punto de mandarla a la fregada y salir de su oficina, pero me aguanté, me quedé y escuché su rollo hasta el final.

No sé qué otros problemas tengas además de los que ya hablamos, Alejandra, pero te veo mal. ¿Y sabes qué? Estás instalada en víctima, en pobre de mí, todo me sale mal. Tú no eres ninguna víctima. No eres la primera a la que su galán le ve la cara. No eres la única niña en el mundo con papás divorciados. Supéralo. Así te tocó y ni modo. Tu madre tuvo sus razones para irse y tú no tienes por qué juzgarla. Si no te llevó con ella, mala suerte. ¿Qué te queda? Tu papá, tu salud, inteligencia, belleza y juventud. ¿Te parece poco?

No sabes nada, tú no tienes idea de lo que he hecho, increpé.

Alejandra, ya pasó. Por muy malo que sea, ya pasó, sigues viva y estás bien. ¿Qué más necesitas? Dime.

Hice algo imperdonable. Es demasiado peso sobre mí, le dije y empecé a llorar. Me abrazó.

Lo que sea que hayas hecho, no importa lo grave, no lo puedes cambiar, Alejandra. Puedes pasarte toda la vida flagelándote o puedes empezar a trabajar para compensarlo.

No lo puedo compensar.

Puedes intentarlo.

Hace tiempo que espiar a mis vecinos dejó de ser divertido. El señor Mendoza duerme. La casa de los Yáñez está en venta, se fueron a vivir a Houston por lo del intento de robo. La Sra. Hernández, hundida en su tristeza, juega *Tetris* y la alberca sigue vacía. Y a Gustavo, me duele verlo.

Escucho a Nina Simone, *Feeling Good* me rodea como un abrazo, como si tratara de animarme. Bajo los binoculares y rozo con el dedo el clavo oxidado en donde los cuelgo, tomo la bolsita con los cigarros y el encendedor. Miro hacia abajo y Tyson en la oscuridad me observa atento con su ojito sano. Es increíble el amor de un perro. Me ama como si me lo mereciera. Quisiera aprender a amar como él, sin expectativas, ni rencores, puro amor.

Voy a mi cuarto y examino mis binoculares, son de metal negro. Mi papá me los compró una vez que fuimos a San Francisco. Tomamos un tour para ver la isla de Alcatraz, no podíamos bajar, pero desde el barco se alcanzaba a apreciar muy bien la construcción con los binoculares. Son profesionales y costaron carísimos, así que cuídalos mucho, me dijo mi papá. Y vaya que los he cuidado.

Abro las puertas de mi clóset, los guardo en su estuche y los meto en el cajón en donde guardo todo lo que no uso. Me acuesto, yo también necesito dormir.

Hormigas

Psst, escucha. Vicky se tapa los oídos.

Psst, de nuevo. Ve sombras moverse en su habitación. Sabe que él está allí para llevársela. Pequeños insectos aparecen en su almohada. Levanta la mirada, un manto de hormigas avanza por las paredes. Son negras, enseguida salen del baño otras rojas con pinzas que la pellizcan. En marabunta suben por su pierna pinchando, ponzoñosas. Las negras ahora forman un tapiz en el techo y en los muros.

Psst.

¡Psst!

No soporta la picazón de las hormigas que siente dentro del oído, toma su bolsa del mandado y guarda lo que puede, se cuelga en el hombro la mochila de Juan Pablo y sale corriendo.

Detrás de ella alcanza a ver de reojo a un hombre de pie en el quicio de la puerta que acaba de atravesar.

No se atreve a mirarlo de frente. El miedo rebana su voluntad.

No hay tiempo de despedirse, solo de huir.

Aún es de madrugada. Se cubre la cara y la cabeza con el chal morado que en la oscuridad parece negro. Camina de prisa. Se acerca al lago del campo de golf y rellena la mochila con piedras. La arroja al agua y la ve hundirse. Transita por la orilla de la calle pegada a los arbustos, mira sobre su hombro temerosa de que Juan Pablo la persiga.

Cerca de la caseta de salida, divisa al único guardia presente. Dormita. Lo reconoce, es Tapia, el guardia obeso de bigote. Por las noches el acceso vehicular se encuentra clausurado por cuatro grandes portones de madera. Desearía poder dar un gran salto, salir volando de ahí. Esa es la única salida. La urbanización está circundada por una barda de piedra muy alta. En el control de empleados, hay dos puertas de cristal templado en cada extremo y un torniquete intermedio.

Necesita salir. Abre la primera puerta de cristal con sigilo. El guardia no se ha percatado de su presencia, emite un fuerte ronquido seguido por otros dos menos sonoros. Se queda allí parada y el individuo no despierta. Empuja el torniquete tratando de no hacer ruido, pero emite un chasquido. Vicky se queda de piedra. Espera. El guardia permanece dormido. Empuja la siguiente puerta, por fin podrá escapar, no se mueve. Está trabada. Se encuentra cerrada con llave.

Piensa en despertar al guardia para que le abra. No. Cuando un empleado sale del fraccionamiento en horarios nocturnos debe ser autorizado por su patrón vía telefónica, en especial si lleva bultos en la mano, los cuales probablemente serán inspeccionados.

Regresa al punto de la primera puerta y entra a la oficina de Marcelino. Está oscura, revisa las ventanas, pero todas son fijas. Despacio ingresa al sanitario, la ventila mide cuarenta por cuarenta centímetros y es alta. Imposible salir por allí, pero la bolsa sí cabe. Sube al retrete y la arroja por la ventana.

Regresa por la puerta de cristal y espera detrás de los arbustos hasta que dan las 6:00 a.m. En cuanto abren los portones para dar paso a los automóviles, se acerca al acceso. Tapia está en su puesto y le da sorbos a un café. Un segundo guardia escribe la fecha en la bitácora del día. Vicky es la primera en salir. Entrega la credencial y sale sin necesidad de autorización. Da la vuelta a la construcción que envuelve al módulo de vigilancia por fuera y entre los arbustos recoge su bolsa.

Va hacia la parada del transporte público, sube al primer camión que se detiene.

—Perdóname, Ale.

Antes de escapar, Vicky abrió la puerta del buró, guardó la urna con las cenizas y la envolvió con ropa.

Baja del camión en un lugar remoto. Abraza los restos de su madre y se interna en las calles desconocidas.

Nadie la volverá a ver.

Coming Back to Life

Busco la correa que usaba mi mamá para pasear a Tyson. La encuentro arrumbada en la bodega junto a un hueso de plástico mordisqueado con el que mi perro jugaba de cachorro. La engancho a su collar. Abro la reja del *garage*, respiro profundo y salimos. Intenta correr, se jalonea y casi me arrastra. Tengo que apalancarme con ambas piernas para detenerlo. El collar lo estrangula y se frena.

Estoy a punto de regresarme, no puedo controlarlo. Poco a poco afloja su resistencia y yo la mía. Después de casi media hora de pelea, encontramos un paso cómodo para los dos. Subo el volumen de mis audífonos, oigo *Coming Back to Life* y la guitarra del inicio hace que se me erice la piel. Recorremos las calles a lo largo del camellón arbolado. Olfatea y orina cada vez que encuentra el rastro de otro perro. El sol se cuela entre las ramas. La brisa es fría, pero agradable.

Las casas a mi alrededor tienen adornos de Santa Claus y foquitos por todas partes. Creo que mi casa es la única sin decoraciones navideñas. Recorro la avenida hasta que empieza a oscurecer. De regreso me paralizo al ver a mis nuevos vecinos.

Una señora güera está sentada en el pasto a un lado de las flores rojas. Juega con una bebé que apenas camina y con un niño como de cuatro años. Se cubre la cara: ¿Dónde está mamá? ¡Aquí tá!, canturrea y abre las manos para sorprenderlos. Los pequeños ríen a carcajadas.

Me produce escalofríos saber que debajo de sus pies hay un hombre emparedado y que además yo soy la responsable de su muerte. Puede ser que nunca lo sepan, pero yo sí lo sé y eso es suficiente para que el aire se vuelva denso y me cueste respirar.

Una vez dentro de mi casa, libero a Tyson de su correa y va directo a tomar agua. Tose y casi vomita por hacerlo tan rápido. Entro a la cocina, me encuentro a mi papá que está comiéndose un yogurt a cucharadas.

¿Sabes dónde está Vicky?, me pregunta. Marcelino me comentó algo de que ayer estaba muy alterada, que la reportaron y me pidió que fuera a verlo al módulo de vigilancia.

No la he visto, papi, respondo.

No sé cómo voy explicarle a mi papá que la encontraron semidesnuda corriendo como loca. Creo que es mejor que yo platique primero con ella y nos pongamos de acuerdo en lo que vamos a decir.

Cuando la veas, dile que quiero hablar con ella, dice mi papá y sale de la casa.

Busco a Vicky en su cuarto. La puerta está abierta de par en par. Huele a pomada de árnica. Hay ropa tirada, la cama revuelta, los portarretratos rotos.

¿Vicky?

Hay cajas abiertas por todas partes, son muchas y en la mayoría hay billetes. Debo hacerlas a un lado con los pies para no pisarlas. Entro al baño, Vicky no está.

De inmediato siento como si mi estómago se encogiera al tamaño de una pasa. La puerta de su buró está abierta y la urna en donde resguardaba los restos de su Tata ya no está. No tengo la menor duda, Vicky se fue.

Me siento en su cama. Me cruza por la mente que se fue para confesar todo lo que pasó. Quizás a la policía o al padre de la iglesia. Ayer estaba muy mal, fuera de control, loca. No va a regresar. Se llevó la urna. El hogar es el lugar en donde están tus muertos, decía. Nunca la había sacado de la casa.

Se fue.

Ella también me abandonó y se llevó con ella mi secreto y el único apoyo que tenía. Me dejó sola.

Entro a la casa y, por primera vez desde que llegó, dejo entrar a Tyson. Olfatea los muebles y las paredes como si buscara algo.

En el vestíbulo emito un alarido. El eco confirma las ausencias, la de Vicky, la de mi madre y la mía. Yo ya no estoy. No debí escuchar a Vicky aquel día. Debí llamar a la ambulancia, eso era lo que tenía que hacer. ¿Por qué le hice caso?

Tyson orina en la pata del piano.

Bajo el escalón de la sala. Observo los pálidos adornos de Lladró y los anticuados cuadros de paisajes ingleses. El papel tapiz de flores color champaña está ligeramente despegado de una esquina. Lo arranco con las dos manos y medio metro de pared queda desnuda. Alzo el pesado florero de cristal cortado y lo arrojo contra el piso. Produce un sonido sordo contra el tapete. Se parte a la mitad. Sonrío. Descuelgo uno de los cuadros de la pared y lo pateo hasta que rompo el marco.

Me dirijo al trinchador en donde se exhibe la colección de copas austriacas. La llave está en uno de los cajones. Dejo caer copa por copa. Siento un placer inexplicable al verlas romperse. Voy por un cuchillo y se lo encajo a los cojines. Corto la tela y el relleno sale como si fueran las tripas de un animal. Grito. Tyson me observa como cíclope y ladea la cabeza. Grito más fuerte y ladra.

Me dirijo al reloj *grandfather* y siento unas ganas enfermizas de destruirlo. Podría romperlo con un martillo, la carátula quedaría como un rostro desfigurado. Su tictac es como una súplica. Lo abro y con el dedo giro en sentido contrario las manecillas, como si así pudiera regresar el tiempo. Volvería al día en que todo ocurrió y no golpearía al lavacoches. Le abriría a Tyson y, mientras, llamaría a la policía. Eso es lo que debí hacer. No sé qué me pasó, ¿por qué lo golpeé así?, ¿por qué no paré? Nunca antes sentí tanta rabia y furia, tanta fuerza. Recuerdo el crujido de su cráneo y no puedo comprender cómo fui capaz.

No, no voy a destruir el reloj porque mi papá lo ama. Regreso a la sala y lloro con desesperación y me acurruco en la alfombra. Tyson se echa a mi lado.

Papá regresa a media tarde, me encuentra dormida y se asusta al verme tirada entre pedazos de vidrio y algodón.

¿Qué pasó? ¿Estás bien?, me pregunta confundido. ¿Se metieron a robar?

Yo, callada.

Alejandra, ¡contéstame!, ¿hay alguien en la casa?, pregunta alarmado.

No entró nadie, respondo.

¿Estás bien? Tienes sangre en la mano.

Miro el costado de mi mano y, sí, tengo una cortada que no sentí. Me quedo muda.

Se me queda viendo, aprieta la quijada y los puños. Observa los destrozos. A su paso escucho el crujido de los cristales. Su respiración es pesada. Siento como si mi cara fuera a incendiarse. Mi papá ve a Tyson echado sobre el tapete persa, niega con la cabeza, se acerca a mí y se agacha despacio. Yo, pendiente de sus puños, espero el primer golpe. Al primer movimiento, me cubro con los brazos. Él solo levanta mi mentón. Tyson emite un gruñido y muestra los dientes, obliga a mi padre a retroceder. Me aterroriza que lo ataque.

¡Tyson, no!, grito. Abro la puerta corrediza del ventanal y le ordeno a mi perro que salga. Me obedece de inmediato con la cabeza gacha. Pensar que le hiciera daño a mi padre me crispa los nervios. Regresa a mí la idea de sacrificar a Tyson y acabar con este miedo. No podría soportar que a mi papá le pasara algo malo. Solo quedamos él y yo.

Papá, al verme tan alterada, afloja los puños.

Le falta un ojo al perro, me dice desconcertado.

Papá se deja caer en el sillón de mimbre que parece trono. Sus brazos cuelgan a los lados. Niega con la cabeza. Se frota la frente con las manos. Voy por la escoba y el recogedor. Barro los vidrios y trato de poner un poco de orden en el desastre que hice. Ahora la quijada de mi padre se ve relajada. Ya no está enojado. Su expresión es más bien de derrota. Mira hacia el jardín. Le ofrezco agua, dice que no con la cabeza. Está muy ojeroso. Vuelve a mirarme y resopla.

Alejandra, tienes que decirme qué te está pasando, me dice consternado y se levanta del sillón. No digo nada.

Eres lo que más quiero en este mundo y no sé cómo…

Interrumpe la frase y aprieta los labios. Nunca dice cosas como esta, no sé qué decirle. Escucho las campanadas del *grandfather* que no destruí. Mi papá se talla las cuencas de los ojos y se despeina el copete. Me mira con tristeza y sube a su recámara.

Lo sigo, pero permanezco afuera, no me animo a entrar. Abre el cajón de sus relojes, de allí saca la playerita de su equipo de futbol, una fotografía y las extiende sobre su cama. Se sienta y las contempla. La última vez que lo interrumpí abrazando esa playerita fue cuando mi mamá perdió al bebé y me gritó que me largara de su cuarto. Reúno valor, toco y esta vez me dice que pase.

¿Puedo ver la foto?, le pregunto.

Me siento a su lado y me la da. Nunca vi una similar en ningún álbum familiar y vaya que me los sé de memoria. En ella sale mi papá muy joven al lado de mi abuelo. Me está cargando y me mira sonriente, casi orgulloso. Yo, muy bebé, llevo puesta la playerita.

A tu madre no le gustaba que te la pusiera, decía que te iban a confundir con un niño.

Toda la vida vi a mi papá como un ser impredecible que en cualquier momento podía transformarse en monstruo. Como un Hulk de carne y hueso. Apacible un minuto y, al siguiente, una bestia furiosa. Muchas veces traté de volverme invisible para que no me destrozara como a mi mamá. Hoy me parece distinto, como si su monstruo interno estuviera cansado o enfermo, o, quizá, el monstruo ahora soy yo.

Acaricio despacio las venas abultadas en el dorso de su mano.

Papi, perdóname, no vuelvo a romper cosas, susurro. Me mira con los ojos vidriosos y me dirige la sonrisa más triste que he visto.

Manos vacías

Ayer llamó mi mamá. Me dio su número después de mil veces de pedírselo. Lo anoté en una servilleta. Ella estaba muy preocupada por que no fuera a llamarla desde mi casa.

Esta vez no le pregunté cuándo nos íbamos a ver, ni dónde estaba. Ya no me interesa. Han pasado casi dos años desde que se fue y se sienten como si fueran cien.

Te extraño, me dijo. Yo ya no, pensé.

Papá ha cambiado, repliqué.

Ale, yo no estoy bien. Tu papá me rompió y no he logrado unir los pedazos.

¿Y aun así me dejaste con él? ¿No te preocupaba que me rompiera a mí también?

Perdóname, no podía llevarte conmigo, espero que algún día me entiendas.

Es difícil de entender, mamá.

Sigo mal, entiende, hija, sigo rota.

Nos quedamos calladas. Sollozó.

Suspiró y me dijo que algún día, quizá cuando llegara a ser mamá llegaré a comprender el porqué de sus decisiones y se despidió. Cuando sea mamá, me pregunto si algún día lo seré, no sé si tenga ese derecho después de lo que hice.

Observé los números que acababa de dictarme. Pensé en cuántas veces los necesité desesperadamente durante los últimos meses. Me pregunto si algún día los iré a marcar.

Abrí la caja de música para guardar allí la servilleta con su número, la de forma de carrusel y encontré una bolsita de terciopelo rojo. Me pareció muy raro, no era mía. La desamarré y saqué lo que había dentro. Era un pedazo de hueso.

Me temblaron las manos, Tyson empezó a ladrar. Me brincaba, me lo quería quitar. Fui al baño y lo tiré al escusado con todo y bolsita. Le jalé. Tyson ladraba tanto que tuve que encerrarme en el baño porque me dio miedo. Le jalé una vez más y esperé a que el tanque se llenara para volver a hacerlo. Y dejó de ladrar. Salí despacio, lo vi echado afuera del baño, me observaba y volvió a gruñir.

Soy yo, Tyson, soy yo, bonito, le dije.

Me lavé las manos diez veces. Me observaba. Paró de gruñir. Me olfateó los pies, las manos. Al fin se calmó.

La caja de música comenzó a sonar, la pieza que mi mamá siempre tocaba en el piano, *Big My Secret*, y ya no sentí dolor al oírla sino una desolación que extrañamente me apaciguó. Llevé a Tyson afuera y regresé aterrada a mi habitación.

Esperé a que mi papá se fuera a trabajar para ir a su vestidor. Abrí las puertitas de madera donde guarda su pistola. Siempre he sabido que la esconde debajo de los suéteres de lana que casi no usa. Pesaba, el cargador estaba lleno, aunque para mí con una bala era suficiente.

Tyson, a mi lado, olía las puertas del clóset, quizá todavía percibía el olor de mi mamá.

Frente al enorme espejo del lavabo, sostuve el arma con las dos manos, como si fuera un policía encañonando a un ladrón. Apunté hacia mi reflejo, luego la coloqué debajo de mi mentón, pero la quité en menos de un segundo. Llevé a Tyson al jardín y le ordené que se sentara. Obedeció. Cerré un ojo y lo apunté. Empecé a apretar los dientes y las manos me temblaron. Él me miraba sacando la lengua. El cañón a unos centímetros de su cráneo. Sería una muerte rápida. Sacrificarlo era lo correcto. Contuve la respiración. Sabía lo que era matar, solo era cuestión de jalar el gatillo y listo. Bostezó y se echó.

¡Bang!, dije en voz alta.

Me di cuenta de que soy incapaz de sacrificar a mi perro ni a nadie. Me sentí miserable solo por apuntarle. Saber que podría reventarle la cabeza me llenó de angustia y desesperación. Guardé el arma en su lugar y me arrodillé junto a Tyson, que empezaba a roncar como oso grizzly. Le rasqué la barriga, al sentir mis caricias estiró las patas y me lamió las manos. Igual de cariñoso que el día que lo conocí en la caja de regalo.

A veces creo que una parte de Juan Pablo vive en él. Sus huesos, sus músculos y su sangre se convirtieron en parte de mi perro. Quizá cuidarlo y quererlo pueda redimir al menos un minúsculo fragmento de mi error. Empiezo a perderle el miedo.

Saqué una camisa y unos calzones de mi papá del cesto de la ropa sucia y los acomodé en la cama donde duerme Tyson. Según yo, olerlo haría que se familiarizara con él y dejaría de verlo como una amenaza.

Creo que lo que realmente funcionó fue que mi papá lo alimentara durante varios días. Además de croquetas, le dio por traerle huesos del restaurante y ahora, cuando lo ve, Tyson se pone más contento que cuando me ve a mí. Convencí a mi papá de dejarlo vivir dentro de la casa. Al principio se negó, pero le hice un pequeño chantaje, le expresé lo sola que me sentía y al final cedió, ahora duerme en mi cuarto. Nunca me volvió a gruñir.

Puse el disco *Directo 90* de Miguel Bosé, *Manos Vacías*. Me metí en la cama y cerré los ojos. Recordé cómo era mi vida hace dos años. Pensaba que las personas a mi alrededor estarían a allí siempre. Mi papá, mi mamá, Vicky, Laila, Gustavo, mi perro, incluso Juan Pablo. Formaban parte de una escena que yo imaginaba perpetua. Y han ido desapareciendo del cuadro, como las hojas de un árbol en invierno que caen una a una hasta que solo queda el tronco y las varas secas.

Las ramas pelonas esperando a que la primavera les regale nuevas hojas, pero serán distintas, porque las que cayeron están muertas y no van a volver.

Baba O'Riley

Han pasado seis meses. Presiono *play*, The Who suena a todo volumen en mis audífonos y comienzo a trotar.

Inhalo, exhalo.

Todos los días salgo a correr con Tyson, me ayuda a aligerar la carga. Mientras corro, me siento libre, llena de vida y fuerte, aunque sea solo por un rato. Aunque a veces le ladra al vacío sin razón, ya no le tengo miedo a mi perro, al contrario, él me cuida y yo a él. Parece que no sabe que le falta un ojo, mueve el rabo y saca la lengua, como siempre, feliz de estar conmigo. Ya aprendió a pasear a mi lado y no se jalonea como antes. Me conmueve que Tyson no sienta rencor hacia mí por todo el tiempo que lo abandoné, me ama como si yo siempre hubiera estado pendiente de él.

Inhalo, exhalo. Voy por diez kilómetros. Liz, corre veintiuno, está muy cañona. Ella me hace reír, me pone de buenas sin esforzarse. Además, puedo contarle todo porque no me juzga ni me critica. Sus papás se divorciaron hace mucho y sabe lo que es. Ella no me tiene lástima ni organiza dramas baratos. Ha sido mi salvación desde que Laila y yo nos distanciamos.

Inhalo, exhalo.

Estoy a punto de pasar por la casa de Gustavo. Me lo encuentro seguido porque a él también le gusta salir a correr o a andar en bici. Acelero el paso. Lo veo jugando básquet en la canasta que hay en su *garage*. Me saluda de lejos. Corro un poco más rápido, Tyson me sigue el paso. Gustavo me alcanza y se para del lado opuesto a mi perro.

Niña, espera, me dice. No me detengo. La palabra *niña* ya no ejerce el efecto que solía tener en mí. Me alcanza y trota a mi lado. Lo miro de reojo, me quito los audífonos y me los cuelgo en el cuello.

Necesito hablar contigo, necesito que me perdones.

No disminuyo la velocidad y no respondo.

De verdad me gustas, lo de Laila fue un error, explica agitado.

Empiezo a perder el control de mi respiración. Gustavo y Laila tronaron a los tres meses de haber anunciado su noviazgo. Dicen que Laila se portaba hipercelosa y que lo atosigaba. Confieso que festejé cuando me enteré de que habían terminado.

Auch, dolor de caballo, dolor de caballo.

Nuestros papás son socios y nuestras mamás juegan golf juntas, las cosas se dieron solas, me entiendes, ¿verdad?, me dice.

No, no te entiendo. Regreso mis audífonos a mis oídos. Sigo trotando sin voltear a verlo, se da por vencido y se frena. Un último *sprint* y doblo en la esquina. Lo dejo atrás. El dolor de caballo me está matando.

Jadeo como perro.

Bajo el ritmo hasta detenerme, apoyo los codos sobre mis rodillas y me aprieto el costado del abdomen para calmar el dolor. Tyson me lame el cachete.

Laila y yo a veces coincidimos en el club o en alguna reunión. Las dos actuamos como si la otra no existiera. Creo que lo que me mantenía unida a ella era la atención que obtenía de los demás. Estar a su lado era como estar en un escenario bajo un reflector.

Trato de controlar mi respiración, inhalo profundo por la nariz, exhalo lento por la boca. El dolor de caballo empieza a disminuir.

Hoy no podré correr más, los diez kilómetros se cancelan. Solo logré cinco. Camino hacia a mi casa. Paso por afuera de la nueva al lado de la mía. Cuando lo hago, procuro mirar hacia otra parte. Ver esa casa todos los días es como tener una costra y arrancarla de tajo cada vez que empieza a cicatrizar.

Escurro en sudor después de mi carrera, porque, aunque el cielo está gris, hace mucho calor. Entro a la cocina y me sirvo agua. Saludo a Ana, la chava que entró a trabajar en lugar de Vicky, eran amigas. La contacté cuando intenté dar con Vicky. Nunca la encontré.

Hace más de seis meses que se fue. No he vuelto a saber nada de ella. La extraño. Conté su dinero, es una pequeña fortuna. Sus ahorros de quince años de trabajo ininterrumpido. Lo abandonó todo. Lo guardé con llave, quizá algún día regrese por él.

Cada día al despertar me pregunto si será hoy que Vicky revelará nuestro secreto. A lo mejor ella sí se atreve y por fin me libera.

Me he preguntado si ayudaría irme a vivir lejos de aquí. Le imploré a mi papá que nos cambiáramos de casa con el pretexto de que todo me recuerda a mi mamá. Me mandó a volar, me dijo que había trabajado toda su vida para comprarla y que con el tiempo los malos recuerdos se irían borrando.

Esto no se va a borrar, porque no es un recuerdo, es una deformación de mi espíritu y es irreversible. Saber que soy una asesina es parte de quien soy, no importa en qué lugar del mundo me encuentre, nunca volveré a estar en paz. Leí una cita de Tolstói, "No hay felicidad en la existencia, no hay más que relámpagos de felicidad", y sembró en mí una ligera esperanza.

Me recuesto sobre la cama, Tyson brinca y se echa a mi lado. Lo acaricio y me mira con su ojo de cíclope. Exhausto por la corrida, pronto se queda súpito. Ronca y sonrío con cada uno de sus ronquidos. Comienza a llover. Una tormenta eléctrica. Cae un rayo y cuento los segundos, pero nunca se escucha el trueno. Así será mi vida en adelante, una eterna espera del trueno.

Índice

PRIMERA PARTE

SEGUNDA PARTE

No matarás de Ana Sofía González
se terminó de imprimir en el mes de noviembre de 2023
en los talleres de
Grafimex Impresores S.A. de C.V.
Av. de las Torres No. 256 Valle de San Lorenzo
Iztapalapa, C.P. 09970, CDMX,